Assombrações do Recife Velho

Gilberto Freyre

Assombrações do Recife Velho

Algumas notas históricas e outras tantas folclóricas em torno do sobrenatural no passado recifense

6ª Edição

Apresentação de Newton Moreno
Biobibliografia de Edson Nery da Fonseca

Ilustrações
Poty

1ª Edição, Edições Condé, 1955
5ª Edição, Topbooks/UniverCidade Editora, 2001
6ª Edição, Global Editora, São Paulo 2008
2ª Reimpressão, 2019

Jefferson L. Alves - diretor editorial
Gustavo Henrique Tuna - editor assistente
Flávio Samuel - gerente de produção
Rita de Cássia Sam - coordenadora editorial
Lucas Carrasco e Ana Luiza Couto - revisão
Eduardo Okuno - capa
Poty - ilustração de capa e ilustrações
Antonio Silvio Lopes - editoração eletrônica

Obra atualizada conforme o
NOVO ACORDO ORTOGRÁFICO DA LÍNGUA PORTUGUESA.

Dados Internacionais de Catalogação na Publicação (CIP)
(Câmara Brasileira do Livro, SP, Brasil)

Freyre, Gilberto, 1900-1987
Assombrações do Recife Velho : algumas notas históricas e outras tantas folclóricas em torno do sobrenatural no passado recifense / Gilberto Freyre ; apresentação Newton Moreno ; ilustrações Poty. - 6. ed. - São Paulo : Global, 2008.

Bibliografia.
ISBN 978-85-260-1310-0

1. Contos folclóricos - Recife (PE) 2. Histórias de fantasmas 3. Folclore - Recife (PE) I. Newton Moreno. II. Poty, 1924-1998. III. Título.

08-04453 CDD-398.2

Índice para catálogo sistemático:
1. Contos : Literatura folclórica 398.2

Direitos Reservados

global editora e distribuidora ltda.
Rua Pirapitingui, 111 - Liberdade
CEP 01508-020 - São Paulo - SP
Tel.: (11) 3277-7999
e-mail: global@globaleditora.com.br
www.globaleditora.com.br

Nº de Catálogo: **2993**

Assombrações do Recife Velho

Sumário

ALGUMAS CASAS

Gilberto Freyre fotografado por Pierre Verger, 1945.
Acervo da Fundação Gilberto Freyre.

Gilberto Freyre

"Pois o Recife Antigo teve uma rua chamada do Encantamento"

Fui convidado a preparar vossa leitura desta obra sedutora de Gilberto Freyre em virtude de um espetáculo teatral, de mesmo nome do livro, inspirado nas páginas que se seguem a esta introdução. Acredito que todos entenderão como a impressão da força das imagens organizadas por Gilberto Freyre levou-me a pensar: "que bela matéria-prima para uma peça de teatro!". Fui tragado assim pela falange etérea de seres encantados que Gilberto nos propõe e logo sucumbi à tradução cênica de algumas destas fábulas recifenses.

Em *Assombrações do Recife Velho*, Gilberto Freyre, sociólogo por excelência, permitiu-se uma dupla abordagem em sua escrita, ao estudar e narrar com prosa criativa e bem-humorada esses universos próprios ao sobrenatural do povo recifense. Oferece-nos uma análise dos "fantasmas" que assolavam o solo nordestino e um entendimento da gênese desse povo e de suas características através de sua relação com esses entes do sobrenatural, mas deixa que sussurre, em suas entrelinhas, o mistério. É como se em sua fuga fantasiosa o povo exorcizasse sua dura realidade de país colonizado e suas dolorosas mazelas de gritantes desigualdades sociais a caminho de seu entendimento como nação. Sustentado na tradição oral da cultura popular, o livro quer nos aproximar dessas figuras sobre-humanas, fantasmas mestiços com seus testemunhos sobre a construção deste país.

Assombrações do Recife Velho surgiu durante a passagem de Gilberto Freyre pelo jornal *A Província*, estimulado pela notícia de um homem que pedia auxílio para livrar-se de fantasmas numa casa do bairro de São José, no Recife. Aqui lembramos o Nelson Rodrigues (também pernambucano) cronista que, a partir de seu trabalho nos periódicos cariocas, extraiu matéria-prima, crônicas e contos fundamentais para sua obra. O livro de Gilberto foi construído com três fontes: os arquivos da polícia, com suas notificações de queixas de casas mal-assombradas e fantasmas molestadores; material de cronistas da cidade no período do Império; e, sua fonte mais rica, os seus fiéis contadores. Lista Gilberto em seu livro: preto José Pedro, Josefina Minha-fé, preto velho Manoel Santana, Pedro Paranhos, Júlio Belo, Dona Maroquinha Tasso, Velho Brotherhood, Dr. Alfredo Freyre.

Um povo se conhece pelos seus mortos. A perspicácia de Gilberto está no seu entendimento de Recife, como um amálgama de influências contraditórias que vai se harmonizando, como nas releituras de mães d'água, caboclas, como a Iara, africanas como oxum e iemanjá, ou como o fantasma da judia, chamada Branca, que emergia das águas do Capibaribe para assombrar. No livro, surgem os diabos negros, os exus pertencentes aos escravos africanos, na mesma medida em que outros demônios de cabelo em fogo e vermelhos assustavam recifenses à época da invasão holandesa. Metáfora implícita do fantasma do demônio colonizador. Ou mesmo o já citado fantasma de Branca Dias, israelita dos tempos da inquisição que guarda até hoje seu tesouro escondido. Sim, porque histórias de tesouros de judeus, flamengos e jesuítas escondidos e assombrados é o que não faltam (como atesta o historiador José Antônio Gonsalves de Mello, estudioso da passagem holandesa em Pernambuco). Assim como de gritos noturnos de negros aflitos açoitados até a morte em locais como o Sítio da Capela. Ecos doídos da escravatura neste país. Ou súplicas noturnas à Cruz do Patrão, onde também foram fuzilados outros tantos revolucionários e negros fujões. Lamentos também presentes na Praça Chora-Menino, palco da morte de revoltosos de 1831. Seguem-se fantasmas sedutores, com as cores da sensualidade dos trópicos, como a aparição do bairro Encanta-Moça. Fantasmas de meninos felizes que nada fazem além de rir e assustam em seus surtos sobrenaturais de felicidade. Mulas sem cabeça, como assombrações de mulheres que se deitaram com padres e vigários que deixavam as cabeças em seus leitos e lançavam seus corpos de potrancas "impuras" na sanha ardente de seus pecados.

O sobrenatural reside nos nomes de vários logradouros da cidade de Recife: rua do Encantamento, rua dos Sete pecados mortais, bairro dos Aflitos, bairro de Afogados, praça Chora-Menino, bairro da Encruzilhada. Todos com suas justificativas para os nomes que carregam. E desse trânsito metafísico de tantas crenças, observa-se a fixação lusófona pelo aspecto da morte. Lirismo e morte, sebastianamente portugueses, que imantam a cultura nordestina de um saudosismo atroz, que não se desvencilha de seus mortos, que sofre e carpe os seus mortos, que os reinventa em aparições e crenças mil. Mesmo em alguns folguedos e "brinquedos" de rua. O livro reergue esses fantasmas, evocando-os para entender-nos.

Fantasmas negros, índios, caboclos, mamelucos, judeus, mouros, portugueses, degredados, holandeses. Fantasmas escravizados, vilipendiados, colonizados, invadidos, seviciados, assassinados, colonizadores, imperialistas, invadidos e invasores. Ressuscitados em cena para promover um olhar sobre a construção desse imaginário de terras pernambucanas.

O Recife das revoluções e das assombrações. Por que não olhar para os fantasmas revolucionários e subversivos que alimentam a tradição contestatória nordestina? Fantasmas testemunhos da Revolução Pernambucana de 1817, da Revolução Praieira, da Confederação do Equador, da Batalha dos Guararapes e das Tabocas na Insurreição Pernambucana, da Cabanada, dos Quilombos, da Setembrizada, da Colônia Suassuna e, avançando no tempo, da Greve do Cabo nos idos de 1964.

O livro nos seduz a continuar a investigação de seu autor: por que não avançar na procura deste entendimento, pesquisando o que se constrói hoje, ou que se mantém até hoje? Pensar nas lendas urbanas atuais, estender o estudo freyriano ao mais "civilizado" mundo contemporâneo. Trabalho semelhante ao realizado pelo *site* www.orecifeassombrado.com, que recolhe novas estórias de aparições na cidade do Recife. Dá para imaginar o efeito de uma lenda como a de uma "perna cabeluda" que assustava e violava mocinhas pernambucanas em plena época da ditadura. Metáfora de um regime monstruoso ou escape fantasioso num triste país dominado pelo horror e pela repressão?

Gilberto escreve como quem traça sua própria autobiografia. Como se sua escrita estivesse aqui para servi-lo a descobrir a si mesmo. Já se confessara rival de Pedro Álvares Cabral. Advoga para si o título de descobridor do Brasil. É, sem dúvida, um de seus grandes intérpretes. Sua casa-grande é sua memória. Adentrar-lhe é investigar seu inconsciente e seu consciente. Sua viagem é psicanalítica, é proustiana, é de revelação. Essa casa-grande patriarcal, horizontal, latifundiária e feudal. De imensos cômodos e funções. E Gilberto invade-lhe todas as partes. A cozinha, os quartos, os banhos, a capela, o cemitério, o saguão de vizinhas, a camarinha, o campo material e o campo sobrenatural. Todos os habitantes da casa-grande, vivos e mortos. Casa-grande que depois cederia espaço para os sobrados da próspera cidade do Recife. E herdaria seus fantasmas e seu intenso trânsito entre vivos e mortos. Nada lhe escapa na sua busca desse tempo. São dos detalhes, dos costumes, das cotidianidades que ele tece cheiros, texturas, cortinas, vapores, cantigas e rezas.

A casa-grande acolhia a todos. Santos, em suas capelas e decorando sua extensão de corredores; mortos, enterrados dentro da propriedade; vivos, famílias inteiras de senhores e escravos; e fantasmas. Uma hierarquia reelaborada nos sobrados da cidade do Recife.

Gilberto inaugura o olhar sobre lendas urbanas recifenses. Rouba das crendices e lendas apreendidas no seu estudo da casa-grande e migra atencioso afeto às lendas da capital emergente. A pesquisadora Fátima Quintas analisa esta passagem: "sob a luz elétrica, as assombrações refugiaram-se nos sítios descampados, nos lugares desertos, nos fundos esquisitos de quintais, sumarizando a história das crenças no mundo secular, ou seja, no mundo além do privado, desde que a casa-grande foi oráculo de fé, representante máxima do cristianismo de família. Laicizadas, as tradições expandiram-se nos subterrâneos da criatividade lendária. E os exemplos se multiplicam". Os corredores escuros da casa grande, às ruas iluminadas pela luz elétrica do grande Recife, às largas avenidas do novo século.

Na verdade, Gilberto sabe que quer descobrir e revelar o que o Brasil tenta esquecer. Brasil terra de tantos lapsos e esquecimentos. Seriam estes lapsos acidentais? Gilberto compreende que para se formar a identidade há que se entender o passado; sem ele, não há sobre o que sustentar nossa identidade como nação. Talvez esses esquecimentos sejam provocados pela vergonha de demarcar zonas escuras de nossa história. A vergonha da cor branca. O tempo que Gilberto estuda, que lhe interessa é o da escravidão, suas lembranças são de exploração e massacre. A escravidão talvez como grande trauma do povo brasileiro (como apontam alguns psicanalistas). Derivando daí seu histórico de injustiças, desigualdades. O tempo do patriarcalismo, do latifúndio açucareiro, da Recife rica de açúcar. Gilberto olha-se no espelho sem medo de se descobrir cruel, ibericamente cruel. Sem medo de descobrir-se mestiço, malemolente, híbrido, preguiçoso. Sem medo de perceber marcas de sangue. Como ele mesmo definiu: "é um passado que se estuda tocando em nervos".

Um homem que percebe o "amorenamento" de seu povo. Um povo que se sente além da concepção de raça, quase uma metarraça, mas que ainda exala assustador traço de discriminação. Gilberto é mestre em revelar nossas incongruências. Lança luz sobre o binômio calvinismo *versus* cristianismo lírico, como equação para estudar a formação do continente americano. Nosso cristianismo nos brindou com uma aceitação das divergências religiosas, sem ortodoxias, que nos isentou de guerras religiosas. O catolicismo colonial (já amolecido pelos povos maometanos) foi democrático, assimilou a ideia da miscigenação.

Um homem com poderoso poder de escuta. Um ouvido sensível e voraz para auscultar o batimento do povo, recolher seus depoimentos. Suas rezas mais inauditas, suas receitas mais prosaicas, seus medos mais improváveis/risíveis. Onde os detalhes mais ínfimos e simples são aqueles que ajudam a construir a grandeza de nossa cultura. São os que modelam o caráter nacional.

Um homem com pluralismo de métodos, linguagem sedutora; linguagem aberta, franca, desabrida. Que não só aceitava como também convivia com o "mistério". Mistério que, frustradamente, ele nunca presenciara. Gilberto cercado de fantasmas, nunca pôde vê-los, tocá-los, conversar com seus personagens. O professor Edson Nery registra seu desapontamento. As estórias de assombrações pipocavam à sua frente e ele não as enxergava. Talvez resida aí a paixão com que Gilberto desenhou este livro; esperava talvez, entre um capítulo e outro, ser tocado pela visita de uma mula sem cabeça a cumprimentá-lo ou de boca-de--ouro a lhe pedir fogo para seus vícios noturnos.

O espetáculo livremente adaptado da obra para qual a leitura, eu inauguro algumas palavras, tentou materializar substância volátil e imagética e de profunda carga emocional neste retorno ao Recife. Lancei-me, com apoio fundamental da Bolsa Vitae de Artes em 2003, nos corredores do processo criativo de Gilberto e refiz alguns de seus trajetos e me imaginei em outros percursos pela lendária Recife da primeira metade do século passado. Uma volta ao lar, ao berço, ao forno.

Na adaptação, o épico vem juntar-se ao lirismo e preparar o terreno para o jogo dramático. Híbridos em nossa construção, fiéis ao texto de Gilberto, rica cornucópia de gêneros e estilos. Texto escrito com várias vozes. A voz maior, Gilberto Freyre, depois a do povo a me sugerir os mesmos caminhos que Gilberto preconizou com suas estórias sedutoras e minha voz final que tenta harmonizar tantas contribuições, propondo versões dramatúrgicas de lendas e aparições; e apontando encaminhamentos de cena, de construção do espetáculo.

É um espetáculo que nos defronta com nossos mortos. A morte circunda, alimenta a feitura da pesquisa e a cultura popular trata com humor e respeito "os do outro lado", o respeito e a eterna curiosidade com o fim. Todas as personagens são contadores, moradores da rua do Encantamento do Mestre de Apipucos, na tentativa de reconquistar uma arte quase extinta e de profunda magia teatral. Todos possíveis interlocutores de Gilberto, contador do século XX que faz prosa, poesia e ciência.

Abrimos com as estórias de Gilberto e de seu livro e com o tratamento cênico às contribuições coletadas com o povo recifense. A história funde-se à estória. O mito de formação de um povo. Negros e brancos, judeus e católicos, portugueses e holandeses, sinhás e escravos, sobrados e mucambos, vivos e mortos traçam convivências simbólicas e montam a teia do surgimento deste país. É onde Gilberto aponta a identidade de um povo em meio a tantos medos e traumas e fantasmas.

Das lendas contemporâneas, trabalhamos com a perna cabeluda, a menina do algodão e a triste viagem do fantasma nordestino e o trânsito migratório das diferenças sociais do país. Desembarcamos no teatro, recuperando de Shakespeare a noção maior da metafísica e dos mistérios que existem entre céu e terra. Como Gilberto aponta em seu livro ao falar de Shakespeare e Cervantes. Hamlet e nossos fantasmas atores nos sensibilizam para esse cruzamento com o teatro, onde a maior peça da dramaturgia ocidental tem sua ação desencadeada quando um fantasma aparece. Um fantasma aparece.

Voltamos à cozinha, onde Gilberto aguçava os ouvidos e os sentidos para as estórias e os sabores do povo. Na cozinha, temperamos a esperança de ter sensibilizado o público para esta esquecida convivência entre vivos e mortos, aumentando suas janelas de percepção, educando-lhes os sentidos. Movidos por um sentimento de religiosidade/espiritualidade e pelo frevo-canção de Antônio Maria.

"Ai, ai saudade, saudade tão grande..."

NEWTON MORENO

Ator, autor e diretor teatral.

Nascido em Recife, formou-se bacharel em Artes Cênicas pela Unicamp e mestre em Artes Cênicas pela USP. Em 2001, encenou seu primeiro texto *Deus Sabia de Tudo...* É autor de *Dentro e A Cicatriz é a Flor*, textos que compõem a primeira etapa do Projeto *Body Art; Agreste*, pelo qual ganhou o Prêmio Shell e o Prêmio APCA (Associação Paulista dos Críticos de Artes) de Melhor Autor em 2004; e *As Centenárias*, pelo qual ganhou Prêmio Shell de Melhor autor em 2008. Recebeu Bolsa Vitae de Artes em 2003 para realizar livre adaptação teatral do livro *Assombrações do Recife Velho* de Gilberto Freyre que resultou em espetáculo de mesmo nome.

Prefácio à 2ª Edição

Este livro não pretende ser contribuição senão muito modesta para o estudo de um aspecto meio esquecido do passado recifense: aquele em que esse passado se apresenta tocado pelo sobrenatural. Pelo sobrenatural mais folclórico que erudito, sem exclusão, entretanto, do erudito. Mas sem que tenha sido preocupação do autor entrar no mérito, por assim dizer, de qualquer desses sobrenaturais, cuja presença, real ou suposta, apenas constata através de testemunhos, de experiências, de aventuras das chamadas psíquicas que teriam sido vividas por uns tantos recifenses em ambientes e em circunstâncias próprias do Recife: os de sua condição de cidade não só situada à beira-mar como cortada por dois rios; de burgo por algum tempo judaico-holandês e não apenas ibero-católico; de capital de província e de Estado depois de ter sido simples povoação de pescadores; de sede de vários conventos; de centro de atividades culturais importantes; de grande mercado de escravos trazidos da África; de espaço urbano caracterizado por sobrados de tipo esguio, de feitio mais nórdico do que ibérico: provável influência holandesa ou norte-europeia sobre sua arquitetura.

Vários desses sobrados ganharam fama de mal-assombrados. As assombrações no Recife não têm tido menor repercussão folclórica do que as célebres "revoluções libertárias": a de 17, a de 24, a Praieira. Ao contrário: o folclore recifense talvez fale mais de assombrações do que de revoluções. Aos mistérios da vida e da morte o recifense tem sido quase sempre sensível, compreendendo-se que, no Recife, tenha se aguçado o que em Augusto dos Anjos foi angústia de poeta morbidamente preocupado com a morte; e que no Recife tenha se desenvolvido em Lula Cardoso Ayres um pintor impregnado de vocações místicas. Menos famoso pelos seus xangôs que Salvador pelos seus candomblés ou Niterói pelas suas macumbas, o Recife não tem deixado de ser centro de encontro daquelas "forças místicas" que, segundo Peter McGregor e T. Stratton Smith, no seu recente *The moon and two mountains. The myths, ritual and magic of Brazilian spiritism*, publicado em Londres, estariam resultando numa espécie de neomisticismo brasileiro em que à mágica europeia se viessem juntando as mágicas ameríndias ("o caboclo") e negras ("o negro velho").

O sobrenatural ou o sobrenormal continuam a atrair a atenção dos homens os mais sofisticados: na Europa como nos Estados Unidos. Que o digam os êxitos alcançados por livros como *Exploring the unseen world*, de Harold Stemour; ou como *You do take it with you*, de R. De Witt Miller; ou o *Traité de parapsychologie*, de René Sudre.

E segundo estudo recente do assunto, nunca Paris foi mais do que está sendo agora uma cidade de gente seduzida pelo sobrenatural: pela cartomancia, pela astrologia, pelo espiritismo. À medida que parte do catolicismo francês, cedendo a hábeis infiltrações comunistas, vem se tornando "racionalista" e "lógica", apenas "social" ou somente "humanitária", e requintando-se no desprezo a crenças e a ritos considerados folclóricos por padres já quase ex-padres, vem aumentando em ex-católicos franceses o gosto pelas especulações místicas naquelas outras áreas. O mesmo se verifica em cidades brasileiras como o Recife, com seus padres e até bispos já quase ex-padres e ex-bispos, pelo empenho que põem em sobrepor suas atividades de líderes sociais e até políticos às suas responsabilidades de "pastores de almas": de "pastores de almas" que atendessem às solicitações místicas, religiosas, espirituais da gente que, abandonada por eles nessa área, procura, cada dia mais, refúgio ou consolo nas seitas afro-brasileiras, no espiritismo, na cartomancia.

O Recife não tem motivos para envergonhar-se do que, no seu passado, se apresenta tocado de sugestões sobrenaturais. Grande parte dessas sugestões terá sido simples crendice, superstição, histeria, até. Outra parte, porém, não se deixa facilmente explicar pelo simplismo cientificista: retém o seu mistério.

G. F.

Santo Antônio de Apipucos, 1970

boca de ouro

Prefácio à 1ª Edição

Quem se surpreender com um livro sobre assombrações, de escritor que tem na Sociologia (como outros na Medicina ou na Engenharia) seu mais constante ponto de apoio – embora seja principalmente escritor e não sociólogo – que contenha sua surpresa ou modere seu espanto. Pois não há contradição radical entre Sociologia e História, mesmo quando a História deixa de ser de revoluções para tornar-se de assombrações.

Já existe, aliás, uma *Sociology of the supernatural*, trabalho de um mestre, Luigi Sturzo, aparecido em 1943. Admitido, como alguns hoje admitem em Sociologia, que a convicção pode fazer sociologicamente as vezes da realidade, admite-se que possa haver associação por meios psíquicos, mesmo imaginários, de vivos com mortos. Formariam eles "sociedades" de que seria possível fazer-se o estudo sociológico, como já se faz (forçando um pouco o critério dominante na investigação dos fatos sociológicos, que é o antropocêntrico) o estudo de sociedades animais e até de vegetais em suas relações com as humanas.

Não é descabido, nem em Sociologia nem em Psicologia Social, considerar-se o fato de que não há sociedade ou cultura humana da qual esteja ausente a preocupação dos vivos com os mortos. E essa preocupação, quase sempre, sob alguma forma de participação dos mortos nas atividades dos vivos. O próprio Positivismo admite que "os vivos" sejam "governados pelos mortos". A gente mais simples admite a participação dos mortos na sua vida sob a forma de "visagens" ou "assombrações" em que as supostas manifestações de espíritos de mortos às vezes se confundem com supostas aparições do próprio Demônio. Ou de pequenos e médios demônios, desde que o mundo demoníaco tenha também sua hierarquia. Demônios, no Brasil, disfarçados às vezes em bodes, cabras-cabriolas, mulas sem cabeça, lobisomens, boitatás, porcos, queixadas, cachorros, cães ou gatos de olhos de fogo, quibungos, papões, mãos de cabelo, cobras-norato, almas-de-gato, capelobos, papa-figos. Toda uma fauna infernal que, se a sociologia do sobrenatural descesse do divino ou do angélico ao misticamento bestial, teria que considerar "sociedade" a seu modo animal. O encontro dos dois extremos: o supra e o infra-humano. Em compensação, a tradição oral guarda a lembrança de aparições, no Recife ou nos seus arredores, de santos, da própria Virgem, do próprio Senhor Bom-Jesus até a simples soldados, embora nenhum tenha se tornado arremedo sequer de Joana d'Arc: a não ser que se queira idealizar a este ponto o herói demasiadamente humano que foi Fernandes Vieira.

Há hoje no nosso país, como em outros países, quem não se sinta nunca só mas sempre acompanhado por anjos da guarda ou por espíritos de mortos bons ou de demônios, amigos ou inimigos. Será ou não uma forma de socialidade, digna de estudo sociológico por pesquisador que, sem se interessar diretamente pela pesquisa psíquica, se interesse pela repercussão do psíquico sobre o comportamento de indivíduos obcecados ou dominados pela crença de viverem na companhia ou na sociedade de espíritos de mortos, ou de demônios que acreditam caminhar a seu lado, conversarem com eles, inspirarem-lhes atitudes de pessoas vivas e até lhes aparecerem em ocasiões excepcionalmente importantes, advertindo-os de perigos, confortando-os ou aterrorizando-os? É este outro aspecto sob o qual as chamadas assombrações, visagens ou aparições, ou seja, o convívio que certos vivos supõem manter tranquilamente com espíritos de pessoas mortas, conhecidas ou estranhas, ou com anjos, demônios, santos, podem ser estudadas sociologicamente. Pois não deixa de ser uma forma de convivência.

mula sem cabeça

Não vamos a tanto neste ensaio. As páginas que se seguem não são de Sociologia alguma do sobrenatural. São elas tão modestas em suas pretensões que não representam contribuição, mesmo pequena, para qualquer nova Sociologia de Inter-relações Psíquicas, em fase de aventurosa formação.

Quando muito, acrescentam uma ou outra novidade, miúda, mas mesmo assim de algum interesse, à literatura ou ao folclore do sobrenatural no Brasil. Uma ou outra achega à história íntima, da cidade do Recife, cujo ambiente está tão impregnado de assombração quanto o de Salvador de feitiço ou o do Rio de Janeiro de *buena dicha*: *buena dicha* não só de cigana como de macumbeira e de cartomante requintada. É que o Rio recorre ao sobrenatural principalmente para ver o futuro; enquanto no Recife o sobrenatural é sobretudo uma perseguição do presente pelo passado. Na Bahia é sobretudo um aliado atual, vivo, presente da África contra a Europa no resto de Guerra Fria entre as duas culturas, felizmente quase de todo harmonizadas em síntese magnificamente brasileira.

Não é de hoje que o assunto interessa o autor. Em 1929 dirigia ele o velho jornal *A Província*, do Recife – o antigo, bravo e bom jornal de José Mariano e José Maria, de Joaquim Nabuco e Carneiro Vilela –, quando foi uma noite procurado por sisudo morador de sobrado de São José: homem que há meio século era assinante daquele diário liberal". Que conhecera Nabuco. Que fora companheiro de luta de José Mariano e de Maciel Pinheiro. Que seguira devotamente todos os folhetins de Carneiro Vilela. Que continuava amigo de Manuel Caetano: sobrevivente dos dias mais combativos do jornal.

O que o bom homem desejava do novo diretor do jornal era simplesmente que este insignificante mortal conseguisse do então chefe de polícia que acabasse com as assombrações na casa de São José onde morava o velho admirador de Nabuco, o antigo entusiasta de José Mariano. Estávamos na época em que se atribuía ao Presidente da República, aliás brasileiro honrado e homem de bem, o critério de considerar toda agitação brasileira de operários contra as explorações de patrões, simples questão de polícia. O diretor d'*A Província* tinha diante de si, naquela noite de 1929, um cidadão igualmente honrado que, acreditando em espíritos maus e zombeteiros, acreditava ao mesmo tempo em solução policial para as assombrações da sua casa. Não admitia que fossem obra de ladrões. Nem de malandros. Nem de namorados da crioula da casa. Estava certo de que eram espíritos. Mas espíritos maus que a polícia poderia conter, expulsar, talvez liquidar a facão. O velho liberal chegava ao fim da vida acreditando no poder sobrenatural da polícia.

Não recomendou o autor a caso à polícia para solução, mas simplesmente para indagação. Recomendou-o principalmente a um psiquiatra seu amigo que passou a interessar-se pelo assunto – casas mal-assombradas do Recife – do ponto de vista de sua especialidade; e reuniu, ao que parece, bom material, hoje talvez disperso.

Ao mesmo tempo, porém, o diretor d'*A Província* teve a ideia de encarregar o repórter policial do jornal, que era o Oscar Melo, de vasculhar nos arquivos e nas tradições policiais da cidade o que houvesse de mais interessante sobre o assunto: casas mal-assombradas e casos de assombração. Queixas contra espíritos desordeiros. Denúncias contra ruídos de almas penadas. Pedidos à polícia para resolver questões violentamente psíquicas. Que lhe trouxesse tudo isso copiado. O chefe de polícia de então – Eurico de Sousa Leão – era pessoa amiga e facilitaria as cópias.

E antes mesmo de as primeiras notas serem trazidas pelo repórter para o diretor do jornal reduzi-las a histórias de sabor o mais possível popular, iniciou *A Província* uma série de artigos, a respeito do assunto: artigos que fizeram algum ruído, embora apenas provinciano. O primeiro foi sobre a Cruz do Patrão. O poeta Manuel Bandeira escreveu do Rio à direção d'*A Província* que estava encantado com a ideia: toda uma série de artigos sobre o sobrenatural no passado recifense. Mas o poeta Manuel Bandeira era então colaborador do velho jornal do Recife, e, portanto, contaminado de provincianismo. Tanto que já escrevera o poema imortal que é "Evocação do Recife".

Aquelas reportagens, *A Província* organizou-as – como organizara a série *Crimes célebres em Pernambuco* – como pequena contribuição para a história íntima da Cidade e da Província. Algumas aparecem de tal modo refundidas nas páginas que se seguem que é mesmo como se fossem matéria nova. Foram ouvidos outros informantes a respeito dos casos que aqui se contam. Representam elas, na sua forma atual, um esforço não só jornalístico como de pesquisa histórica no qual o diretor do diário teve a auxiliá-lo, além daquele bom repórter policial, o por algum tempo seu cozinheiro, o preto José Pedro, filho de velho capanga de José Mariano; a também, por algum tempo, sua vizinha, macumbeira célebre, Josefina Minha-Fé; e os seus queridos amigos Pedro Paranhos e Júlio Belo, conhecedores de muita intimidade do velho Recife: inclusive casos de assombração.

Outras histórias se juntam agora às desenvolvidas das reportagens de 1929. Numerosas outras. Quase todas recolhidas diretamente de boas fontes orais. De velhos e honestos moradores da cidade, entre os quais Dona Maroquinha Tasso, há pouco falecida na sua casa de Apipucos aos 86 anos de idade e que era a ternura em pessoa; o velho Brotherhood, figura simpática de anglo-pernambucano há anos falecido; o preto velho Manoel Santana; o Dr. Alfredo Freyre; o Coronel João Cardoso Ayres; o Capitão Adolfo Costa.

Também o adolescente apaixonado pelas tradições do Recife que é Evaldo Cabral de Mello recolheu de gente antiga informações, que me transmitiu, sobre assombramentos célebres. Um caso me foi contado pelo meu amigo Carlos Humberto Carneiro da Cunha. E quatro ou cinco casos foram recolhidos em páginas de cronistas coloniais ou do tempo do Império e não da tradição oral ou popular. Nem dos arquivos policiais.

A todos os colaboradores, os agradecimentos do organizador deste livro de histórias que não deixam de ser história: história de uma cidade tão célebre pelas assombrações como pelas revoluções. Agradecimentos, também, a Lula Cardoso Ayres, o ilustrador admirável que como nenhum outro parece sentir o que há ao mesmo tempo de humano e de pernambucano em histórias de almas-do-outro-mundo como as reunidas aqui.

* * *

Investindo, com razão, contra certezas sectárias e sistematizações doutrinárias em torno de mistérios ainda esquivos ao estudo científico, sábios como Mestre Silva Melo vão talvez ao extremo de assegurar que isso de assombração, de fantasma, de morto aparecendo ou falando a vivo, é tudo ilusão. Fantasia como o lobisomem, a mula sem cabeça, o boitatá. Mas sábios igualmente ilustres como Walter F. Prince nos têm mostrado, em páginas como as de *The enchanted boundary*, a paciência, o rigor, o cuidado com que desde 1882 – isto é, desde a fundação da British Society for Psychic Research – se realizam pesquisas em torno do chamado sobrenatural, sem que se tenha chegado à conclusão de nada haver do que os rigoristas da terminologia chamam de sobrenormal. E nessa expressão, sobrenormal, cabe muito mistério.

O filósofo inglês Joad é também dos nossos dias: mas não sabe como desprezar-se o mistério.

No ensaio que escreveu para refutar a tese chamada de "pré-logicismo", o francês Olivier Leroy lembra que a negação absoluta dos "fenômenos ocultos" é atitude recente na história do pensamento humano: tão recente que seria precipitação considerá-la "final". A propósito do que recorda Raymond Michelet as palavras do velho Carlyle: "*The reign of Wonder is perennial, indestructible in man; only at certain stages (as the present) it is, for some short reason, a reign in* partibus infidelum". Palavras às quais se poderiam acrescentar as célebres de Shakespeare e Cervantes, em bocas de personagens igualmente célebres criados por eles.

O mistério continua conosco, homens do século XX, embora diminuído pela luz elétrica e por outras luzes. Por que desconhecê-lo ou desprezá-lo em dias tão críticos não só para certas fantasias psíquicas como para certas verdades científicas, como os dias que atravessamos?

G. F.

Santo Antônio de Apipucos, 1951

o Diabo

Introdução

Os mistérios que se prendem à história do Recife são muitos: sem eles o passado recifense tomaria o frio aspecto de uma história natural. E pobre da cidade ou do homem cuja história seja só história natural.

Ignoro se é tradição de outra cidade brasileira ter aparecido em alguma de suas ruas ou em algum de seus arredores o próprio diabo: o diabo da magia europeia e não simplesmente Exu. Pois no Recife duas simples mulheres, uma madrugada, na campina da Casa-Forte, ficaram assombradas com a figura estranha que lhes teria aparecido de repente; e que, segundo a tradição, foi não a cabra-cabriola – que esta não gosta de velhas mas só de meninos – nem mesmo Exu, diabo só dos negros, e sim o próprio diabo dos brancos com toda a sua vermelhidão e toda a sua inhaca terrível de enxofre e de breu. Contou-me a história Josefina Minha-Fé, moradora dos arredores de Casa-Forte, salientando: "Mas isso foi no tempo antigo". Talvez ainda no século XVII: "No tempo dos Framengo".

Estava o Recife ainda quente da presença de herege ruivo e vermelho nas suas ruas e nas suas casas. A invasão flamenga trouxera à capital de Pernambuco muito calvinista e muito judeu, dos quais a gente mais devota da Virgem e mais amiga dos santos não podia deixar de prudentemente afastar-se, benzendo-se, com medo de que os intrusos – mesmo os ricos – tivessem, como o próprio demônio, pés-de-pato ou de cabra; e, como o maldito, fedessem a enxofre. Perseguida por agentes da Inquisição, diz-se que uma israelita de fortuna, Branca Dias, deitou a muita prata que tinha em casa em águas de Apipucos, desde então, segundo entendidos no assunto, mal-assombradas. Como mal-assombradas ficaram terras entre Casa-Forte e o Arraial: todo um sítio onde é tradição ter aparecido durante anos a figura de um guerreiro ruivo trajado de veludo e de ouro, cabelo longo e louro como de mulher, lança em riste, cavalo a galope. Dizia-se que era o fantasma de um general holandês que caíra morto na batalha de Casa-Forte (1645).

A cabra-cabriola – já que se fez alusão a essa espécie de cabra-bicho, diga-se mais alguma coisa a seu respeito – parece ter sido, por longo tempo, para o menino recifense, a própria imagem do Cafute: era a cabriola-bicho de arrepiar de medo ao mais bravo menino. Deitava fogo pelos olhos, pelas ventas e pela boca. E ao contrário do lobisomem, que ficava cumprindo seu fado nos ermos, onde com dentes tão agudos como os da cabra-cabriola agredia o recifense incauto que se aventurasse a andar por tais lugares no escuro das noites de sexta-feira, a cabriola vinha ao próprio interior das casas, à procura de meninos travessos:

Eu sou a cabra-cabriola
Que como meninos aos pares
Também comerei a vós
Uns carochinhos de nada.

Era preciso que os meninos se aconchegassem bem às mães ou às avós ao primeiro ruído estranho que ouvissem perto de casa. Ruído que podia ser só de timbu à procura de manga madura ou mesmo espapaçada de podre; ou de raposa com fome de galinha de quintal; mas que talvez fosse o da cabriola, astuciosa como raposa e fétida como timbu. O melhor era que o menino se comportasse bem.

Que obedecesse ao pai. Que fosse bom para a mãe. Que não mijasse na cama. Que não se excedesse em traquinagem. Casa de menino bom a cabra-cabriola nem sequer se afoitava a arranhar-lhe a porta. Passava de largo.

Quando no silêncio das antigas noites recifenses se ouvia longe, por trás de velhos sobrados, um choro mais triste de menino, era quase certo que a cabra-cabriola estava devorando algum malcriado, algum desobediente, algum respondão. Então os meninozinhos acordados, que ouviam ruído tão triste, gritavam por pai, por mãe, por vó, por sinhama, por bá; ou se escondiam por baixo dos lençóis; ou rezavam a Nossa Senhora, faziam o pelo-sinal, diziam o Padre-Nosso.

A verdade, porém, é que o choro era quase sempre de menino doente. Menino estraçalhado não pela cabriola, mas por doença dos intestinos. Devastado por febre má. Devorado pela bexiga lixa.

Às vezes nem disso era o choro parecido com o de menino, mas de cururu ou de outro sapo tristonho, e com a fama de bicho de bruxo, em algum capinzal de beira de lagoa ou de rio, nas noites úmidas do Recife. Talvez tenha vindo daí o nome de Chora-Menino, que por tanto tempo foi o de um descampado da cidade, afinal chamado oficialmente por outro nome.

Não nos deixemos, porém, arrastar pela tentação de reduzir a história natural a história do Recife. Pois nesse ponto a tradição é de que naquele descampado houve matança e sepultamento de recifenses, inclusive de meninos ou inocentes, numa das agitações que ensanguentaram o velho burgo. Pelo que durante anos o largo inteiro teria ficado mal-assombrado com o choro dos inocentes. "Uma lenda semelhante a outras muitas criadas pela imaginação popular para explicar certos fatos anda ligada à denominação atual de Chora-Menino", escreveu sisudamente no princípio deste século o historiador Sebastião Galvão.

A lenda diz que "depois do saque da tropa insubordinada que guarnecia o Recife, na revolta de 1831, conhecida por Setembrizada, em que os soldados, e vários indivíduos mais associados a eles, arrombavam e saqueavam, cometendo toda a sorte de atrocidades", o Recife ficou cheio de gente morta; e que naquele sítio foi "sepultado grande número de vítimas falecidas"; e que, tempos depois, quem passasse alta noite por aquela paragem ouvia sempre "choro de menino". Talvez menino morto ali enterrado. A verdade, porém, é que há sapo que faz um ruído muito parecido com choro de menino, podendo nesse caso o leitor optar pela interpretação da história natural, sem irritar os entusiastas da interpretação sobrenatural. Para satisfação destes, não faltam casos sem explicação alguma. Choros que não se parecem com os guinchos de animais e risadas, como a do chamado Boca-de-Ouro, que não têm semelhança alguma com as risadas dos vivos.

Outro lugar público com fama de mal-assombrado foi por muito tempo, e é um pouco ainda hoje, a Cruz do Patrão, no istmo que liga o Recife a Olinda. Foi a cruz levantada, não se sabe exatamente quando, entre as fortalezas do Brum e do Buraco. Parece ter sido construída por algum patrão-mor do porto do Recife, cargo que, segundo os cronistas da cidade, é muito antigo: já existia em 1654.

Sabe-se que por perto da cruz enterravam-se os negros pagãos, de um dos quais a inglesa Maria Graham viu horrorizada pedaços de corpo mal sepultado repontando da terra ou da lama. Também aí se executavam as penas capitais de fuzilamento quando impostas aos militares, lembra o já citado Sebastião Galvão. E outro cronista do Recife, o Franklin Távora d'*O cabeleira*, escreveu ter sido crença, por muito tempo, que todo aquele que passasse de noite perto da cruz ouviria gemidos, veria almas penadas ou seria perseguido por "infernais espíritos".

Na verdade mais de um incauto, passando por aquele ermo, em horas mortas, desaparecera do número dos vivos. De um estudante, assassinado junto da cruz, pensou-se que o assassino fosse um soldado; mas não fora, e sim outro indivíduo animado de "espírito infernal" que quando confessou o crime já o soldado morrera na Ilha de Fernando de Noronha, castigado por um crime que não praticara. Matutos, canoeiros, pescadores, toda a gente simples durante anos evitou no Recife passar perto da cruz mal-assombrada. Fazia-se o caminho mais longo, contanto que se evitasse o ermo sinistro.

O que parece ter regalado feiticeiros e negros de Xangô que se tornaram senhores dos arredores da cruz nas noites mais escuras e úmidas do Recife. Principalmente na noite de São João. Conta Távora que numa dessas noites celebrava-se, como de costume o que ele chama "congresso dos negros feiticeiros do Recife", que teriam, assim, se antecipado aos brancos e letrados na realização de congressos afro-brasileiros como o que em 1934 reuniu-se, por lembrança minha e

com o auxílio de babalorixás como Adão e Anselmo, artistas como Cícero Dias e doutores como Ulisses Pernambucano e Rodrigues de Carvalho, no Teatro Santa Isabel. Cada um deles – isto é, cada um dos congressistas da Cruz do Patrão – tinha na mão um cacho de flores de arruda. (O povo diz que em noite de São João essa planta dá flores, as quais são logo arrebatadas pelos feiticeiros para as suas bruxarias.) À meia-noite começou a "coreia dos mandingueiros". E tanto tripudiaram em volta da cruz, rezando suas orações ou fazendo suas mandingas, que Exu lhes apareceu. Apareceu o diabo africano naquela Salamanca recifense de negros.

Segundo o cronista tinha esse diabo a forma de um animal desconhecido: "Era preto como o carvão. Os olhos acesos despediam chispas azuis. Brasas vivas caíam-lhe da boca encarnada e ameaçadora. Pela garganta se lhe viam as entranhas onde o fogo ardia". Entre os negros, participantes do congresso de mandingueiros, estava uma preta que devia ser da raça das culatronas para ser descrita pelo cronista, em página ainda quente da tradição por ele recolhida da boca dos antigos, como "tanajura".

Atirou-se Exu à pobre "tanajura" por entre "uma chuva de faíscas abrasadoras". A preta então deitou a correr pelo istmo como uma louca: "Foi a sua última carreira". No desespero, a coitada da "tanajura" quis primeiro atirar-se nas águas que ali gemem como se na verdade fossem mal-assombradas. Mas recuou. E foi meter-se pelas sombras do bom Rio Beberibe com o demônio preto, vermelho e azul sempre a persegui-la.

Outra vez fale o cronista: "Enganado pela vista dos mangues, o demônio atirou-se após a fugitiva, julgando entrar em uma floresta. Assim, porém, que o corpo ígneo se pôs em contato com as águas frias, súbita explosão destruiu o furioso animal. O estampido ribombou como descarga elétrica. Nuvem de fumo espesso, que tresandou a enxofre, cobriu a face do Beberibe. No outro dia, na baixa-mar, apareceu no lugar onde a negra tinha afundado, não o seu corpo, mas a coroa preta que indicou aí por diante aos feiticeiros a vingança do espírito das trevas".

A negra se encantara. E se encantara em "coroa" de terra preta. Castigo de um Exu do mais violento tipo – do chamado "Tranca Rua" –

ao qual ainda hoje se sacrificam, no próprio Rio de Janeiro, nas encruzilhadas, galinhas de pescoço torcido; ao qual ainda hoje há quem ofereça charuto e ramo de flor para acalmar as fúrias do Malvado.

Não se pense, porém, que a tradição recifense só fale em negras encantadas. Fala também de moças brancas que se sumiram. Não só a emparedada da Rua Nova, já consagrada pela literatura em romance de Carneiro Vilela: também outra, para os lados do Pina, num sítio que ficou conhecido por Encanta-Moça.

Foi esta uma iaiá branca perseguida não por Exu, mas pelo marido ciumento. Para fugir ao malvado, encantou-se nos mangues. Nunca mais se viu a iaiá que devia ser mulher bonita, além de branca, para ser tão oprimida pelo senhor seu marido. Talvez tenha se tornado alamoa: e ruiva como uma alemãzinha apareça nas noites de Lua a homens morenos e até pretos, assombrando-os e enfeitiçando-os com sua nudez de branca de neve. Mas desmanchando-se como sorvete quando alguém se afoita a chegar perto de seu nu de fantasma. Desmanchando-se como sorvete e deixando no ar um frio ou um gelo de morte. Frio ou gelo que é, aliás, característico de quase toda assombração recifense em que um morto aparece a um vivo.

Durante longo tempo a recordação desse mistério poetizou o sítio chamado Encanta-Moça. Até que, iniciada a fase atual de transporte aéreo, uma companhia ou empresa pioneira quis fazer do velho ermo moderno campo de aviação. Deu-se então o seguinte fato: burgueses progressistas do Recife envergonharam-se do nome do sítio antigo que recordava uma simples história de moça encantada em fantasma. Envergonharam-se do nome mágico de Encanta-Moça. Os mais salientes trataram logo de substituí-lo por nome que soasse moderno e lógico. E o próprio Instituto Arqueológico, chamado pelos burgueses progressistas a dar parecer sobre o assunto, concordou em que se mudasse aquele nome vergonhosamente arcaico para o de Santos Dumont. Encanta-Moça nada tinha de histórico, argumentava o Instituto para concordar com os burgueses progressistas. Nada significava para a história da cidade. Era lenda. História da carochinha. Argumento de quem nunca leu aquela página de Chesterton em que o ensaísta inglês lembra que uma lenda é obra de muitos e como tal deve ser tratada com mais respeito do que um livro de história: obra de um único homem. E antes de Chesterton já dizia a sabedoria francesa: *Une légende ment parfois moins qu'un document.*

De modo semelhante desapareceram do Recife outros nomes bons e antigos de ruas, praças e sítios: nomes impregnados de tradição nos quais os historiadores rasteiros não veem história por entenderem que história é só a que se refere a batalhas e governos, a heróis e patriotas, a mártires e revoluções políticas. Só o que vem impresso nos livros ou registrado nos papéis oficiais.

O caso da Rua dos Sete Pecados Mortais, à qual se deu o nome, aliás ilustre, de Tobias Barreto. Chamava-se dos sete pecados mortais – um encanto de nome! – por ter sido nos seus começos "extenso beco contendo sete casas do mesmo lado e habitadas por mulheres fadistas". Tinha a velha rua tanto direito a continuar Rua dos Sete Pecados Mortais como Chora-Menino a continuar Chora-Menino. Encanta-Moça, Encanta-Moça. Rua do Encantamento, Rua do Encantamento.

Pois o Recife antigo teve uma rua chamada do Encantamento. Era uma rua por trás da do Vigário. Sua história, contada por outro velho cronista da cidade – Pereira da Costa – é das que mais enchem de sobrenatural o passado recifense. É história em que entra frade e aparece casa mal-assombrada. Um frade que costumava deixar à noite, disfarçado, o convento, para dar o seu passeio, ver as moças, talvez as mulatas, matar a fome de mulher. Uma noite, encontrou uma mulher que lhe pareceu de "uma beleza encantadora". Seguiu-a e depois de algumas voltas subiu as escadas de um sobrado que ficava na tal rua. A sala estava às escuras. Sentaram-se, a mulher e o frade libertino, esse procurando descobrir quem era mulher tão bela. De repente, conta o cronista que a sala ficou iluminada. Apareceu no centro um esquife contendo um corpo humano. E a mulher bonita, essa desaparecera. O frade deve ter se assombrado, mas teve a calma necessária para dependurar em um prego o relicário que trazia ao pescoço. Desceu as escadas do sobrado; e da rua olhou para a sala. Estava outra vez às escuras. Voltou ao convento e contou a aventura aos outros frades. No dia seguinte, muito cedo, voltou com alguns deles à casa mal-assombrada: "E com o maior espanto verificaram que só havia ali o relicário que ele tinha deixado como sinal".

Não nos diz a tradição em que século aconteceu ao frade libertino a estranha aventura; nem que espécie de luz iluminou de repente a sala do sobrado a que o atraíra a bonita mas fantástica mulher. Terá sido luz parecida com a de azeite de palma? Por séculos o Recife foi, como as demais cidades do Brasil colonial, um burgo escuro, cujas casas se iluminavam a azeite ou a vela. Pelas ruas quem quisesse andar com segurança à noite que se fizesse acompanhar de escravo com lanterna ou lampião particular. Só os nichos tinham luz. Por algum tempo, apenas iluminaram as ruas ou estradas as luzes de azeite dos nichos, dos passos ou das cruzes como a Cruz das Almas. Só na segunda metade do século XIX apareceram nas casas – as mais fidalgas já iluminadas a vela nos dias de festa e até nos comuns – os candeeiros belgas, os candeeiros de querosene, as lâmpadas de álcool, os bicos e as lâmpadas de gás. Luz mais brilhante que a antiga e que foi afugentando os fantasmas não só das ruas como do interior das casas. Obrigando-os a se refugiarem nos ermos, nos cemitérios, nas ruínas, nos restos de igrejas, de conventos, de fortalezas, nos casarões abandonados, nas estradas tão sombreadas de arvoredo a ponto de essas sombras abafarem a própria luz dos lampiões de gás. Pelo *Jornal do Recife*, de 4 de junho de 1859, o brasileiro educado em Paris Soares d'Azevedo regozijava-se com a novidade do "gás hidrogênio" no Recife: "O esplendor do gás hidrogênio" que vinha "substituir a luz amortecida do azeite de Carrapato". Um golpe quase de morte no domínio que até então vinham exercendo as almas dos mortos sobre as ruas escuras do Recife. As almas dos mortos e os lobisomens e mulas sem cabeça. Mulas que deviam ser numerosas no Recife antes do corajoso combate do Bispo Dom Vital aos padres que viviam com comadres. Pois eram precisamente essas comadres de vigários que o povo dizia que se encantavam em mulas sem cabeça: deixando em casa as cabeças, às vezes na própria cama, ao lado de maridos dorminhocos, esses corpos de mulher abrutalhados em corpos de mulas largavam-se pelas ruas escuras escoiceando, num tropel dos diabos, fazendo latir a cachorrada dos quintais, espantando cavalos e vacas suburbanas e não apenas homens e mulheres.

Um trecho do Recife por muito tempo mal-assombrado foi a chamada Avenida Malaquias, que até quase nossos dias se manteve um

resto do Recife do tempo de Cabeleira, com jaqueiras e mangueiras enormes a lhe darem sombras de mata, mesmo depois de iluminada a rua pelo "gás dos ingleses" e até pela luz elétrica: novidade já dos fins do século XIX e dos começos do XX. Sombras e mistérios. Aí se matou no escuro da noite mais de um homem: mesmo no tempo dos lampiões a gás. É tradição que bocas misteriosas, cujos sopros pareciam o de ventos do mar nas noites de tempestade, mais de uma vez apagaram os lampiões. Outras vezes, acendedores vieram de lá às carreiras perseguidos por vozes: "Não me deixes no escuro!".

Era não o horror, mas o amor das almas-do-outro-mundo – se é certo que elas, e não vivos fantasiados de almas de mortos, é que dominavam aquele quase pedaço de mata antiga – à iluminação, ao bico de gás, ao "gás dos ingleses". O que não significa que tenha faltado ao Recife assombração inglesa. Veremos mais adiante que perto da própria Avenida Malaquias, numa casa gótica levantada, segundo se diz, por ex-capitão de navio inglês – que, em frente à casa, erguera o mastro do velho barco durante anos comandado por ele – em noites de muito escuro e vento mau, houve quem avistasse um marinheiro no alto do mastro. Devia ser fantasma de marinheiro inglês: alma de bife já descarnado em espírito mas sem saber separar-se daquele pedaço de navio velho, perdido entre as mangueiras e jaqueiras do Recife.

Mal-assombrado ainda mais romântico é o que por muito tempo animou o escuro das noites recifenses defronte da antiga casa-grande do sítio de Bento José da Costa, da qual só resta hoje a capela. Chama-se mesmo Sítio da Capela e diz o povo mais simples que por muito tempo guardou o sítio e a capela uma cobra enorme e misteriosa. Sítio da Capela se chamava quando ainda de pé a casa-grande; Sítio da Capela continua hoje. Contou-me mais de um morador antigo do sítio que aí se via sair da capela – nas noites de muito escuro, sustentavam uns, nas de lua, diziam outros – uma moça toda de branco, vestida de noiva, montada num burrico como Nossa Senhora na fuga célebre. E em águas do Capibaribe defronte do Sítio da Capela é tradição ter aparecido a um negro aflito não Iemanjá mas a Virgem Maria.

Cidade talássica – escancarada ao mar – e, ao mesmo tempo, cortada por dois rios e manchada de água por várias camboas, riachos, canais – "Veneza americana boiando sobre as águas" – é natural que no Recife o sobrenatural esteja, como em nenhuma cidade grande do Brasil, ligado à água. A água do mar e às águas dos rios.

Ainda no século XVI, em águas próximas às do Recife de hoje, navegadores europeus descobriram um rio a que chamaram dos Monstros, por terem visto em suas sombras tropicais monstros marinhos. Monstros de braços cabeludos, mãos de forma de pés de pato, corpo coberto de pelos, cabelos longos, o corpo delgado, e que, "ao saltarem à água como rãs, mostravam às traseiras partes semelhantes às dos monos e quiçá com peludas caudas". Devem ter sido assombrações, pois não consta da história natural da região a existência de tais monstros.

Mas não é só nas costas do Brasil e nas águas do Recife que os olhos dos homens do mar ou dos moradores da beira-mar ou da beira dos rios ou dos simples riachos têm visto figuras que não constam dos compêndios de história natural: só da história sobrenatural. Nos mares do Nordeste do Brasil quase inteiro, e não apenas nas águas do Recife, é tradição aparecerem "trouxas de roupa", "procissões de afogados na noite de Sexta-Feira da Paixão", "navios iluminados" que desaparecem de repente, jangadas que também se somem por encanto, o "cação espelho", o "pintadinho", os "polvos gigantes". Também sereias que se juntam à maconha – sempre o sobrenatural e o natural a se misturarem – para botar a perder jangadeiros, barcaceiros, pescadores, fazendo-os deixar casa, família, filhos, pelo mar:

Minha alma é só de Deus
O *corpo dou eu ao Mar.*

Um Mar rival do próprio Deus. Um Mar que para muito marítimo se escreve com M grande como o nome de Deus com D grande. Exigente de sacrifícios e de ritos como o Deus do Velho Testamento. Em página recente, recorda um mestre do folclore alguns desses ritos de homens do mar não só do Recife como do Nordeste inteiro: homens para quem o mar é na verdade um segundo Deus e, na figura de Iemanjá – à qual ainda vi certo babalorixá do Fundão oferecer comida e flores perto da Cruz do Patrão –, uma segunda Mãe de Deus e dos homens. Lembra o folclorista (que não é outro senão o Professor Câmara Cascudo) que o mar exige dos seus devotos do Nordeste silêncio em certas ocasiões como exige cantorias, noutras: "Não se canta depois que o sol se põe. Não se grita senão havendo claridade". E mais: "Não se insulta o mar batendo-lhe com o calcanhar, o joelho ou o cotovelo". E ainda: o mar ama, entre outras, a cor vermelha (aqui faço restrições à generalização do folclorista rio-grandense-do-norte). Ou antes: entendo que o vermelho pode ser amado pelos monstros do mar, mas é evitado pelos homens que trabalham no mar. Pelo menos por alguns dos que tenho conhecido no Recife e em praias de Pernambuco: golas da Alfândega, barcaceiros, jangadeiros, pescadores.

Como o mar é para o pescador, jangadeiro ou barcaceiro do Recife ou das vizinhanças do Recife, "pagão", nenhum deles, dentro do mar, deve dizer em voz alta Jesus, Maria, José. Sob pena de o mar se agitar, revoltado. Outra crença: a de que praia – como foi muito tempo a do Brum, no Recife – onde as mulheres tomam banho não dá peixe. Nesse caso são os peixes, bons e maus, que se assombram com as mulheres; e fogem delas como de figuras para eles diabólicas.

Mas não é só o mar que no Recife se tem misturado à história sobrenatural da cidade e dos homens: também – repita-se – a água dos rios, dos riachos, dos simples alagados. Refúgios também de entes estranhos, de mistérios, de assombrações às vezes anfíbias ou metade de mar, metade de rio. Ou metade do mar, metade dos recifes ou dos arrecifes, como parece ser João Galafuz. Espécie de fantasma que o povo diz aparecer certas noites, saindo das ondas ou repontando dos arrecifes ou dos cabeços de pedras como "um facho luminoso e multicor": "prenúncio" – informa o velho e bom folclorista Pereira da Costa – "de tempestade e naufrágios". Diz-se de João Galafuz que é alma penada: a de um caboclo que morreu pagão. Meio pagão é aliás o culto das águas que ainda hoje reúne em torno de certo caboclo da Estrada de Beberibe todo um grupo de adoradores das águas do mar e dos rios, e dos astros do céu do Recife.

Dos rios do Recife se diz que os redemoinhos ou peraus são quase todos encantados. Que contra eles não consegue lutar o melhor dos nadadores que não tiver a proteção da Virgem. É velha crença recifense que há mãe-d'água nas águas da Prata ou do Prata, em Apipucos. Mãe-d'água que alguns entendem ser o fantasma da já lembrada israelita Branca Dias guardando não as águas mas as pratas: seu tesouro ali lançado no tempo da Inquisição. Mais adiante se falará na história da moça de quem contava, já muito velha, sua antiga mucama ter a iaiazinha desaparecido nas águas da Prata – ou do Prata – arrebatada pela própria Branca Dias sob a figura de mãe-d'água.

Felizes das mulheres que na vida sobrenatural se transformam em bonitas mães-d'água alvas ou morenas, em sereias de olhos e cabelos verdes, em alamoas louras. Tristes das que se tornam mulas. Mulas sem cabeça. Mulas de padre. Mulas que cumprem o seu fadário correndo como desesperadas pelos ermos; e fazendo-se conhecer dos filhos de Deus pelo tilintar lúgubre das cadeias que arrastam no silêncio das noites do mesmo modo que os lobisomens pelo bater das orelhas. Para o recifense que acredita no sobrenatural, repita-se que esse é o destino das barregãs de padre, de um dos quais, por algum tempo vigário de certa paróquia elegante da cidade, se conta que deixou mais de uma barregã, em certas noites todas se encantando ao mesmo tempo em mulas, a espadanarem areia pelas campinas, num tropel de assombrar os cristãos mais valentes. O povo simples já não se assombrava, porém, com o barulho infernal. Sabia – ou supunha saber – que eram "as mulas do Padre V." – padre bom mas homem de muitas mulheres que foi durante anos vigário no Recife.

Não se pense que as assombrações mais características do Recife – das quais são aqui apresentadas algumas – não têm a sua ecologia. Têm. A história natural às vezes limita a sobrenatural. São as assombrações do Recife assombrações de cidade, para a qual "caipora", "boitatá", "curupira" e "saci-pererê" são entes fora de portas. Mitos rústicos e não urbanos. Não se tem notícia de ter aparecido alguma vez a um recifense autêntico, dentro das portas da sua cidade, o "medonho caboclinho", com um cachimbo no queixo e montado num porco-espinho que se diz espalhar o mal ou o azar entre os homens. Mas que parece só agir diretamente nas brenhas. Às cidades só chega sua influência indireta através do caiporismo: mal de tanto bom recifense.

O mesmo é certo do curupira: outro ausente da história sobrenatural do Recife propriamente dito. Outra assombração de fora de portas. Também desse duende agreste a área de domínio ou de ação é rústica e não urbana, apresentando-se ele, como se apresenta – segundo a descrição dos entendidos – sob a figura de um indiozinho ou columizinho de cocar e penas: espécie de índio de paliteiro, armado de arco e flecha. Mas em suas excursões, no escuro das noites e pelo interior das matas, o columizinho surge montado valente e agressivamente numa queixada. Apenas não se afoita jamais a entrar em cidades como o Recife, cuja vida sobrenatural parece regulada por invisíveis posturas urbanas que proíbem a entrada na área da cidade e nos seus arredores de queixada, porco-espinho e outros animais encantados do Mato Grosso. Nem mesmo dos "zumbis de cavalo" a que se refere o escritor Ademar Vidal no seu recente e interessante *Lendas e superstições* se encontra notícia no Recife. Do que o Recife não se tem livrado é das misteriosas "cobras mandadas", que a mandado de inimigos diz-se que têm aparecido no interior, até, de sobrados; nem têm deixado de cantar nos quintais da cidade os também misteriosos galos que outrora, quando cantavam fora de horas, anunciavam moça fugida ou iaiá raptada; nem os galos que quando dão para cocorocar como galinha avisam, segundo a gente do povo, desgraça ou infortúnio na redondeza ou na casa. Ao contrário das aranhas que só fazem "dar felicidade" às famílias que as toleram dentro de casa.

Interessante é observar-se que animais, regionais ou não, artificiais e não apenas naturais, têm participado das assombrações do Recife. Dos leões de pedra do Convento de São Francisco há quem jure terem mais de uma vez se tornado leões vivos, embora fantásticos, e caminhado com olhos de fogo pelas ruas da cidade, na solidão das horas mortas, assombrando os tresnoitados ou os homens, como Augusto dos Anjos, de "sombra magra" a caminho da "Casa do Agra". Do lobisomem se diz que tem aparecido no Recife em figuras fantásticas, um tanto de homens, um tanto de lobos, de cães danados, de bodes infernais, de gatos com olhos de fogo, de porcos doidos por lama e imundície: monstros que a bala comum não mata, mas só a de prata que tiver levado um banho de água benta. A cabra-cabriola, papão de meninos, parece guardar de cabra mais o nome que a aparência. Cobras grandes, misteriosas, aparecem em histórias recifenses de assombração como a do

Sítio da Capela. Corujas dão sinal de morte. Sapos também agourentos têm aparecido no Recife, anunciando desgraça às casas. Em compensação as aranhas – como já foi recordado –, os chifres de boi e as tartarugas, segundo velhas crenças recifenses, dão felicidade às casas.

Nas águas recifenses já vimos que peixes monstruosos têm sido vistos por olhos de gente assombrada. Cortando os ares, e às vezes parecendo rasgar mortalhas, aparecem ainda a olhos recifenses aves diferentes das comuns: mesmo das agourentas e feias como a coruja ou a alma-de-gato. Diferentes do besouro-mangangá, roubado pela sobrenatureza à natureza. Do cresce-e-míngua, com alguma coisa de animal fantástico que ora cresce, ora diminui de tamanho, constam aparições no Espinheiro. Mas isso no tempo em que esse trecho do Recife era um areal sombreado de árvores e quase tão exposto aos tropéis de outro animal fantástico – a mula sem cabeça – quanto os areais da Matinha e da Capunga. Nesses ermos é tradição que se assustavam com visagens de animais sobrenaturais não só pessoas como simples animais: cachorros, cavalos, carneiros. Eram verdadeiros cafundós de judas. Num deles, em velha cacimba, caiu um dia, há quase um século, um irmãozinho de Alberto Rangel, então menino. O pai do menino afogado na cacimba não hesitou um instante: matou o escravo que devia estar tomando conta da criança. Em 1938, o historiador e biógrafo da Marquesa de Santos, de passagem pelo Recife (do qual parecia querer despedir-se), pediu-me para o acompanhar na procura da cacimba sinistra, que se dizia ter se tornado poço mal-assombrado. Não o encontramos sob o areal que ao sol do meio-dia brilhava de cru, com alguma coisa de norte-africano na sua crueza.

De árvores mágicas também se encontram traços na história sobrenatural do Recife. Uma delas, certa gameleira antiga do Fundão, no sítio do velho babalorixá já morto Pai Adão, pretalhão quase gigante, formado em artes negras na própria África, embora pernambucano da silva; e ladino como ele só. Foi um dos meus melhores amigos. Ver esse velho gigante preto dançar era um assombro: de madrugada parecia não ele próprio, mas alguma coisa de elfo com asas nos pés. Dizem que era pela gameleira mágica que se comunicava com a Mãe África, ouvindo vozes que lhe diziam em nagô: "Adão, faça isso", "Adão, faça aquilo". Bem diferente, essa gameleira grave e matriarcal da jaqueira meio burlesca – quase de fita cômica de cinema americano – que outro meu amigo, Paulo Rangel Moreira, conheceu menino em engenho do sul de Pernambuco e cuja fama chegou até o Recife: jaqueira donde dizia a gente do povo que se desprendiam jacas mal-assombradas de picos um tanto parecidos com espinhos de ouriço-cacheira. Corriam atrás das pessoas como se fossem bichos enraivecidos. Principalmente atrás de meninos.

Há árvores que muito recifense acredita guardá-lo de mau-olhado. Plantas, que passam por dar felicidade às pessoas e às casas. Também estas pertencem à história sobrenatural do Recife e não apenas à natural.

É evidente que à história sobrenatural do Recife não podem faltar sombras de jesuítas nem de judeus nem de flamengos. Dos judeus e flamengos as visitações do Santo Ofício colheram evidências de que nos primeiros tempos coloniais praticaram em Pernambuco, como noutras partes do Brasil, ritos condenados pela Santa Madre Igreja. E, para o povo mais simples, tanto flamengos como jesuítas e judeus deixaram tesouros enterrados no Recife: tesouros ligados a assombrações. É um zunzum que vem atravessando séculos. O historiador José Antônio Gonçalves de Mello encontrou, a propósito, curioso ms. Ms da coleção de volumes intitulados "Ofícios do Governo", guardados na Biblioteca Pública de Pernambuco. Datado de 27 de setembro de 1832, refere-se a certo Joaquim Francisco Pires que dizia saber "onde existem enterradas peças de ouro e prata", pedindo autorização do governo "para ser socavado o indicado lugar à sua custa e pertencer-lhe metade do achado e metade à Fazenda Pública". Foi-lhe concedida autorização. Mas devia "prestar fiança".

Não foi só Joaquim Francisco Pires. Também outro fuão – João Batista Fernandes – dirige-se ao governo da província, no mesmo ano de 1832, e segundo consta da mesma fonte, declarando "existir num lugar do edifício do Colégio um tesouro sepultado pelos jesuítas". E o governo, longe de se fazer de surdo, ordenou ao Juiz da Paz da freguesia que permitisse a Fernandes socavar o tal lugar misterioso, à procura do ouro dos padres, assegurando-se ao pesquisador "20 por cento do total do tesouro".

É assim a história sobrenatural do Recife rica em manifestações de uma diversidade que, aos viciados em interpretar a história dos homens ou dos povos por métodos predominantemente naturalistas, recorda o fato de ser a velha cidade brasileira do Norte uma das que maior número de influências contraditórias – europeias, africanas, indígenas – têm reunido; e vêm harmonizando. Seus lobisomens, um pouco à maneira da maioria dos seus homens, são entes antes mestiços do que puros. O que é certo também das suas mães-d'água, uma das quais, em vez de apenas cabocla, como a Iara; ou africana, como a Iemanjá, se confunde com o fantasma de uma judia chamada Branca; e talvez tão branca de neve na aparência como a alamoa.

G. F.

ALGUNS CASOS

bôca de ouro

O Recife e o Nordeste

Antes da apresentação de "alguns casos", umas breves palavras sobre as relações míticas e místicas entre o Recife e o Nordeste.

O Recife, como metrópole do Nordeste, tanto tem participado das alegrias como dos infortúnios da região. Mais: nas suas igrejas, nas suas casas, nas suas ruas, tanto têm repercutido agitações rústicas do tipo do "quebra-quilos" como explosões de fanatismo sertanejo do furor sanguinário de Pedra Bonita.

O Recife tem sido ponto de confluência de todos esses transbordamentos de emoção, de exaltação, furor místico vindos do interior do Nordeste: inclusive do Nordeste que o sociólogo francês Roger Bastide classificou de "Nordeste místico". Cabeleira, o bandido dos canaviais, veio, certa vez, ele próprio, em pessoa, com toda a sua ira de monstro, até as pontes do Recife, ao próprio centro da cidade ilustre, assombrando recifenses até então acostumados a incursões de piratas ou de corsários estrangeiros, saídos do mar, mas não a ser assaltada por demônios vindos do próprio interior da região.

Durante longo tempo, o recifense viveu sob o terror desse bandido com alguma coisa do próprio satanás: Cabeleira. Cabeleira! Cabeleira! Cabeleira! Cabeleira-eh-vem!

Rosa que fechasse a porta: Cabeleira, embora enforcado, podia aparecer de novo nas ruas do Recife vindo, outra vez, de canoa, dos canaviais de Pau-d'Alho. Mulheres e meninos do Recife que se escondessem: Cabeleira era capaz de surgir de novo a qualquer momento para chupar-lhes o sangue, arrancar-lhes os olhos, cortar-lhes os seios ou as pirocas, devorar-lhes os fígados, levar-lhes as joias, roubar-lhes os cruzados. Pais e mães que dessem criação a seus filhos: Cabeleira se danara em demônio por falta de criação.

Cabeleira existiu. Existiu até que os pés de cana de Pau-d'Alho um dia se tornaram pés de gente para cercá-lo e prendê-lo. Os pés de cana tinham sido seu esconderijo. Ele manchara de sangue muita terra de açúcar. Chegou a vez de as canas-de-açúcar acabarem com o vil sanguinário.

Entretanto, morto Cabeleira para o recifense civilizado, tanto quanto para o matuto esclarecido do interior, ele passou, para muita outra gente, a mais que existir: a subsistir à própria morte. A existir como mito. E esse mito, um mito de terror. Uma assombração. Só o nome – Cabeleira, Cabeleira, Cabeleira! – assombrava. Morrera? Fora enforcado? Fora justiçado? Morrera. Fora enforcado. Fora justiçado. Mas quem tinha, como ele, pacto com o Diabo, morto tornava-se assombração. Cabeleira subsistiu para os recifenses como assombração até quase os nossos dias.

Mas ninguém o suponha o único terror que, vindo dos canaviais, invadiu o Recife. Outros terrores têm assombrado o recifense, uns vindos dos matos, outros surgidos do mar.

A recíproca é verdadeira: também não poucos terrores têm saído do Recife para assombrar matutos ingênuos, sertanejos crédulos, gentes sossegadas e tementes a Deus, do interior. Assombrações nascidas, criadas, crescidas no Recife – à sombra dos seus altos sobrados, das suas maternais igrejas, dos seus quartéis, das suas pontes – têm chegado até aquelas gentes, fazendo os mais tímidos pensar da metrópole da região como um antro de mil demônios, disfarçados em cães misteriosos, em bodes sinistramente pretos, em bocas-de-ouro nauseabundas, em terríveis exus, em mães-d'água traiçoeiras que não existiriam – pensam os bons dos matutos – senão como coisas saídas das entranhas do Recife.

O lavrador, o senhor de pequeno engenho, o fornecedor de cana de outrora, que precisasse deixar suas terras agrestes para fazer qualquer negócio no Recife, que se acautelasse não só contra os espertos, os trapaceiros, os maus pracianos de voz macia e de modos bonitos, os grandes carros puxados a cavalos diferentes dos de cabriolés de engenhos, como também contra os assombros. Os terríveis assombros do Recife. Voltando à casa do compadre onde se hospedasse podia ser o lavrador de cana ou o senhor de pequeno engenho assaltado por um pretíssimo cão de olhos de fogo. Atravessando sozinho alguma ponte, depois de os sinos de Santo Antônio badalarem nove horas, arriscava-se a ser levado para o fundo das águas por uma linda alemoa de cabelos louros. Ou poderia encontrar-se com o boca-de-ouro e morrer sufocado pela catinga de defunto do horroroso monstro.

Este o Recife que, pelos seus mistérios, existe, subsiste, persiste desde velhos dias como cidade com alguma coisa de cidade onde o mundo não é só o dos homens. Suas assombrações vêm sendo, mais que suas revoluções, parte do seu modo de ser cidade: de ser a metrópole do Nordeste canavieiro.

O Boca-de-Ouro

Hesito em começar esta relação de casos de visagens recifenses com a história do Boca-de-Ouro por saber que noutras cidades do Brasil também tem aparecido essa figura meio de diabo, meio de gente, pavor dos tresnoitados. Um amigo, porém, me adverte de que parece haver uma migração de fantasmas do Norte para o Sul do país como houve outrora de bacharéis e de negros escravos, e há, hoje, de trabalhadores. Boca-de-Ouro talvez seja um desses duendes ou fantasmas aciganados: espécie de cearense que quando menos se espera surge numa cidade do interior de Goiás ou do Rio Grande do Sul. O contrário do fantasma inglês, tão preso à sua casa ou ao seu castelo que, quando os reconstrutores de casas velhas alteram o piso, elevando-o, o fantasma tipicamente inglês só se deixa ver pela metade: não toma conhecimento da reforma da casa.

Acontece que um pacato recifense dos princípios deste século decidiu uma noite, talvez sob a influência das trovas, então na moda e, na verdade, encantadoras, de Adelmar Tavares, ser um tanto boêmio e até byroniano; e sair liricamente ruas afora, e pela beira dos cais do Capibaribe, ora recitando baixinho versos à "Vovó Lua" ou a "Dona Lua", ora assobiando alto trechos da *Viúva alegre*, ouvida cantar por italiana opulentamente gorda no Santa Isabel; e sempre gozando o silêncio da meia-noite recifense, o ar bom da madrugada que dá, na verdade, ao Recife seu melhor encanto. Quem sabe se não encontraria alguma mulher bonita? Alguma pálida iaiá de cabelos e desejos soltos? Ou mesmo alguma moura, encantada na figura de uma encantadora mulata de rosa ou flor cheirosa no cabelo?

Mas quem de repente encontrou foi um tipo acapadoçado, chapéu caído sobre os olhos, panamá desabado sobre o rosto e que lhe foi logo pedindo fogo. O aprendiz de boêmio não gostou da figura do malandro. Nem de sua cor que à luz de um lampião distante parecia roxa: um roxo de pessoa inchada. Atrapalhou-se. Não tinha ponta de cigarro ou charuto aceso a oferecer ao estranho. Talvez tivesse fósforo. Procurou em vão uma caixa nos bolsos das calças cheios de papéis amarfanhados: rascunhos de trovas e sonetos. E ia remexer outros bolsos quando o tipo acapadoçado encheu de repente, e sem quê nem para quê, o silêncio da noite alta, o ar puro da madrugada recifense, de uma medonha gargalhada; e deixou ver um rosto de defunto já meio podre e comido de bicho, abrilhantado por uma dentadura toda de ouro, encravada em bocaça que fedia como latrina de cortiço. Era o Boca-de-Ouro.

Correu o infeliz aprendiz de boêmio com toda a força de suas pernas azeitadas pelo suor do medo. Correu como um desesperado. Seus passos pareciam de ladrão. Ou de assassino que tivesse acabado de matar a noiva. Até que, cansado, foi afrouxando a carreira. Afrouxou-a até parar. Mas, quando ia parando, quem havia de lhe surgir de novo com nova gargalhada de demônio zombeteiro a escancarar o rosto inchado de defunto e a deixar ver dentes escandalosamente de ouro? Boca-de-Ouro. O fantasma roxo e amarelo.

O pacato recifense então não resistiu. Espapaçou-se no chão como se tivesse dado nele o tangolomango. Caiu zonzo, desmaiado na calçada. E ali ficou como um trapo, até ser socorrido pelo preto do leite que, madrugador, foi o primeiro a ouvir a história: e, falador como ninguém, o primeiro a espalhá-la.

Um Lobisomem Doutor

Contou-me, há quase trinta anos, Josefina Minha-Fé, que conheci negra velha mas ainda bonita – tão bonita que, segundo me confessou ela um dia em voz de segredo, certo ilustre poeta brasileiro, de passagem pelo Recife, tentara conquistá-la sem o menor rodeio lírico, dominado pela mais repentina das paixões, sendo já Josefina mulher cinquentona e um tanto descadeirada, os quartos meio caídos e os peitos começando a enlanguescer e não mais a vênus hotentotemente culatrona e de busto sólido que fora no verão da vida e no esplendor do sexo – ter conhecido, ainda meninota, no Poço da Panela, um lobisomem. "Era um horror, menino!", dizia-me ela na sua voz meio rouca de mulher um tanto homem na fala e em certos modos mas não nas formas e nos dengos. "Tomava forma de cão danado, mas tinha alguma coisa de porco. Toda noite de sexta-feira estava nos ermos de Caldereiro, do Monteiro, do Poço da Panela, cumprindo seu fado nas encruzilhadas. Espojando-se na areia, na lama, no monturo. Correndo como um desesperado. Atacando com o furor dos danados a mulher, o menino e mesmo o homem que encontrasse sozinho e incauto, em lugar deserto. Chegando atrevidamente até perto da casa de José Mariano para espantar Ioiô e o irmão, meninotes brancos".

Até que um dia atacou o lube a própria Josefina, que era então negrota gorda e redonda de seus 13 anos. E não se chamava ainda Minha-Fé. Ao contrário: havia quem a chamasse "Meu Amor" e até "Meus Pecados" – Josefina Meus Pecados – arranhando com a malícia das palavras sua virgindade de moleca de mucambo. E quem assim a chamava não se pense que era homem à toa, porém mais de um doutor. José Mariano, esse às vezes vinha à porta da casa senhoril, de chambre e chinelo, olhar o rio e conversar com os vizinhos. E quando Josefina passava perguntava-lhe, brincalhão, se ia jogar no bicho. Ou qualquer coisa assim.

Saíra Josefina para comprar na venda do português azeite de lamparina para os santos. Não é que os santos estavam naquela noite sem azeite para sua luz?

Não se lembrou a negrota descuidada de que era noite de sexta-feira e noite escura. Chuvosa, até. José Mariano devia estar dentro de casa, lendo os jornais. Dona Olegarinha, costurando. Os meninos, estudando.

Tão despreocupada foi Josefina, caminhando da casa, que era um mucambo de beira de rio, para a venda, ao pé dos sobrados dos lordes, que nem pensou em lobisomem a se espojar em encruzilhadas, batendo as orelhas grandes como se fossem matracas em procissão de Senhor Morto.

Lobisomem era assombração. E assombração parecia a Josefina, já menina-moça, conversa de negra velha e feia, de que negra nova e bonita não devia fazer caso.

E Josefina sabia que era bonita além de negra em flor. Só pensava em ir a festa, fandango, pastoril, pagode. Em dançar de contramestra e vestida de encarnado no pastoril do Poço, que era então um dos melhores do Recife. A mãe é que não deixava. Nada de filha sua em pastoril de rua ou vestida de encarnado. A mãe de Josefina fora escrava dos Baltar, era católica, apostólica e romana e tinha horror a Exu. A Exu e a encarnado vivo.

Ouvira Josefina falar no lobisomem do Poço que vinha assustando até homens valentes. Que correra atrás de um canoeiro até o rapaz jogar-se desesperado no rio gritando pela mãe e pelo padrinho. Desesperado e vencido pela catinga do Amarelo. Mas quem sabe se o canoeiro não estava um tanto encachaçado e correra de um boi pensando que corria de lobisomem?

Seguia assim Josefina para a venda, quase sem medo de lobisomem nem de fantasma, quando, no meio do caminho, sentiu de repente que junto dela parava um não-sei-quê alvacento ou amarelento, levantando areia e espadanando terra; um não-sei-quê horrível; alguma coisa de que não pôde ver a forma; nem se tinha olhos de gente ou de bicho. Só viu que era uma mancha amarelenta; que fedia; que começava a se agarrar como um grude nojento ao seu corpo. Mas um grude com dentes duros e pontudos de lobo. Um lobo com a gula de comer viva e nua a meninota inteira depois de estraçalhar-lhe o vestido.

Foi o que fez o tal lube: estraçalhou o vestido da negrota, que, felizmente, era azul, enquanto ela gritava de desespero. Que a acudissem, pelo amor de Deus. Que a socorresse sua Madrinha, Nossa Senhora da Saúde, que era sua fé! "Minha Madrinha!" "Minha Madrinha! Minha Fé! Minha Fé!"

Foi o que salvou Josefina: foi ter gritado pela Senhora da Saúde, da qual o lobisomem, amarelo de todas as doenças e podre de todas as mazelas, tinha mais medo do que do próprio Nosso Senhor. Aos gritos da negrota, acudiram os homens que estavam à porta da venda. Inclusive o português que, não acreditando em bruxas, passou a acreditar em lobisomem.

A negra foi encontrada com o vestido azul-celeste em pedaços. Metade do corpo de fora. Os peitos de menina-moça arranhados. Afilhada de Nossa Senhora, só vestia azul. Azul-claro, azul-celeste, azul-marinho, azul-escuro, mas só e sempre azul. Nada de encarnado que, para sua mãe, era cor de vestido de mulher da vida. Pois havia então muito quem pensasse ser o vermelho cor do pecado; e como tal era evitado pelas mães nos vestidos das filhas virgens ou moças. Isso também ouvi de Josefina Minha-Fé – que desde a aventura com o lobisomem passou a ser conhecida por Minha-Fé; e, anos depois, de barcaceiros, pescadores e jangadeiros de litoral de Pernambuco e de Alagoas, cujas crenças procurei estudar. Explica essa crença dos homens do mar (crença de origem talvez moura e talvez trazida ao Brasil por algarvios) – a de ser o azul cor agradável à Nossa Senhora e o encarnado,

desagradável –, tanta barcaça pintada de azul ou de verde: homenagem à Virgem e resguardo dos homens não contra os lobisomens amarelentos, que esses são todos da terra e não vão às águas de mar, mas contra as sereias que povoam os mares e temem, segundo alguns, o azul, mas não o encarnado. Não o vermelho. Nem mesmo o amarelo.

Mas esta não é a história inteira. Falta ainda um trecho que para Josefina era o ponto mais importante da sua aventura. E é que, chamada sua mãe, dias depois, para encarregar-se de lavar a roupa de certo doutor de sobrado do Poço da Panela, um bacharelzinho pálido e de *pince-nez* que não gostava de José Mariano e dizia ter mais raiva de negro do que de macaco, descobriu que no meio da roupa suja do branco estava mais de um pedaço do vestidinho azul da filha. E, reparando bem, viu a preta velha que o doutor branco, em vez de branco ou apenas pálido, era homem quase sem cor: de um amarelo de cadáver velho. Soube depois que vivia tomando remédio – ferro e mais ferro – para ganhar sangue e cor de gente viva. Remédio de botica e remédio do mato, feito por mandingueiro ou caboclo. Que estava morando no Poço justamente por isto: para tratar-se com os banhos que tinham fama de milagrosos e atraíam romeiros de quase Pernambuco todo para a sombra de Nossa Senhora da Saúde do Poço da Panela.

Não sei se o doutor branco conseguiu curar-se de seu mal; se Nossa Senhora da Saúde foi boa ou clemente para o bacharel infeliz; se acabou com o seu fado de toda sexta-feira "virar lobisomem" e correr atrás de mulheres, de meninos e até de homens. Especialmente atrás de mulheres virgens.

O que sei é que para Josefina Minha-Fé não havia dúvida. O lobisomem que lhe atacara o corpo virgem de afilhada de Nossa Senhora fora o tal doutor de cartola e *croisé*. Cartola, *croisé*, *pince-nez* e rubi no dedo magro. O lobisomem era ele: pecador terrível que, para cumprir seu fado, tomava toda noite de sexta-feira aquela forma hedionda e saía a correr pelos matos, pelos caminhos desertos, pelos ermos, estraçalhando quem encontrasse sozinho. Principalmente mulher e menino. Mulher virgem. Menina-moça como Minha-Fé. E tanto como o Cabeleira (que talvez tenha sido também lobisomem e não simples bandido), o Cabeleira do

Fecha porta, Rosa
Cabeleira eh-vem
Pegando mulheres
Meninos também,

o bacharel pálido do Poço tornou-se, por algum tempo, o terror da gente pobre, moradora nos mucambos daquelas margens do Capibaribe, de águas protegidas por Nossa Senhora da Saúde e por algum tempo alegradas pela presença de outro bacharel, este muito amigo do povo miúdo: José Mariano.

Luzinhas Misteriosas nos Morros do Arraial

Isso de haver luzes misteriosas nos morros onde houve guerra, aprendi que é crença entre os celtas com o grande poeta irlandês William Butler Yeats. Homem – esse poeta – como raros europeus de seu tempo, entendido em assuntos de ocultismo, de magia e de sobrenatural e que eu, ainda estudante, conheci pouco tempo antes de ter ele, para meu espanto, se tornado Doge ou Senador da República Irlandesa – ele que tinha uma voz quase de moça e mãos que pareciam plumas, incapazes de esmurrar tribunas e ameaçar tiranos. Entre algumas populações europeias mais rústicas se encontra, ainda hoje – disse-me Yeats há muitos anos –, a crença de aparecerem luzinhas misteriosas em antigos campos de batalha. Ou nas suas imediações. Luzinhas esquisitas que aparecem e desaparecem como fachos que se avistassem a mais de légua, do tamanho de lanternas de carro de cavalo. Que mudam de lugar. Que podem ser vistas a grandes distâncias, como as luzes naturais não podem.

Descobri crença semelhante entre velhos moradores de Casa-Forte e das imediações do Morro do Arraial, no Recife, quando, há anos, vivi em íntimo contato com aquela boa gente de mucambo e de casa de barro. Também entre eles – entre os mais velhos – é crença de que aparecem luzinhas misteriosas nos morros onde se travaram encontros da gente luso-brasileira com a flamenga; ou onde a gente luso-brasileira teve seu arraial.

Ignoro se continuam a aparecer tais luzinhas. Dizia Josefina Minha-Fé, velha moradora da Casa-Forte e da Casa Amarela, que estava farta de vê-las nas noites de escuro; que eram almas de soldados que haviam morrido lutando; que eram espíritos de guerreiros ali mesmo tombados. Zumbis de campo e não de interior de casa.

Yeats acreditava que no Brasil houvesse muita sobrevivência celta. Perguntou-me se alguém já estudara o assunto. Respondi-lhe que não. Será a crença nessas aparições de luzes misteriosas, em antigos campos de batalha, sobrevivência celta?

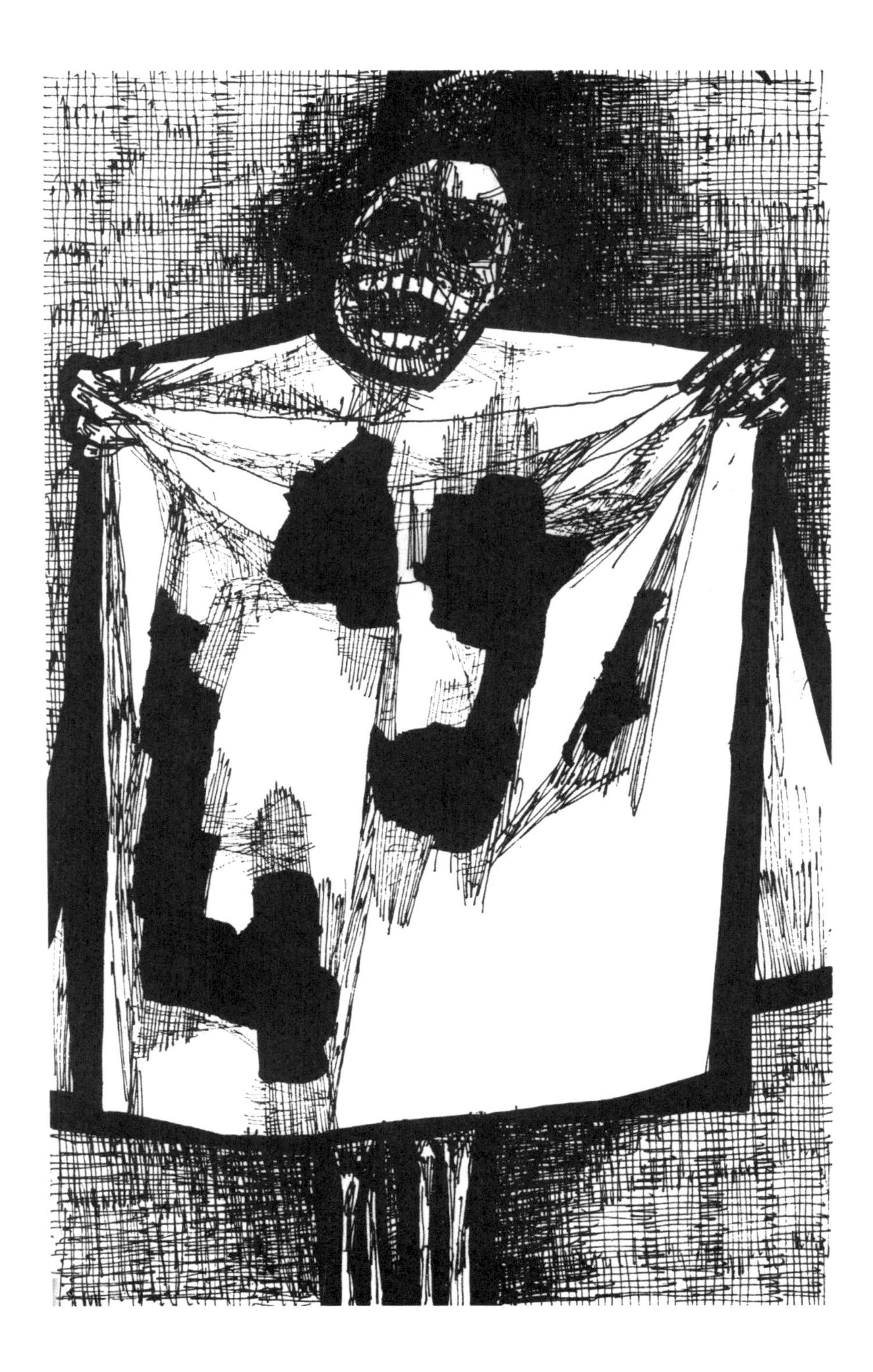

O Barão de Escada, num Lençol Manchado de Sangue

Estava uma senhora de família pernambucana no interior do Estado em visita a parentes do Recife. Feitas as compras nas lojas do centro, foi a sinhá descansar tranquilamente, sossegada de seu, numa das cadeiras de balanço da casa, depois de desoprimida do espartilho que lhe apertava o busto e das botinas de duraque que lhe apertavam os pés pequenos para torná-los ainda menores. O corpo à vontade na matinê solta e os pés, ainda mais à vontade, nos chinelos moles. Isso aconteceu nos fins do século passado, que ninguém sabe ao certo, nem na Europa nem no Brasil, quando acabou. O Kaiser é que, aconselhado decerto pelos doutores das universidades alemãs, não teve dúvida em considerar o primeiro de janeiro de 1900 o começo do novo século. E assim foi ele principalmente comemorado na Europa e no Brasil.

Não era aquela sinhá do fim do século XIX, como a Baronesa de L., apreciadora de um charutinho forte; nem como a mulher do Conselheiro J. ou a ilustre Albuquerque, esposa do Dr. C., de um bom cigarro de palha, ainda mais forte que os charutos de qualidade, fumados pelos homens. Não fumava ela nos seus vagares ou nos seus ócios. Estava simplesmente repousando na cadeira de balanço, sem fumar nem ler nem cochilar, sem ninar menino nem rezar o terço no rosário de madrepérola. Sem que alguma mucama lhe desse cafunés. Simplesmente repousando.

De repente, deu um grito que assustou a casa inteira. Um grito de terror tão grande que até na rua se ouviu a voz da sinhá ilustre. Acudiram os parentes, cada qual mais aflito ou assustado. Vieram com suas mãos macias de enfermeiras, de doceiras e catadoras de piolho nos vastos cabelos soltos das senhoras nobres, as mucamas da casa. Mandou-se chamar o médico da família, pois a boa sinhá desmaiara. Que viesse a toda pressa, no seu carro de cavalo. No seu ligeiro cabriolé inglês que aos olhos da gente da época parecia voar e não apenas rodar pelas ruas do Recife.

Não tardou, porém, a explicação: à dona acabara de aparecer a figura do tio barão envolvida num largo lençol branco todo manchado de sangue.

Horas depois chegavam ao Recife notícias de Vitória: tiroteio na igreja durante as eleições. Conflito sangrento. O Barão de Escada fora assassinado.

O Mastro de Navio da Casa de Ponte d'Uchoa

Acostumaram-se os recifenses moradores da linha que outrora se chamou a "Principal" – a do trem que ia dos sobrados do centro às matas suburbanas de Dois Irmãos – a ver diante do casarão gótico de Ponte d'Uchoa – casarão gótico que, reformado, é hoje o palacete do médico e milionário luso-pernambucano Manuel Batista da Silva – um alto mastro de antigo navio a vela. Durante longos anos aí esteve o mastro misterioso.

Do casarão se diz que o levantou velho comandante inglês de navio, enriquecido no comércio uns dizem que de bacalhau, outros que de farinha de trigo. Sentimental como todo bom inglês, quando resolveu residir no Recife – cidade que sempre teve seu *it* para ingleses, um dos quais deixou-a, há pouco, choroso como um desesperado que deixasse sua Pasárgada – não foi capaz de separar-se do mastro do navio a vela. O mastro do navio que durante anos comandara por mares do Norte e águas do Sul. De modo que diante da casa bizarramente gótica – tão bizarra que os cronistas do meado do século XIX registraram com espanto o seu aparecimento no meio do arvoredo caboclo – ergueu o inglês aquele mastro, como se ali houvesse enca-

lhado para sempre seu navio: navio bom e romântico do tempo da navegação a vela. E ali ficou o mastro até que o transferiram para o Country Club, onde ainda está.

Contou-me há anos velho "inglês" – inglês já de água doce, pois, nascido no Brasil e casado com brasileira, falava inglês com sotaque pernambucano – que, por algum tempo, o mastro teve fama de mal-assombrado. Quem passasse tarde da noite pelo casarão ermo via no alto do mastro angulosa figura que alguns supunham de marinheiro. E, sendo de marinheiro, devia ser de marinheiro inglês, pois inglês fora o navio de que a saudade do antigo comandante arrancara o mastro.

Na mesma área do Recife onde se ergueu durante anos esse mastro de navio velho, no qual mais de um recifense antigo cuidou ver, noite de escuro, fantasma de inglês saudoso do seu barco, apareceu, anos depois, a uma meninota brasileira chamada Lourdinha, um vulto esbranquiçado que lhe pareceu fantasma; e fantasma também de inglês, todo de dólmã branco, sapatos como os de os ingleses jogarem tênis. Fantasma de um Mister B., que se soube depois ter morado na casa onde morava a família de Maria de Lourdes.

O fantasma que a moça garantiu à família ter visto com olhos de pessoa acordada era, com efeito, britanicamente correto. Desapareceu logo que descobriu estar assombrando uma simples menina. Não pediu missa: mesmo porque parece que Mr. B. fora em vida protestante. Não apontou para móvel ou parede alguma: nem era natural que o fizesse, pois devia ter suas economias em banco solidamente inglês. Não fez um gesto. Não fez um ruído. Simplesmente apareceu à menina chamada Lourdes. Aliás, nessa mesma casa, a outra família, a família F. L. – dizem ter aparecido um fantasma de bebezinho brincalhão. Talvez inglês como Mr. B. Só fazia brincar. Não assustava ninguém. Espécie de irmão do fantasmazinho de menino feliz de outra casa de Boa Vista do qual mais adiante se falará.

No Riacho da Prata

No Recife velho, como noutras cidades antigas do Brasil, Santo Antônio, São Pedro e principalmente São João eram festas que rivalizavam com os são joões de engenho. A mesma animação. Muito bolo. Muita canjica. Muita dança. Muito samba. Grandes fogueiras armadas no meio das próprias ruas – e não apenas nos quintais ou nos pátios das casas, para o Diabo não vir dançar à meia-noite diante delas. Verdadeiras batalhas entre rapazes de ruas diferentes: batalhas de busca-pés, limalhas, foguetes, em que mais de um rapaz ficou cego ou perdeu a mão: ou morreu gritando de dor, horrivelmente queimado.

O culto do fogo até o sacrifício de olhos, de mãos, de pessoas inteiras. O culto do fogo fazendo negros velhos atravessarem com os pés nus fogueiras acesas, gritando "Viva o Senhor São João", sem se queimarem: preservados do fogo pela fé no santo como o negro velho Manuel de Sousa, criado do meu tio Tomás de Carvalho, que em pequeno vi com os meus próprios olhos pisar em fogo sem se queimar. Atravessar fogueiras sem se tostar. Simplesmente gritando "Viva o Senhor São João!".

Mas também foi São João entre os recifenses antigos festa meio pagã de culto da água. Foram célebres no Recife, como noutras cidades do Brasil antigo, os banhos de São João: "reminiscência simbólica do batismo de Jesus pelo precursor", diz um doutor no assunto a propósito da cantiga popular:

Na noite de São João
Hei de banhar-me no açude
Nessa noite é benta a água
Para tudo tem virtude

Cantiga entoada pelos que iam se banhar ou se lavar na noite do santo. Banho às vezes só simbólico: simples romaria às águas do rio junto às quais cantavam moças e rapazes, enfeitados com capelinhas de melão:

Capelinha de melão
É de São João

Depois de lavados, corpo e alma, cantavam os devotos mais ortodoxos do santo do carneirinho – os que, na verdade, tinham mergulhado nas águas purificadoras:

Ó meu São João
Eu já me lavei
As minhas mazelas
No rio deixei

Muitos eram os recifenses que deixavam as mazelas nas águas do Capibaribe: principalmente no Poço da Panela. Outros nas águas do Beberibe. Alguns simplesmente em águas de açudes, das levadas e dos riachos. Até nas águas do riacho da Prata. O célebre riacho da Prata onde é tradição que foi sepultada no século XVII a opulenta prata de Branca Dias, judia rica, perseguida pela Santa Inquisição.

Mas no Brasil antigo as águas dos rios, dos riachos, dos açudes não se tornavam, noite de São João, apenas purificadoras. Também reveladoras do futuro das pessoas que se debruçassem sobre elas. No Recife velho, o Capibaribe, o Beberibe, os riachos tiveram essa função mágica para muita recifense que, noite de São João, à meia-noite, qui-

sesse saber o futuro. O que visse ou deixasse de ver nas águas era o futuro. A crença principal era a de que a pessoa que, noite de São João, à meia-noite, não conseguisse ver na água a própria imagem ou cabeça, podia estar certa da morte próxima. Não brincava outro São João.

Dizem que em Apipucos uma moça cuja maior vontade era casar – casar com um homem muito rico ou simplesmente casar, pois numa época em que as sinhazinhas casavam aos 13, 14 anos, ela já estava passando dos 20, solteirona – saiu de casa com a mucama, noite de São João, para "tirar a sorte" de ver ou não ver, menos a própria imagem, que a de noivo ou futuro marido, nas primeiras águas que encontrasse. As primeiras águas que encontrou foram as do riacho da Prata. Decidiu debruçar-se sobre elas. Disse à mucama que esperasse: "Espera um pouco, Luzia". Pois, segundo o rito, só desacompanhada ou sozinha a pessoa podia tirar a sorte. O mesmo que acontece com botija de dinheiro enterrado: só desacompanhada a pessoa a quem foi revelado misticamente o esconderijo pode desenterrar o tesouro.

Chegou-se a iaiá bem para perto do riacho. Afoiteza da moça, pois essas águas há muito tempo tinham fama de mal-assombradas. Eram as águas – repita-se para benefício do leitor estranho ao Recife – que guardavam a prata escondida pela judia rica no tempo da Inquisição. As águas onde havia quem jurasse aparecer o fantasma de Branca Dias, "botando sentido na prata". Pelo menos era o que supunha a gente simples do lugar.

Debruçou-se a moça sobre as águas do riacho. Parece que não viu imagem nenhuma – nem de noivo nem a própria – porque debruçou-se mais, inquietando com isso a fiel mucama. E ia a mucama gritar "Iaiá, não se debruce mais!" quando primeiro que ela gritou a moça: "Me acuda, Luzia! Me acuda que ela quer me levar!". *Ela* era com certeza a judia rica.

Correu a mucama mas já sinhazinha tinha desaparecido nas águas do riacho da Prata. E para a mucama não havia dúvida: o fantasma de Branca Dias levara a outra branca para o fundo das águas. Para o meio das pratas finas sepultadas no fundo do riacho. Ainda hoje há quem às vezes veja, noite de lua, duas moças nuas no meio das águas da Prata. Dizem que uma é Branca Dias e a outra, a sinhazinha que se sumiu no riacho noite de São João.

Uma Rua Inteira Mal-assombrada

Da chamada Avenida Malaquias, que liga as estradas de Dois Irmãos e do Arraial, e é hoje uma rua banal, já se disse que teve fama de ser ela inteira mal-assombrada. Ainda a conheci com suas velhas e grandes jaqueiras e mangueiras e quase sem uma casa por trás dos muros altos, onde de dia os moleques se divertiam traçando calungas e sinais obscenos. Os mais doutos, escrevendo palavrões de arrepiar a própria gente grande. Parecia a chamada avenida um resto de mata, fantasiado de rua; e a rua, uma caricatura de avenida.

Mais de um homem incauto foi assassinado à sombra daquelas jaqueiras tristonhas e gordas. Ficou célebre o assassinato do chefe da estação de Ponte d'Uchoa. Uma cruz de pau recorda ainda hoje esse crime.

No tempo da iluminação a gás, a chamada Avenida Malaquias era o pavor dos acendedores de lampião. Mais de um acendedor correu gritando como um menino com medo, apavorado com assombração na avenida. Vultos brancos debaixo das jaqueiras ou espojando-se na lama: talvez lobisomens cumprindo o fado. Bichos estranhos às carreiras: talvez mulas sem cabeça. Mulas de padre, vindas do lado da Capunga. E vozes. Vozes estranhas. Vozes do outro mundo. Uma, certo acendedor de lampião ouviu-a bem ao pé do ouvido. Obrigou-o a fala fanhosa de duende a correr como um doido para a Padaria do Castor, sem mais querer saber de apagar lampiões naquele ermo.

Dizia a voz: “Não me deixes no escuro!”. O que contraria quase tudo que se sabe a respeito de fantasmas. Os ortodoxos são amigos do escuro e inimigos das luzes de lampião e até de lamparina.

Rodar de Carro

Quase não há cidade velha do Brasil que não guarde a tradição de algum carro velho – sege, cabriolé ou traquitana – a rodar pelas ruas mal empedradas no silêncio das meias-noites. O povo diz que é carro de alma penada. Em certa cidade do sul de Pernambuco, a gente mais antiga ainda hoje fala de um coche com penachos como carro de defunto que uma vez por outra, tarde da noite, se lança de repente num despenhadeiro entre gritos e lamentações do cocheiro e dos passageiros, numa língua arrevesada. Diz-se que a língua é a dos hereges holandeses que andaram por aqueles sítios no século XVII.

No Recife, ilustre advogado dos primeiros tempos da República morou, quando moço, numa casa perto da célebre Avenida Malaquias. Em redor da casa, nas noites mais feias, rodava um carro de cavalo que assombrava, com seu ruído, as pessoas da casa. Ruído de patas de cavalo, de rodas de carro e até de vozes. Voz áspera de boleeiro. Vozes doces de gente sinhá, afobada de seu, dentro do carro. Abria-se uma porta ou janela da casa: talvez fosse troça de estudantes boêmios que se divertissem com atrizes, entrando de carro num sítio particular. Estudante era antigamente capaz de tudo. Não se avistava, porém, carruagem nenhuma. Apenas paravam as vozes. O barulho das rodas do carro continuava sobre a areia frouxa, sobre as pedras, sobre a grama do

quintal. Mas ninguém avistava carro ou enxergava cavalo ou descobria sinal de roda na terra mais mole.

Também pelas ruas do centro da cidade houve tempo em que à meia-noite se ouvia o rodar de enorme carro de cavalo. Devia ser carro velho porque as rodas rangiam de cansadas. Tinha o rodar do carro alguma coisa de gemido de carro de boi. Houve quem, abrindo de repente o postigo, visse imenso coche fúnebre cheio de penachos e dourados, os cavalos cobertos de crepe. Carro igual, igualzinho, ao coche que há anos levara ao Cemitério de Santo Amaro certo titular do Império. Misterioso, o carro preto e dourado aparecia e desaparecia com todos os penachos e cavalos de luxo. Todo ele parecia penar. Corria entre os recifenses da época que o tal titular vendera a alma ao Diabo.

Assombração no Rio

Não é rio sem mistério o Capibaribe, o principal do Recife. O poeta João Cabral de Melo Neto tomou-se de tal paixão por esse rio recifense que o vem cantando com o seu melhor fervor desde "O cão sem plumas".

E o historiador José Antônio Gonsalves de Mello – outro Mello descendente, como João e como eu, do mesmo recifense profundo chamado Ulisses Pernambucano de Mello – colhe há anos material para escrever a história dessas águas de rio que há quatro séculos se misturam à vida do recifense, inundando-lhe às vezes as casas com a fúria de um inimigo, de um rebelde, de um Volga revoltado até contra os próprios barqueiros. De ordinário, porém, servem elas aos homens, principalmente aos pobres, com a doçura de um São Cristóvão que se prestasse a carregar aos ombros pessoas e fardos; a recolher a imundície das casas, dos hospitais e das usinas; a lavar cavalos.

Do meio dessas águas mais de uma vez têm surgido aos olhos do homem do povo – e não apenas de colegiais fugidos das aulas – aparições que talvez sejam – pensam eles – de almas de afogados. Ou de suicidas. Ou de criminosos arrependidos dos seus crimes. E há quem diga que às lavadeiras que lavam roupa às margens do Capibaribe não tem faltado a presença do vira-roupas: fantasmazinho perverso que se especializa em roubar às trouxas das pobres mulheres camisas finas de doutores, toalhas de casas lordes, lenços caros de iaiazinhas. O escritor Ademar Vidal, no mais interessante dos seus livros – um livro sobre superstições do Nordeste – recorda essa assombração de beira de rio e nos dá um retrato de fantasma zombeteiro que se divertisse em fazer mal a gente pobre e simples.

Muito crime tem se praticado no Recife com a cumplicidade das águas nem sempre ingênuas do Capibaribe. Muito recifense nelas tem encontrado a morte de desesperado ou de desenganado da vida ou do amor ou do poder. Não é um rio apenas lírico, de serenatas melifluamente românticas nas noites de lua. Nem apenas de banhos alegres de estudantes com atrizes como outrora o Beberibe. Também dramático. Rio de afogamentos, de suicídios, de crimes. Rio de doenças que roem fígados, devastam intestinos, rasgam entranhas. Rio de romances russos acontecidos nos trópicos. Donde suas sombras guardarem segredos, alguns terríveis.

Nem todas as aparições, porém, têm sido de almas penadas. Sobre as águas do Capibaribe é tradição que apareceu um dia a própria Virgem. Apareceu não a um branco ou a um rico ou a um fidalgo de casa-grande – das que outrora davam a frente e não as costas para o rio – mas a simples escravo negro que ia se afogando ao atravessar as águas, de Ponte d'Uchoa para a Torre. E como era bom católico, quando se sentiu sem forças para lutar com as águas, gritou como um desesperado por Nossa Senhora da Conceição. Então Nossa Senhora apareceu – segundo o ex-voto hoje no Museu do Estado – e salvou o escravo bom das fúrias do redemoinho do rio.

Ainda hoje se pode ver recordada essa aparição – ou pelo menos intervenção – de santa branca ou cor-de-rosa a escravo retintamente preto num ex-voto da capelinha da casa-grande, agora recolhido ao Museu do Estado. Aí se lê: *Mercê q fes N. S. da Conceição; a Antonio escravo do Mestre de Campo Henrique Miz; querendo atraueçar este rio naponte dochoa para outra banda sem saber nadar, cahio nofundam, eacorrenteza dagoa olevou por baso daponte te coaze aolaria do Cappitam Joam de Andrade, echamando por esta Snra; da mesma olaria leacodirão. E o salvaram, ficando Livre demorrer afogado, em dias de Agosto de 1770.*

Doutores e Assombrações, inclusive Certa "Mensagem" de Raul Pompeia Morto, Para Martins Júnior, Vivo

Pelos fins do século passado e começos do atual um dos sólidos homens de negócios da praça do Recife era o D. Pertencia ao número de negociantes que os jornais daqueles dias costumavam denominar "conceituados". Apenas em vez de pertencer à Irmandade do Santíssimo Sacramento fazia da sua casa – da casa de residência, é claro, e não da de comércio – um centro de sessões de Espiritismo que chegaram a ser frequentadas por alguns dos doutores mais ilustres da cidade.

Velho professor da Faculdade de Direito do Recife, que assistiu, já formado em Direito, mas ainda muito jovem, a algumas das sessões, me informa: "Frequentei algumas vezes as tais sessões e certa ocasião levei o seu tio Tomás (refere-se ao Médico Tomás de Carvalho) e o Ribeiro de Brito (o depois Senador federal por Pernambuco, João Ribeiro de Brito). Não vimos nada de extraordinário. Apenas o Tomás e o Brito, numa das vezes, comentaram umas respostas de famoso médico, aliás negro, através de um médium, respostas que, segundo eles, estavam de acordo com a terapêutica da época. O médico chamava-se Dornelas. Evocava-se com frequência esse doutor negro".

Aliás, segundo a tradição popular, esse doutor negro chegou a aparecer à cabeceira de mais de um doente pobre do Recife. Aparecia de cartola e de sobrecasaca como nos seus dias de homem da terra. Ou deste mundo, como diria Mestre Silva Melo, também médico e homem de ciência preocupado com o problema das assombrações.

De Dornelas se conta que, ainda vivo, passava certa vez, de sobrecasaca e de cartola, por uma das ruas mais fidalgas da cidade do Recife quando, da varanda de um sobrado opulento, iaiá mais aristocrática resolveu zombar de qualquer jeito do preto metido a sábio e encartolado como qualquer doutor branco. E não encontrou meio mais elegante de manifestar seu desdém pela "petulância do negro" que este: cuspir-lhe sobre a cartola. Pois cartola era chapéu de branco e não de negro.

Sentiu Dornelas a cusparada sobre o chapéu. E, tirando a cartola ilustre e examinando a cusparada, diz a lenda que concluiu logo a olho nu: "Coitada da iaiá! Tuberculosa. Não tem um ano de vida". E, antes de findar-se o ano, saía do sobrado fidalgo um caixão azul com o cadáver da moça. Morrera tuberculosa.

Olho mau de negro? Não, diz a lenda: olho clínico. Mas olho clínico iluminado por alguma coisa de sobrenatural. O que fez de Dornelas, no fim da vida, um médico chamado pelos doentes mais graves como se fosse também um negro velho com extraordinários dons africanos de curar males que os doutores brancos e de ciência apenas europeia desconheciam.

Depois de morto, tornou-se um dos espíritos mais invocados nas sessões de Espiritismo da cidade. Na verdade, do Nordeste inteiro, onde ainda hoje são célebres "as receitas do Dr. Dornelas".

O fato é que entre a Medicina e o Espiritismo, no Recife, desde os dias das primeiras "aparições" ou das primeiras "receitas" de Dornelas, que há namoro. No consultório de dois médicos ilustres dos primeiros anos da República – médicos e propagandistas da Abolição e da República: os mesmos que frequentaram por algum tempo as sessões na casa do negociante D. – chegou a fazer-se Espiritismo experimental ou científico. De médium serviu, mais de uma vez, o bravo abolicionista, companheiro de Joaquim Nabuco e, depois de vencedora a causa da Abolição, apóstolo da causa da "proteção aos animais", João Ramos. Outras vezes, o velho Guedes Pereira, também homem honrado e de bem, empunhou o lápis revelador. Ainda outras vezes, o médium foi Ulisses Pernambucano de Mello – não o médico, mas o tio do médico e filho daquele guarda-mor da Alfândega, homem belo e aquilino como bom Fonseca Galvão: o primeiro Ulisses Pernambucano da família Gonsalves de Mello – Fonseca Galvão.

Foi numa dessas sessões de consultório de médico que se passou o caso que vai aqui fixado pela primeira vez: o encontro – segundo a interpretação de alguns – de Raul Pompeia já morto com Martins Júnior ainda vivo. Pelo menos Martins, o homem do "Direito Positivo" e da "Poesia Científica", ficou convencido de que com ele se comunicara, pelo lápis de um médium, o próprio Raul Pompeia. Foi um assombro para o cientificista não só do Direito como da Poesia.

Que fale de novo o então jovem bacharel e depois professor de Direito que assistiu com olhos críticos à sessão memorável e viu o Mestre já glorioso de "Direito Positivo" e de "Poesia Científica" assombrar-se com a mensagem do amigo morto: "... assistiram à sessão o Martins Júnior, seu primo, o farmacêutico Graciliano Martins, e dois ou três outros cujos nomes me escapam no momento. Fizeram-se várias invocações" [...] "O Martins então lembrou-se de chamar o Raul Pompeia. Fez várias perguntas que foram respondidas, causando muitas delas certa impressão ao Martins, que segundo parece era íntimo de Pompeia. Ulisses (o médium), então muito novo, nunca ouvira falar de Pompeia nem sequer conhecia *O ateneu*. Quase a terminar a sessão, Martins, que estava de viagem para o Rio, disse: 'Bem, Raul, vou para o Rio. Nada queres para os nossos amigos e companheiros da Semana? Alguma coisa para o Valentim?' A resposta lembro-me bem que foi a seguinte: 'Reúna a tropa, emende os braços e acostele-os de uma só vez'. Com essa resposta Martins ficou muito impressionado e disse: 'É o Pompeia, não há mais dúvida'. E fez questão de ficar com a papelada da sessão."

Passou-se o fato numa sala de consultório médico do Recife, entre instrumentos cirúrgicos e frascos de remédio – tudo que havia então de mais moderno e mais europeu em Medicina. Nesse ambiente cientificista é que o também cientificista Martins Júnior ficou com a exata impressão de ter conversado com Raul Pompeia, amigo morto.

Finda a sessão, o mestre de Direito ainda fixou bem o *pince-nez* para ler com vagar os papéis com as respostas. Principalmente aquela "reúna a tropa, emende os braços e acostele-os de uma só vez". Não podia haver engano: era Pompeia. Só Pompeia falava ou escrevia assim. O jurista, o positivista, o cientificista da "Poesia Científica" estava assombrado: "Aquilo era Pompeia! Mas como? Não podia ser!".

O Papa-Figo

De uma família opulenta do Recife se diz que na segunda metade do século passado teve o desgosto de ver o próprio chefe definhar de repente, devastado por uma das doenças mais inimigas do homem, seja ele rico ou pobre, preto ou branco. Há quem guarde o nome arrevesado que os doutores davam então ao mal raro: nome hoje arcaico. Na Medicina é assim: os nomes técnicos das doenças depressa se tornam arcaicos.

Mas a tradição popular conta outra história. Diz que o ricaço estava dando para lobisomem. Alarmando a população. Empalidecendo, amarelecendo, perdendo toda a cor de saúde, como em geral os homens que dão para lobisomem. Tornando-se mais bicho do mato do que homem de sobrado.

Desesperado de encontrar cura ou alívio para seu mal na ciência dos doutores, recorrera o ricaço ao saber misterioso dos negros velhos. Um dos quais depois de bem examinar o doente rico dissera à família: "Ioiô só fica bom comendo figo de menino". "Figo" no português do negro queria dizer fígado.

Diz-se que o próprio negro velho se encarregou de sair pelos arredores do Recife com um saco ou surrão às costas. Ia recolhendo menino no saco e dizendo que era osso para refinar açúcar. Mas era menino. Carne de menino e não osso de boi ou de carneiro. Quanto mais corado e gordo o meninozinho, melhor.

Desses meninos sussurra a lenda que o africano, protegido pelo branco opulento, arrancava em casa os fígados para a estranha dieta do doente. Só assim evitou-se – diz a lenda, que parece ser muito recifense – que o argentário continuasse a alarmar a população sob a forma de terrível lobisomem. Curou-se, mas de modo sinistro.

Fantasma de Menino Feliz

Contou-me Dona Carmem de Sousa Leão que na casa de família recifense muito das suas relações – e creio até que do seu parentesco –, moradora em velha rua da Boa Vista, costumava há anos aparecer e desaparecer por encanto a figura de um lindo meninozinho, não me lembro se louro e cor-de-rosa, como os meninos-jesus flamengos, se moreno como um bom e belo brasileirinho do Norte. Brincava o fantasmazinho e sorria como se fosse menino vivo, rico e feliz. Neto em casa de avó.

Era a mais bela das assombrações. Bela e difícil de ser explicada pela gente da casa onde aparecia: casa antiga da Boa Vista. Casa de gente sinhá e não à toa.

Pois o fantasmazinho não intimidava pessoa alguma da casa nem aterrorizava menino vivo nem pedia missa ou doce às senhoras de idade nem dava a impressão de ir quebrar porcelanas ou vidros caros da família nem gemia nem suspirava como se estivesse sofrendo penas no outro mundo. Era o contrário dos fantasmas convencionais. Apenas sorria e brincava como se fosse criança ainda deste mundo.

Pouco misterioso, deixava que a família chamasse conhecidos e vizinhos para vê-lo brincar. Não se incomodava com os olhos dos curiosos. Continuava a sorrir e a brincar. Até que, por encanto, desaparecia.

Era quando as pessoas que acabavam de ver sorrir e brincar fantasmazinho tão sem jeito de fantasma de sessão de espiritismo ou de casa mal-assombrada sentiam o frio do outro mundo arrepiá-las: quando o meninozinho desaparecia de repente, sumindo-se da vista dos vivos como qualquer fantasma de gente grande. Misterioso como qualquer assombração de história de alma-do-outro-mundo.

Diz-se que mais de uma vez o meninozinho-fantasma pareceu querer beijar pessoas vivas. Beijo de filho em mãe, de neto em avó, de sobrinho em tio. E, nesse caso, parecido esse fantasmazinho do Recife com aquele fantasma também de menino, embora já quase rapaz, de que falam tradições inglesas; e que aparece na coleção de Lord Halifax de histórias de casas assombradas, aparições, ocorrências sobrenaturais: *Lord Halifax's ghost book* (Londres, 1930). Desse fantasma fala também o escritor Osbert Sitwell no livro encantador que é sua autobiografia: *The scarlet tree* (Londres, 1946). Diz Sitwell que o fantasma apareceu, em casa de gente sua, tendo se identificado o menino morto: certo Henry Sacheverell, filho de uma Sitwell. O menino se afogara aos 15 anos, no remoto ano de 1724. Diz-se que, durante anos, não só acordou mais de uma pessoa fidalga – uma delas a Condessa de Carlisle – com um beijo, como certa vez, havendo festa – baile de fantasia – em casa dos Sitwell, compareceu vestido de mocinho do tempo de Jorge II; e dançou alegremente valsas com as moças. De estranho só se notaram nele o excesso de palidez do rosto e o frio, também exagerado, das mãos: mãos tão frias que mesmo de luvas pareciam geladas. Mas a alegria desse menino morto há longos anos era a de um vivo bem vivo. Fantasma, também, de menino feliz.

O Adolescente que Assassinou a Namorada

Foi no princípio do século. Um adolescente assassinou a namorada ao pé da escada de velho sobrado de São José. Dizem que a menina caiu morta cheia de sangue, nos primeiros degraus. Agarrou-se ao corrimão, chamando pela mãe e pedindo água.

O sobrado continua o mesmo. A escada também. E toda noite range como deve ter rangido na noite do crime. Pelo menos é o que asseguram bons e honestos moradores da rua.

Não é de estranhar que moradores de uma rua de São José acreditem ser assombração um ranger de escada burguesa. Mais de uma casa da região tem ganho fama de assombrada por causa de algum ranger misterioso: de escada, de punho de rede, de cadeira de balanço.

Na casa-grande de velho engenho do sul de Pernambuco é tradição que range, no silêncio das meias-noites, antiga cadeira de balanço em que se balançava certa iaiá ninando o filho. Em casa-grande de engenho também antigo das Alagoas, na sala em que aconteceu há quase um século um crime terrível, contou-me uma vez o General Pedro Aurélio de Góis Monteiro que é tradição ranger misteriosamente, no silêncio da noite, o punho da rede. Mais de uma vez pessoas calmas, e de modo algum arrebatadas ou crédulas, têm se levantado para verificar quem está se balançando na rede. Não encontram ninguém: nem mesmo rede. O ranger de punho de uma rede que não mais existe continua um mistério.

Mistério continua também o ranger da escada do sobrado da velha rua de São José onde o adolescente assassinou a namorada menina. Meninota. Menina-moça.

"Que barulho é esse na escada?" – perguntam às vezes do alto do sobrado tranquilos burgueses a fazerem de M. Jourdain, isto é, a fazerem poesia sem o saberem. Ninguém responde. O ranger da escada continua a recordar o crime do adolescente como se fosse motivo da poesia célebre: a de Carlos Drummond de Andrade.

Um Barão Perseguido Pelo Diabo

De um Barão pernambucano, muito conhecido do Recife do século passado, ainda que suas terras fossem distantes da cidade e terras de boi e de plantas de espinho e não de massapê e de cana-de-açúcar – pois não era homem de se contentar com a rotina dos avós –, conta-se que viveu grande parte da vida perseguido pelo diabo. Diz-se que fizera um pacto com o Cornudo pensando em desembaraçar-se do chamado Príncipe das Trevas com a facilidade com que se desembaraçara de outros entes incômodos. Pois era brasileiro valente e montava a cavalo como um São Jorge. Aliás a história que se conta desse Barão conta-se também um tanto modificada de outro, este morador no Recife e Visconde.

Todo o esforço do Barão – ou do Visconde – para libertar-se do demo foi inútil. Vinha o Barão ao Recife e aqui vivia como qualquer outro Lorde pernambucano da época, vida alegre e descuidada. Jantava no Torres. Divertia-se no teatro vendo as cômicas. Ia afofado em carro de luxo às corridas do Piranga. Mas de repente recebia um sinal misterioso: era do Chifrudo para ir encontrá-lo sozinho nas brenhas, tarde da noite – noite sem lua; e como que refrescar a assinatura no trato que

levianamente fizera com o Príncipe Negro. Simples Barão, tinha que obedecer ao Príncipe. Era então visto a galope pelos ermos, montado num cavalo que ninguém sabia se era deste mundo, se do outro. Cavalo levado do diabo. E, quando voltava do encontro com o Maldito, durante horas parecia o Barão ia botar a alma pela boca, de tão mortalmente fatigado. A alma e o sangue, pois seu rosto era então o de um cadáver e suas mãos, também, as de um defunto. Rosto pálido, mãos esverdeadas, olhos que pareciam ir saltar do rosto e cair no chão, horrorizados do que tinham visto. Ou envergonhados do que tinham sido obrigados a ver.

Os parentes e os amigos procuravam adoçar-lhe o terror, pois era homem respeitado e estimado pelos seus. Davam-lhe água benta para banhar os olhos terrivelmente secos. Uma mucama esfregava-lhe alecrim pelo corpo lasso: corpo de branco que tivesse apanhado de estranho chicote que não ferisse mas doesse até a alma: dor seca e terrível. Que tivesse apanhado mais que todos os negros de seu eito. E, aos poucos, o Barão voltava a si para novamente ser chamado, daí a meses, à presença do seu terrível senhor. Entretanto não era homem de quem se dissesse

Quem rouba pouco é ladrão
Quem rouba muito é barão.

Seu pacto com o diabo era um mistério.

Ninguém explicava o caso pois havia entre os lordes da época quem mais do que o Barão X amasse o dinheiro ou fosse doente pelo ouro, ganho ou aumentado de qualquer modo: mesmo com a ajuda do diabo. Havia até quem, tendo título de nobre ou nome ilustre, fosse acusado de ter enriquecido fabricando cédula ou moeda em casa, sabendo-se de uma guitarra de gente de prol que rangera o seu ranger criminoso no fundo de uma doce capela de engenho, assombrando a gente simples: aquilo era alma fazendo mingau! O mingau que é crença entre a gente simples do Recife passarem as almas durante a noite pelos olhos dos meninos.

De ricos e avarentos há muita história de sociedade com o demônio. Em seu excelente estudo, há anos publicado, *Os filhos do medo*, a

Sra. Ruth Guimarães lembra que são várias no Brasil as variantes do velho adágio português: "Na arca do avarento, o diabo jaz dentro".

Não parece que fosse o caso do Barão pernambucano, de quem as más-línguas do Recife durante anos espalharam que era uma vez por outra "levado pelo diabo". Forçado pelo diabo a encontrá-lo nas brenhas como que para prestar contas de sua vida ao Canhoto, muito mais seu senhor que Pedro II.

Do Visconde diz-se que quando morreu o diabo ficou não só com sua alma como com seu corpo. E que, para fingir enterrá-lo em Santo Amaro, a família tivera que encher o caixão de pedra.

A Velha Branca e o Bode Vermelho

Onde hoje está o Country Club de Recife, na Estrada dos Aflitos, perto do antigo Ponto de Parada do Arraial, foi, até os princípios do século, um dos mais vastos sítios da cidade. Tão grande que, indo do Ponto de Parada ao sobrado amarelo onde há trinta e tantos anos se instalou o Clube Náutico, aprofundava-se até as areias frouxas do Rosarinho: célebres areias por onde dificilmente rodavam carros de cavalo.

Dominava o sítio velha casa-grande de quatro águas, de janelas com guilhotinas, de portas pintadas de azul; e cercada de muitas árvores de fruto, algumas gordas como as jaqueiras e todas fecundas, nenhuma maninha; jabuticabeiras, goiabeiras, araçazeiros, cajazeiros, pitombeiras, oitizeiros, pitangueiras, abacateiros, sapotizeiros e não apenas mangueiras, bananeiras e cajueiros. Era um sítio quase sem fim; e seu arvoredo quase uma mata.

Morava na casa com três parentas pobres certa velhinha que conheci já muito velha e com fama de muito rica. Mas que possuía apenas alguma fortuna em ouro e em terras, além de algumas vacas e cabras de leite. Quando eu e meus irmãos a conhecemos, teria talvez seus 80 e tantos anos, mas seu tamanho era o de uma menina de 8. Era quase cega e andava, como se diz pitorescamente em Pernambuco, engomando, isto é, arrastando os pés à maneira dos ferros de engomar sobre o macio das roupas ou dos panos. Era branca, branquíssima como que coberta toda de neve: toda e não apenas o cabelo. A pele muito branca. As mãozinhas, duas plumas brancas que quando faziam festa a um rosto de menino já pareciam mãos de fantasma. O vestido sempre branco. Parecia a velhinha assim tão branca como o retrato de Leão XIII que ela própria conservava no quarto dos santos. Só que seu sorriso era outro e seu cabelo, de mulher.

As terras eram aquelas: aquela imensidade de arvoredo bom e útil que, durante o ano inteiro, dava à sua senhora do que viver, tantas eram as quitandeiras, algumas ainda negras da Costa, chamando todo branco de ioiô, toda branca de iaiá, todo menino de ioiozinho, com xales vermelhos, amarelos, azuis, sobre os cabeções e que ali iam encher seus balaios e seus tabuleiros de fruta doce e madura. De cachos de pitomba e decachos de bananas. De oiticoró, de caju, de jabuticaba, de macaíba, de groselha, de abiu, de juá, de araçá, de goiaba, de cajá, de sapoti, de pitanga, de carambola, de coração-da-índia, de ingá, de jambo, de tamarindo, de jaca mole, de jaca dura. De manga-carlota, manga-sapatinho, manguito. De todas as boas frutas, hoje raras, por que era então famoso o Recife. Pois ainda não se fizera sentir o imperialismo da manga-rosa ou do abacaxi sobre a arraia-miúda mas fascinantemente diversa de frutas modestas mas sólidas e gostosas: espécie da classe média do reino vegetal alongada em numerosa arraia-miúda.

O ouro, conservava-o a velhinha menos em moedas do tempo do Rei velho, seu Senhor, do que em joias, medalhas, trancelins dos tempos da Colônia. E essas joias nem as usava a velhinha nem deixava que as sobrinhas – verdadeiras marias-borralheiras – as usassem. Eram joias das suas santas e dos seus santos.

Principalmente, do *seu*, só *seu*, puramente *seu*, Menino Jesus: imagem rara do Salvador do Mundo quando criança e quase do tamanho de um menino de verdade. Imagem que lhe viera de Portugal. E cujos cabelos eram, com efeito, cabelos de meninozinho louro que morrera anjo: parece que um tio-avô da velha.

Feita a capricho era a imagem anatomicamente perfeita. Parece que tinha até um umbigo, que não devia ter. E um dos prazeres da iaiá velha, e já tão cega que dos seus olhos se podia dizer, com o poeta, que eram olhos que tinham passado às pontas dos seus dedos, era levantar com muito mistério o vestidinho todo de rendas finas e cheio de fitas azuis do seu Menino Jesus para que nós outros, meninos de carne, víssemos que ao do céu, ali adorado, mimado e festejado como nenhum Menino Jesus o foi mais na Terra, não faltava piroca: uma piroquinha cor-de-rosa. Uma piroquinha em que as pontas dos dedos da velha tocavam com a sua leveza de plumas, fazendo-lhe uma doce festa.

Não tendo neto, aquela velhinha, com idade de avó, como que fizera da sua devoção a Jesus-Menino não só o culto de sua preferência de católica que se confessava, comungava e jejuava dentro dos rigores da ortodoxia – só não indo à missa todos os domingos por não lhe permitirem essa correção cristã as doenças de velha – como o substituto do netinho que lhe faltava para lhe alegrar o fim da vida, lhe continuar o nome e lhe herdar o ouro e as terras. Daí, talvez, aquela preocupação de mostrar que sendo a imagem do Filho de Deus era também de menino capaz de se tornar homem e homem procriador. Mas isso é reflexão minha de hoje e não daquele tempo.

Naquele tempo o que me deslumbrava era ver um Menino Deus tão cheio de joias e tão sobrecarregado de ouro. Os outros santos também tinham suas joias. E a santa Mãe do Menino Deus mais brincos e cordões de ouro do que qualquer outra das santas: Sant'Ana, Santa Luzia, Santa Cecília. Nem a divina Senhora, porém, chegava a ter metade do ouro, das pedras preciosas, dos brilhantes que rebrilhavam sobre a doce figura do Meninozinho Jesus guardado, com os outros santos, num largo e alto santuário todo dourado por dentro e que devia ser de jacarandá-roxo. Fechava-se todo, como um armário de guardar roupa. Não tinha vidro nenhum. Só via as imagens quem a dona quisesse; e não qualquer curioso que entrasse no quarto dos santos. A chave guardava-a a velhinha como o objeto mais precioso que a acompanhava no mundo. Mais de uma vez vi-a tomar seu chá ou comer seu beiju acariciando a chave. Chave não de cofre mas de santuário.

Muito menino então, não saberia eu dizer hoje se era a velhinha boa ou má para as três sobrinhas pobres que viviam com ela no casarão da Estrada das Aflitos. Casarão que frequentei com meus irmãos; e do qual tantas vezes voltamos para casa com as mãos cheias de frutas que nos mandara dar a velha com sua voz fanhosa mas autoritária. Essa voz ainda hoje a ouço: voz meio do outro mundo, meio deste. Como ainda hoje sinto as pontas dos dedos da velhinha – as mesmas que acariciavam a piroca da imagem do Menino Jesus – fazendo festa ao meu rosto; e dando-me aquela sensação de plumas a que já me referi.

Lembro-me vagamente de que se dizia da velhinha: que era o mesmo que cobra para as três moças suas sobrinhas – todas tão brancas quanto ela – às quais tudo negava, menos a casa e o gozo do sítio; e que, por isso mesmo, as coitadas se esgotavam em costurar para fora e em fazer doces para as negras venderem em tabuleiros na cidade.

Talvez exagero e até invenção de vizinho. Talvez não fosse tão crua a velha iaiá de fala fanhosa. O zunzum da vizinhança é que fazia dela quase uma moura torta de história da carochinha. Quase uma senhora avó ou uma senhora velha da história do "Água, meus netinhos!", "Azeite, Senhora Avó!".

O que parece é que todo o afeto de que a velhinha era capaz no fim da vida ainda era pouco para "seu adorado menino" que era o Jesus. Para o seu santo ela vivia mais do que para o mundo. Ou para as pessoas ou coisas da Terra. E como as sobrinhas eram pessoas da Terra, não sabia a velha retirar do Menino Deus joia ou brilhante nenhum, que diminuísse o esplendor do culto ao Filho de Deus em benefício de filhos simplesmente dos homens. Daí, talvez, serem as três moças obrigadas a costurar e a fazer doce até tarde da noite, vivendo numa casa tão cheia de ouro e de pedra preciosa. Tudo, porém, adorno de santo. Coisa sagrada que a velha não se julgava no direito de vender em benefício das sobrinhas.

Quem sabe se não foi esta a razão de ter um dia a velhinha se assombrado com a figura de um bode vermelho ou encarnado ou escarlate, como bicho do Apocalipse? Quem sabe se Deus, o Pai, desaprovando o culto não digo excessivo, mas exclusivo, à imagem do seu Divino Filho, e a negligência da tia pela sorte daquelas três sobrinhas pálidas, também filhas de Deus, embora simples pessoas da Terra, não permitiu ao Maligno aparecer naquela santa casa, só para sacolejar o coração da velha sinhá e abrandá-lo? Quem sabe se não foi esta a razão de ter o próprio Espírito das Trevas se sentido com ânimo para aparecer à velhinha sob a forma de um bode terrivelmente feio e chifrudo, ruivo e barbado?

O certo é que estava um dia a tranquila velhinha, ao entardecer, sentada matriarcalmente à cabeceira da mesa depois do jantar – pois à moda dos antigos jantava sempre cedo, com dia ainda claro – quando de repente que há de lhe aparecer? Um bode hediondo. Um desses misteriosos bodes que há séculos se supõem enviados de Satanás aos homens esquecidos de Deus e do próximo. Escarlate como se tivesse saído de um banho de sangue. Inhaca de enxofre junto à de bode.

Grita a velha. Acodem as sobrinhas. Também as negras do fogão e as quitandeiras, todas fazendo o pelo-sinal, agitando xales azuis contra o perigo vermelho. Nenhuma, porém, consegue ver a horrenda figura. O terrível bode diferente dos outros só o enxergara a velha quase cega.

Só o vira a velhinha. E a visagem deixou-a em tal sobrosso que não houve quem lhe aquietasse o espírito de devota do Menino Deus e de todos os santos, desrespeitada daquele modo bruto pelo Maligno sob a forma de bode tão nojento. Porque a inhaca do bode, também alguma das negras dizia ter sentido. Era de bicho imundo. Parecida talvez com a de Exu.

Naquela tarde acenderam-se na casa velas ao Menino Deus e aos Santos e não apenas luzes de lamparina de azeite como nos dias comuns. Velas que arderam a noite inteira. Queimou-se incenso. Cantou-se ladainha. Rezou-se longamente. Rezas contra o Maligno. Orações pelas almas penadas.

E na manhã seguinte um frade do Carmo, espanhol magro e pálido, apareceu na casa mal-assombrada, chamado pela velhinha. Derramou água benta, pela sala de jantar e pelos quartos. Pelo próprio corredor. Aconselhou penitências. Missas foram encomendadas pela velha ao convento inteiro. Muitas missas. Creio que até as sobrinhas fizeram promessas a favor da tia.

Durante os anos que ainda viveu a velhinha, cada dia mais devota do seu Menino Deus sobrecarregado de ouro, embora menos esquecida das suas três sobrinhas vestidas de chita e a coserem para fora como umas desadoradoras, não voltou nenhum bode misteriosamente escarlate a aparecer na casa sossegada e tristonha da Estrada dos Aflitos. Só os bodes e cabras comuns. Mas o certo é que durante esse resto frio de vida a velhinha não fez senão definhar e secar. Secou tanto que ao morrer não precisou de caixão maior que caixão de menina. Se fosse pobre teria lhe bastado para se enterrar uma caixa de papelão de boneca.

Duas das sobrinhas da velha rica morreram, logo depois dela. A casa foi ficando a mais triste das casas da Estrada já chamada então dos Aflitos.

A velha, afinal, não era rica: apenas remediada. Rico era só o Menino Deus. O *seu* rico menino de mulher sem filho, de velha sem neto, de tia desdenhosa de sobrinhas apenas mulheres.

Até hoje não se explica aquela aparição de bode misterioso em casa tão sossegada e tão temente a Deus. Talvez um alarme, saído do próprio subconsciente, para que a velha dividisse ainda em vida o ouro do santo inutilmente rico com as sobrinhas terrivelmente pobres. Mas isso é reflexão de homem de hoje: destes dias pós-marxistas e pós-freudianos que atravessamos.

O Velho Suassuna Pedindo Missa?

O casarão que foi do velho Suassuna – do visconde velho, não do barão novo – ainda hoje está de pé, no Pombal, embora desfigurado em fábrica com brasão mas fábrica.

Conheci-o há vinte e tantos anos, quando ainda era sobrado grande em começo de ruína. Ainda com o ar de residência patriarcal ou de casa senhoril: casa de família rica do tempo da escravidão. Com muitos dos móveis do velho fidalgo – um dos quais, vasto banco patriarcal, de vinhático, hoje me pertence – guarnecendo as salas, os corredores, os quartos. Com a capela ainda adornada de santos velhos e quase sem dourado. Com o sobejo ou ruína da cocheira ainda saudosa do seu cabriolé de lanternas de prata.

Quis alguém dar-me aquele resto de santos. Recusei. Advertido anos depois, em Lisboa, pelo bom e sábio mineiro Augusto Viana do Castelo, de que é arriscado trazer-se para casa santo ou santa de altar de igreja velha, pois, em geral, "dá azar" à casa, lembrei-me de que sempre me repugnara retirar, mesmo de altar abandonado, um santo ou uma santa antiga, como se santo ou santa de igreja fosse *souvenir* de turista. E não carne da carne da igreja, enquanto vivo ou ainda moribundo o templo.

O que aceitei como lembrança da capela do casarão ainda patriarcal do Visconde de Suassuna, como presente do meu querido Pedro Paranhos, foi o sino, que meu irmão e eu armamos à porta de entrada da nossa casa de solteiros, chamada o Carrapixo, perto da Casa-Forte. Sino que, mais tarde, ofereci a meus amigos Maria do Carmo e José Tomás Nabuco para que em sua casa do alto de Icatu, no Rio de Janeiro, continuasse a vibrar um velho sino de casa pernambucana: do solar de Pombal.

Mas o que desejo lembrar a propósito do casarão do Pombal é que no ano já remoto em que o conheci tinha fama de mal-assombrado. Dizia-se que pelos corredores da casa e pelos restos de jardim outrora opulento e, segundo os inimigos do visconde, de terras fecundadas não só com suor como também com sangue de negro, costumava vagar um fantasma de velho alto e muito branco: a alma do próprio visconde a pedir perdão a escravos que maltratara. Também a pedir missas. Missas para sua pobre alma de rico arrependido dos pecados contra os negros. Chegava a visagem a fazer sinal com os dedos para indicar com precisão matemática aos vivos o número de missas que desejava fossem mandadas dizer por sua alma pela pessoa a quem aparecesse: três, quatro, às vezes cinco missas. Para cinco missas abria a mão direita em leque: velha mão muito branca, branquíssima mesmo, não só de fidalgo velho como de fantasma quase britânico na sua discrição.

Dizem-me que, desfigurada a casa em fábrica e desaparecidos os restos do jardim, o fantasma de velho de branco – tão branco a ponto de parecer todo ele um lençol que andasse sozinho – passou a surgir em casas das imediações. Garantiu-me um médico ilustre e homem fleugmático, o Dr. R. C., que a pessoa de seu íntimo conhecimento, moradora no Pombal, o velho misterioso apareceu certo dia, com toda a sua brancura de neve, pedindo com os dedos, longos e finos, três missas. Três. Nem mais nem menos do que três.

É tradição que o Visconde de Suassuna, patriarca duramente ortodoxo, justiçava ele próprio os escravos da casa do Pombal. Açoites; torturas, a própria morte, à revelia da justiça do Império. Os mortos eram, contra a lei, enterrados no próprio jardim, para fecundarem as terras de onde, na verdade, rebentavam as mais belas rosas do Recife. Gostando de pastoris, o visconde gostava também de oferecer às pastoras rosas como não houvesse iguais na cidade. Rosas avermelhadas a sangue de negro.

Talvez seja tudo invenção de algum inimigo do visconde. Invenção de inimigo que tenha se tornado lenda e, como lenda, chegado até nós. Talvez exagero: porque uma vez – quem sabe? – o senhor de Pombal tivesse mandado enterrar no jardim o cadáver de um negro da casa – escravo de estimação – como se faz com animal mais querido ou bicho mais chorado – espalhou-se a lenda de que o jardim inteiro era um cemitério de negros justiçados pelo visconde. De que o velho era um malvadão, que gostasse de fazer mal a cabras-machos e não apenas a passivas molecas.

De qualquer modo a crença, que ainda recolhi em torno da casa-grande do sítio do Pombal, foi esta: a de que o visconde em vida, homem tão senhoril, aparecia nas noites de escuro para pedir humilde e cavalheirescamente perdão aos antigos escravos; e não apenas missas aos cristãos piedosos. Missas para a própria e inquieta alma de pecador arrependido.

O Vulto do Salão Nobre

Dizem de certas casas encantadas que suas assombrações têm um ciclo parecido com o do chamado "espectro" – espectro retórico e não psíquico – das secas do Nordeste. As quais têm aparecido com uma regularidade terrível na paisagem e na vida desta infeliz região pastoril do Brasil.

Quando uma assombração cíclica aparece é que a casa – isto é, a família que habita a casa assombrada – vai sofrer morte ou desgraça. Ou então outra experiência que lhe revolucionará a vida, não só para pior como para melhor. Ou num e noutro sentido como é próprio dos acontecimentos que revolucionam a vida dos homens.

Um especialista no assunto, A. T. Baird, no seu livro *One hundred cases for survival after death*, chama de "assombração premonitora" aquela que anuncia morte, desgraça ou revolução, lembrando que estão nesse caso várias aparições por que se têm tornado famosos alguns dos velhos castelos da Europa. E não poucas das casas referidas por Ingram, em *The haunted houses and family traditions of Great Britain*, têm suas "assombrações premonitoras" que uma vez por outra cumprem o seu fado de anunciar acontecimentos graves: a "mulher cinzenta" do Castelo de Windsor, por exemplo; ou a "mulher de preto", do outro castelo real da Inglaterra.

No Brasil, consta de algumas casas antigas, uma delas o Palácio da Guanabara, no Rio de Janeiro, que vivem em estado de permanente desgraça ou azar. Não que algum fantasma de mulher de preto ou de homem pardo – do escravo que dizem ter amaldiçoado o Guanabara, ainda em construção, no tempo do Império – anuncie as desgraças que vão acontecer aos habitantes desses solares ou às casas azarentas, em geral (como aquelas casas de esquina de que diz o povo: "Casa de esquina, triste sinal"). O que se diz do Guanabara é que as desgraças se sucedem a seus sucessivos habitantes, com terrível frequência: pior do que com a regularidade anunciada por fantasmas como que rítmicos.

Do Palácio do Governo do Estado de Pernambuco se conta que, quando estão para acontecer desgraças a Suas Excelências seus moradores, aparece um vulto escuro e alto – "eminência parda"? – no salão nobre, que é o grande e dourado que abre janelas antes cívicas do que festivas para a Praça da República. Essa crença, recolhi-a de velhos empregados no Palácio – que, como Palácio do Governo, datando apenas do século XIX, não chega a ser velho, pelo menos para uma cidade do passado já longo e provecto do Recife – no tempo em que, Governador de Pernambuco, "o último fidalgo autêntico que governou um Estado brasileiro" (como não se cansava de repetir o perspicaz Edmundo da Luz Pinto), fui, com o nome, mas não com as funções, de "oficial de gabinete", uma espécie de secretário particular do ilustre pernambucano, ajudando-o não só a receber e cumprimentar estrangeiros ilustres de passagem pelo Recife (como o Dr. Eckner, do Zeppelin, o Infante Dom Afonso de Espanha, almirantes ingleses, o urbanista Agache, Lord Dundonald, Rudyard Kipling) como – o outro extremo – a tratar com a plebe nas audiências públicas das sextas-feiras, nas quais fazia meu socialismo moderado mas constante, contra os ricos que abusavam dos pobres. Diziam então os empregados velhos do palácio, a mim e a Júlio Belo, cunhado e tio de Estácio Coimbra e que foi, ele próprio, por algum tempo, na qualidade de Presidente da Câmara e na ausência do Governador, chefe do Governo, que o tal vulto – talvez alma de algum morto do tiroteio de 18 de Dezembro, no tempo de Floriano – não tinha hora para aparecer: até com dia claro podia ser visto. Sua constância era de lugar: o salão nobre. Sua insistência, a de dar sinal de desgraça próxima. E ultimamente vinha aparecendo. Não se esquivara nem à luz do meio-dia recifense, que é, talvez, a mais clara luz de cidade do litoral do Brasil. Pelo menos assim pensava Eduardo Prado, entendido tanto em luzes como em sombras; pois segundo Eça de Queiroz frequentou em Paris ocultistas, penumbristas e espiritistas.

Estávamos no meado do ano de 1930. Ninguém mais cético quanto a revolução ou insurreição que o afastasse sangrenta e violentamente do Governo de Pernambuco do que Estácio de Albuquerque Coimbra. A situação nacional, esta, há muito que o inquietava. A da Paraíba, doía-lhe como uma dor que à sua sensibilidade de velho político anunciasse tempestade grande para aqueles lados. Mas a situação estadual, não, tais as adesões de políticos oposicionistas que vinha recebendo.

Entretanto, foi Pernambuco um dos poucos recantos do Brasil onde a revolução de 30, antes de tornar-se, como nas ruas do Rio, – "carnaval contra o Barbado", fez correr sangue brasileiro. Das janelas do salão nobre do Palácio do Governo, vi os soldados fiéis ao Governador repelirem corajosamente da Ponte de Santa Isabel ataques a tiros de revoltosos mais bravos ou afoitos. Bravura de lado a lado. Jantamos em palácio debaixo de tiros, mas como se fosse um jantar de dia comum: nenhum pânico. Os tiros quebrando vidraças e nós comendo o rosbife e bebendo o vinho dos dias normais. Só depois do jantar, o Governador decidiu deixar o Palácio do Governo, não fugido, como se tem dito maliciosamente ou por ignorância, mas para aguardar no Edifício das Docas, no bairro do Recife, o combate que, ainda à noite ou de madrugada, deveria travar-se entre a tropa federal fiel ao Governo e a revoltosa, vinda da Paraíba. Esse combate, disse na minha presença ao Governador Estácio Coimbra o então Comandante da tropa federal do Recife que parecia, ainda, fiel ao Governo, ou simulava essa fidelidade, deveria travar-se na descida da Ponte de Santa Isabel. A tropa federal precisava, assim, ocupar o Palácio do Governo para fins militares e era urgente que o Governador o deixasse. Só assim, e confiante na palavra do militar, que parecia, aliás, homem sincero e sério, o Governador constitucional de Pernambuco concordou em passar a noite – a noite da pequena Itararé, anunciada pelo homem d'armas com absoluta segurança – fora do palácio: no Edifício das Docas. De que não saiu fugido, prova-o o fato de que o quase Fradique, havendo tempo para preparativos de viagem, apenas levou consigo uma maleta com sabonete, escova de dente e água-de-colônia. Mais nada. Nem mesmo chinelos ou pijama.

Tudo, porém, se passaria de modo diferente do anunciado com ênfase militar pelo Comandante – talvez ele próprio iludido – da tropa federal. Estácio Coimbra e os que o acompanhavam foram obrigados a deixar, nessa mesma noite, o Edifício das Docas, num simples rebocador e esse quase sem combustível. A Itararé às margens do Capibaribe fora, como a outra, batalha só de boca. Não houve. O Exército, talvez acertadamente do ponto de vista político, isto é, do ponto de vista do interesse nacional, decidira confraternizar com o movimento revolucionário sustentado, de resto, por três Estados, dois deles ricos e fortes – Rio Grande do Sul e Minas Gerais – e um, abusado na sua fraqueza pela política espantosamente inepta que, em face da inquietação paraibana e pelo estado de espírito brasileiro – um estado de espírito mais ou menos revolucionário –, tornara-se a política do então Presidente da República. Mas em Pernambuco o representante do Exército, para proceder de modo nacional ou politicamente certo, tivera que iludir o homem de boa-fé que confiara na sua palavra; e que por ter confiado na palavra firme de um militar, decerto bem intencionado e talvez – repita-se – ele próprio iludido por terceiro – ficaria com a fama de fujão e de covarde.

Nem fujão nem covarde. Estácio de Albuquerque Coimbra, em face da insurreição de 30, portou-se varonil e dignamente.

Mas que tem que ver tanta história política com a história sobrenatural do Recife? Que tem revolução com assombração?

Simplesmente isto: ao descer Estácio Coimbra do seu quarto para deixar o Palácio e passar a noite – a noite decisiva, dissera-lhe o tal militar – no Edifício das Docas, ainda que a escuridão fosse quase completa, o tiroteio de revoltosos contra o pequeno grupo de legalistas aumentou terrivelmente. Era grande o risco que ia correr cada um de nós. Já havia mortos. Desde a madrugada que se combatia em redor do Palácio. Um carro blindado do Governo fora feito em pedaços. Eu próprio vira partir contra os revoltosos, com um grupo de soldados jovens aos quais quase me juntara, não por heroísmo mas por curiosidade e fiado em que o tal carro fosse na verdade inexpugnável, o suposto carro blindado que se revelara um carro de suicidas e se despedaçara como se fosse um brinquedo grande, todo feito de latas de doce de goiaba.

No instante em que nos aproximamos do portão do lado da casa do mordomo para deixar, não por uma noite, como supúnhamos, mas para sempre o Palácio do Governo, velho empregado da casa – um dos que desde junho me garantiam vir avistando o vulto do salão nobre que anunciava desgraça – segredou-me, de certo modo, triunfante: "Eu não lhe dizia que o vulto do salão nobre vinha anunciando desgraça? Quando ele aparece é para anunciar desgraça. Não falha. Apareceu a Zé Bezerra, que morreu logo depois. Apareceu a Barbosa antes de o cozinheiro de Zé Mariano espalhar veneno na fritada que quase mata mais de cem casacudos de uma vez. E há meses que vinha aparecendo, aparecendo, como quem quisesse dizer alguma coisa de muito importante a Dr. Estácio. Era isso que está aí".

O Negro Velho que Andava em Fogo Vivo

Não me esquecerei nunca do negro velho que noite de São João andava em fogo: atravessava de pés nus e a passo quase de procissão, de tão vagaroso, a fogueira do santo onde depois se assavam milhos e batatas-doces, para regalo dos meninos e da própria gente grande. Chamava-se Manuel: Manuel de quê, já não me lembro bem, mas creio que de Sousa. Vi-o eu mesmo, com olhos assombrados de menino, pisar em brasas de fogueira, ainda vermelhas de vivas. Em tições flamejantes cuja quentura chegava até nossos rostos de meninos e grandes, todos espantados do heroísmo do negro velho. Ele apenas gritava: "Viva o Senhor São João!". E nós dizíamos: "Viva!". Era o rito.

Isso há uns bons cinquenta e tantos anos na casa do meu tio Tomás de Carvalho. Aí, como em quase toda casa do Recife daquele tempo, noite de São João se acendia fogueira no quintal. Era para o diabo não dançar diante da casa, explicavam aos meninos as pessoas antigas. E a fogueira era o centro das comemorações do santo. Já disse que nela se assavam milhos e batatas-doces. Nos tições os meninos acendiam fogos chineses e outros fogos de brinquedos: rodinhas, pistolas brancas de três a dez tiros, foguetes de sete cores diferentes, craveiros, jasmins. E a noite toda o ar se enchia de estouros de buscapés e do brilho de limalhas; e não apenas das cintilações inocentes das estrelinhas que os pequenos de 5 anos soltavam junto com "traques-de--velha".

O que nem toda casa do Recife daquele tempo tinha era um preto velho que andasse em fogo como o preto velho, empregado antigo do meu tio e padrinho Tomás. Um preto velho comum, que nos dias comuns não fazia senão rachar lenha para a cozinha, preparar o banho do doutor (que só ele, ao que parece, sabia temperar), ir à venda comprar vinagre, querosene, cominho e outros artigos suburbanos, que os principais – vinhos, azeite, presunto, passa, biscoito – vinham de armazém de luxo do centro da cidade. E tio Tomás morava no Ponto de Parada do Arraial.

Pois esse negro velho comum, sem pretensões a mágico, sem artes de babalorixá, sem sequer a graça de contador de histórias de Trancoso, noite de São João tornava-se um herói: andava em fogo sem se queimar. Deixava de ser um ser prosaicamente natural para tornar-se quase uma assombração.

Anos depois vim a ler em livros e revistas eruditas referências a esse fenômeno psíquico: o dos raros, raríssimos, indivíduos que andam em fogo sem se queimarem. Tomei conhecimento das façanhas de Kuda Bux que assombraram Londres, onde os pés do extraordinário homem foram cuidadosamente examinados por médicos e físicos antes e depois de terem pisado em fogo. E já se tinha visto na Inglaterra certo Mr. Home, não andar em fogo, mas pegar em brasas com as mãos nuas, exclamando: "*Is not God good? Are not his laws wonderful?*".

O negro velho Manuel dizia apenas: "Viva o Senhor São João!". Mas pisava em fogo no Recife, dos princípios do século XX, do mesmo modo que Kuda Bux, anos depois, pisaria em brasa, em Londres, fazendo sensação na Europa inteira. Merece Manuel ser recordado aqui já que o seu caso não figura em nenhuma revista erudita da Europa.

Saliente-se que isso de andar em fogo parece orientalismo comunicado ao Brasil pelo português ou pelo africano. Sabe-se que há cerimônias no sul da Índia, no Japão, em Taiti, noutras terras, em que pessoas extraordinárias andam em fogo sem se queimarem. Tylor, no

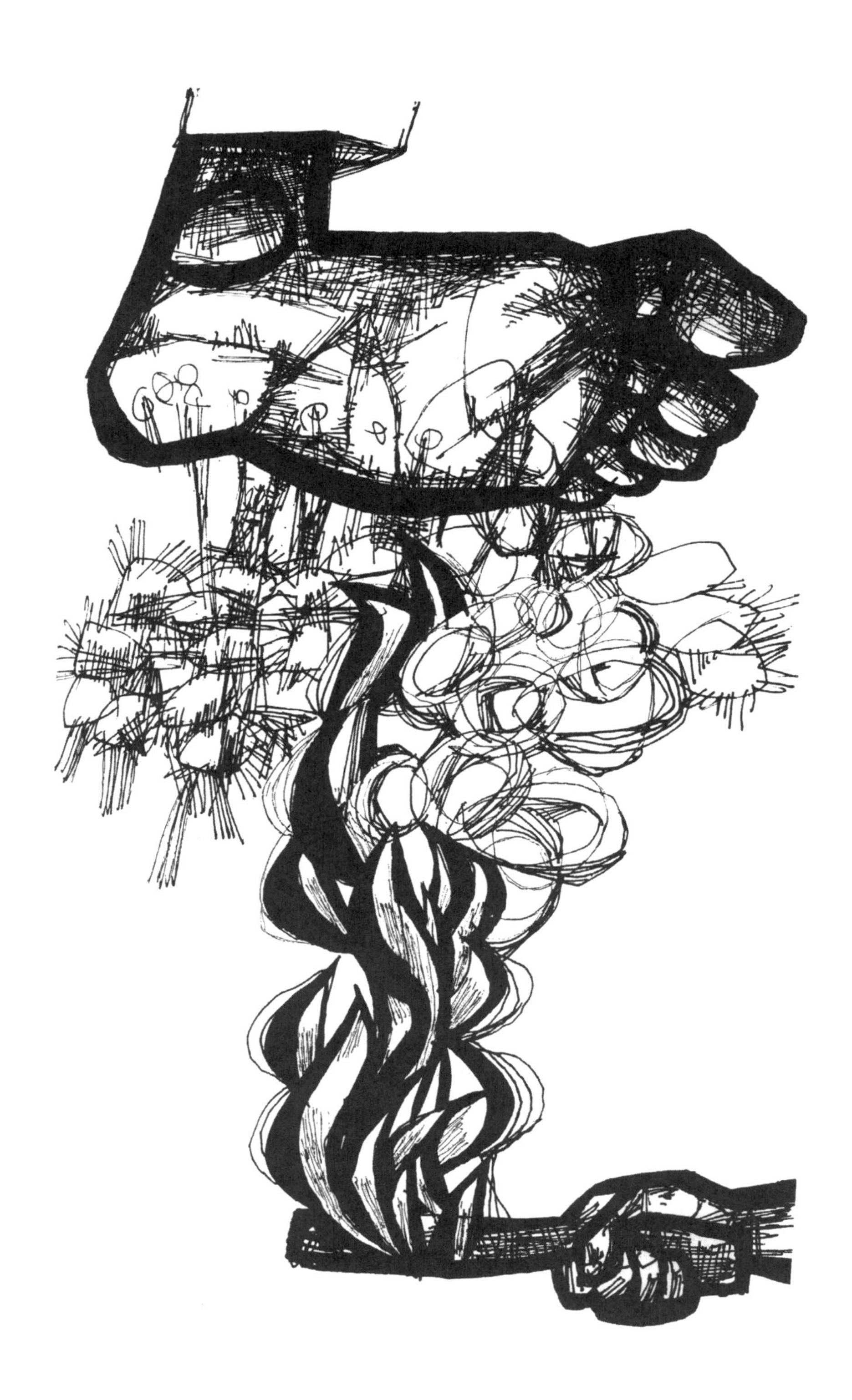

seu clássico *Primitive culture*, refere-se ao assunto, de que também se ocupa Percival Lowell em *Occult Japan.*

O que nos faz pensar em assunto já ferido em página anterior: o de que o sobrenatural parece ter também sua ecologia. Suas zonas de especialização de fenômenos de acordo com a natureza. Se é certo, como pretende um especialista em assuntos psíquicos, Carrington, no seu *The psychic world*, que dos fenômenos psíquicos vários são substancialmente os mesmos no mundo inteiro, outros são peculiares a certas áreas de onde se têm comunicado a áreas de clima, ambiente ou cultura semelhante. Gerald Arundel, também especialista não sei se diga na matéria, depois de estudar manifestações psíquicas na América tropical, chegou à conclusão de que há fenômenos psíquicos peculiares aos trópicos e outros aos climas frios.

É fácil de explicar por que no Recife não se encontram casos nem de adivinhos-d'água – isto é, de indivíduos que dizem por meios sobrenaturais onde se deve cavar o solo para encontrar-se água – nem de provocadores, pelos mesmos meios, de chuvas. Águas e chuvas não faltam à capital de Pernambuco. Tais fenômenos talvez ocorram com frequência no Ceará.

Sinto não ter nunca conversado com o preto Manuel sobre seu assombroso poder de pisar em fogo noite de São João. Era eu então muito pequeno e o preto, caladão e até casmurro. A verdade, porém, é que vi, assombrado, não uma, mas várias vezes o negro velho pisar em fogo como se seus pés fossem os de um fantasma e não os de um homem igual aos outros.

O Pobre que Ganhou no Bicho Graças a Nossa Senhora

Outro orientalismo na vida – inclusive na mística do brasileiro não só de Recife como do Brasil inteiro – parece que é o jogo do bicho. Diz-se que foi o Barão de Drummond que o inventou. Mas em 1900 já havia quem sustentasse que não: que o jogo do bicho, em vez de inventado por brasileiro, fora adaptado ao Brasil, de modelo ou exemplo oriental. "A suposta e portentosa criação do finado Barão de Drummond" – escrevia o *Jornal Pequeno*, do Recife, em sua edição de 4 de setembro daquele ano: o primeiro ano de um novo século ou assim comemorado na capital de Pernambuco como noutras capitais, inclusive Londres – "o jogo dos bichos, hoje inveterado para sempre, talvez, em todas as classes da sociedade carioca e de quase todo o Brasil, não é positivamente uma criação, mas uma adaptação consciente ou inconsciente do que se pratica há longos anos na Cochinchina". E, para prová-lo, citava recente livro de um Pierre Nicolas no qual se descrevia velho jogo oriental com 36 bichos, evidentemente pai ou avô do jogo brasileiro.

Contou-me há anos o falecido Mestre-cuca José Pedro, filho de célebre capoeira do Poço da Panela e que morreu senhor todo poderoso do forno e do fogão de uma toca de solteirões perto da Casa-

-Forte, que no seu tempo de menino – "menino, não, moleque", teria corrigido José Maria de Albuquerque e Melo, como de uma feita corrigiu, na presença do irmão, Manuel Caetano, o próprio José do Patrocínio – conhecera um homem que se libertara da mais triste e feia pobreza, jogando um dia no bicho. Mas jogando no bicho na certeza de ganhar, desde que a própria Nossa Senhora do Carmo, sua madrinha, lhe aparecera nas nuvens e lhe indicara o bicho exato em que devia jogar.

O pobre do recifense já não sabia o que fazer para dar de comer à mulher e a não sei quantos filhos pequenos, todos a crescerem nus e barrigudinhos num mucambo da Ilha do Joaneiro. Uma tarde de domingo estava ele a pensar na vida, estirado numa velha cama de vento, não dentro do mucambo mas ao ar livre. Céu aberto. Pensava na vida e ao mesmo tempo se distraía vendo passar as nuvens quase todas parecidas com carneirinhos, outras só com flocos de algodão. Mas nem cogitava o homem de jogo de bicho. Nem era jogador. Raramente arriscava um tostãozinho em jogo ou cachaça. Tampouco estava pensando na madrinha, que era Nossa Senhora do Carmo, à qual muito já tinha rezado para o livrar de pobreza tão negra; mas em vão. A madrinha parecia só ouvir as rezas dos afilhados ricos, dos filhos de comendadores, das moças elegantes que a enchiam de joias de ouro e se esmeravam em enfeitar os altares da igreja do Convento do Carmo, de flores raras.

De repente, porém, o pobre que – garantia José Pedro – "não estava dormindo", pois "pobre não sabe dormir de dia", vê umas nuvens muito brancas se abrirem; e aparecer, no azul-celeste, como iluminada por muita luz elétrica, sua madrinha. Aparece a santa em toda a sua glória e aponta com o dedo luminoso para uma nuvem que, também de repente, toma a forma de um bicho: a forma clara de um bicho que já não me lembro qual foi. Nem está vivo o bom do José Pedro para me refrescar a memória.

O recifense pobre esfregou os olhos: não era sonho. A santa lá está e a nuvem com forma de bicho também. Gritou então o afilhado de Nossa Senhora do Carmo pela mulher. Que corresse! Que viesse ver! Assombramento! Milagre! Pulou da cama. Mas nisso a santa se sumiu. A nuvem em forma de bicho foi tomando outro aspecto. O céu voltou a ser o mesmo céu recifensemente azul sem outra iluminação que a do sol de fim de tarde. O recifense é que não cabia em si de assombrado e de contente. Era um sinal do céu para que ele se livrasse da pobreza.

Foi a um compadre e pediu dinheiro emprestado. O compadre fez cara feia mas acabou cedendo, impressionado de algum modo com a história da santa: conto de fada que, na boca de um homem que ele sabia sério e bom e não um falastrão qualquer, dava o que pensar.

Na segunda-feira, o afilhado da santa madrugou junto à banca do melhor bicheiro da Encruzilhada naquela época. Fez jogo completo. Carregou na centena. Aventurou alguma coisa no milhar. E de tarde, por mais estranho que pareça, era um triunfador completo. Ganhara em tudo. Estava cheio de "louras", como então ainda se dizia.

Garantia-me José Pedro que conhecia o "*calso*" em todas as suas minúcias, que tudo se passara assim. Que de mucambo da Ilha de Joaneiro o pobre, de repente enriquecido graças a Nossa Senhora do Carmo, passara a morar em chalé da Torre, com os filhos em colégio de padre e a mulher com dente de ouro e chapéu de pluma, passeando na Rua Nova e tomando sorvete no Café Rui.

Cemitério de Carros

Os Agras não lidavam apenas com enterros: alugavam também coches de passeio. Carros de luxo para batizado, para casamento, para formatura de bacharéis em Direito. Carros festivamente forrados de cor-de-rosa e de branco e não apenas de azul-escuro; de damasco, cor de cereja e não somente de cinzento; carros alegremente claros e não somente pretos e dourados como os funerais caros; ou os todo pretos dos enterros baratos, quase iguais aos chamados "violões" de caridade.

Augusto dos Anjos encontrou em *Casa Agra* rima ideal para sua "sombra magra" de homem preocupado com escarro de sangue, doença, morte, enterro, cemitério. E deu à velha casa da Rua do Imperador a triste celebridade de empresa apenas funerária.

Mas para o recifense de primeira água essa celebridade é completada pela outra: pela de um nome ligado também às melhores alegrias e festas do Recife. Não só às de batizado, às de casamento e às de formatura na Academia de Direito, como aos piqueniques finos, que até os começos deste século se faziam de carros de cavalo; aos pastoris, que os rapazes elegantes dos fins do século passado frequentavam também de carros às vezes rodando escandalosamente pelas ruas e quebrando o silêncio e a paz das noites burguesas e trazendo, dos subúrbios para ceias no centro da cidade, mestras e dianas que, rindo alto, cantando,

gritando, dentro dos próprios carros perdiam a virgindade de mulatas pobres; às representações no Teatro Apolo e às companhias italianas no Santa Isabel; às passeatas cívicas, com vivas à liberdade, à República, à Abolição, à Princesa Isabel, ao Dr. José Mariano; às chegadas de heróis da Guerra do Paraguai como o Marquês de Herval; ou de bispos oficialmente de Olinda, mas na verdade de Recife, como Dom Vital; aos carnavais – os velhos carnavais recifenses quando os carros do Agra, de capotas arriadas, os cocheiros, como sempre, de cartolas solenes como as dos ministros de Estado, rodavam pelas ruas da cidade aos gritos de "Olha, o carro!" levando mascarados elegantes, dominós de veludo, bailarinas de saias de seda; ou simplesmente famílias providas de gordos sacos de confete, caixas de bisnagas, os meninos fantasiados de palhaços e com muitos guizos, as meninas vestidas de camponesas, de holandesas, de ciganas. Os carros eram atacados pelos foliões a pé – isto é, os da mesma condição social da gente que rodava de carro –, a bisnaga, a confete, a serpentina. Que carros mais alegres do que esses? Pois eram quase todos da *Casa Agra*.

Sucede que há mais de trinta anos, voltando eu do estrangeiro a um Recife já muito despoetizado de seus antigos encantos pelo triunfo, que nele foi rápido após a Primeira Grande Guerra, de novidades que o sociólogo escocês Geddes chamaria "paleotécnicas", procurei matar saudades do Recife da minha meninice vendo coisas nobremente velhas: mesmo as plebeias como as tascas fiéis ao seu passado e por ele enobrecidas. E como já fossem raros nas ruas, nos próprios enterros, os carros de cavalo, e estes mesmos, uns carros desengonçados e feios, rangendo de fadiga mortal e guiados por boleeiros sem cartola, chapéu mole, ar acapadoçado, perguntei por eles: pelos velhos e belos carros do Agra. Eram tantos que não podiam ter se sumido de repente, expulsos das ruas pelos ainda poucos automóveis.

Um Agra da nova geração – pois a família era amiga já velha da minha gente – prometeu mostrar-me carros antigos, não em movimento, mas parados. Tristonhamente parados como num museu. E em vez de carros vivos, como os raros e moribundos que ainda rodavam arcaicamente pela cidade nos enterros, vi uma tarde, guiado por um Agra, verdadeiro cemitério de velhos carros de luxo, todos mortos. Carros de luxo, carros de qualidade, carros de gala. Carros com as belas lanternas de prata que eu admirara no meu tempo de menino; com as almofadas de veludo, os forros de seda, os tapetes felpudos, as molas doces, todo o macio conforto em que eu me regalara em idas e vindas do centro do Recife a Caxangá, à Capunga, aos Aflitos, em carnavais, em passeios pelas ruas empedradas do centro da cidade, pelas areias secas dos arrabaldes mais elegantes, pelas lamas profundas dos subúrbios desprezados pela Prefeitura.

Esse cemitério de carros de luxo, com muita prata, muito veludo, muita seda, muito damasco, muito resto de luxo antigo a abrilhantar-lhes a velhice melancólica e ignorada, os Agras conservavam numa vasta cocheira para os lados da Rua do Sossego. Precisamente a rua que pelo nome e pela sua situação de lugar, na verdade, quase morto, de tão tranquilo e próximo do Cemitério de Santo Amaro, convinha ao fim de vida daqueles carros também "postos em sossego". Quase mortos depois de anos e anos de movimento, de vibração, de glória. Um carro fora de Osório: atravessara as ruas do Recife com o herói da Guerra do Paraguai vivado por multidões. Tinha lanternas de prata lavrada que sozinhas davam ao ilustre veículo nobreza e não apenas encanto artístico. Belo era também o cupê que fora dos bispos: forrado de veludo, lanternas de prata parecidas às de procissão, parecia saudoso das murças que tantas vezes animaram de roxo, de vermelho, de brilhos litúrgicos, aquele interior grave, severo, mas não lúgubre, de carro também triunfal. Havia um landau que me informaram ter tido a glória de carregar Quincas, o Belo, numa de suas chegadas ao Recife; e do qual o formoso gigante falara à multidão. Uma vitória meio alegre que me disseram ter sido do Palácio do Governo no tempo de Sigismundo Gonçalves, que foi homem galante, tendo sido ao mesmo tempo austero homem de Estado. Outro cupê, forrado de cor-de-rosa, lanternas que eram duas joias: este me asseguraram que fora de certa condessinha, iaiá muito mimosa do Recife, no seu tempo de moça.

Naquela cocheira erma, feia, triste, com um vigia dia e noite para botar sentido nos coches e não deixar que os gringos mais afoitos roubassem as pratas, era esse cupê alegre o único com fama de assombrado ou encantado. Uma vez por outra dizia o velho da cocheira que a própria condessinha aparecia no cupê, toda sinhá, num ruge-ruge de sedas finas e galantes que arrepiava os negros mais calmos. Era pelo menos o que contava esse negro velho, vigia da cocheira.

Ouvi de outro empregado da cocheira dos Agras que uma vez acordara, noite alta, despertado por um ruído que lhe parecera o de carro de cavalos desembestados. Impossível porque ali não havia cavalo: só carros passivos e tristes. Não afirmava que não fosse um resto de sonho mau: mas sua impressão fora a de ter visto sair do meio dos carros mortos, um, de repente vivo, ruidosamente vivo, puxado por um cavalo alazão com um pé branco e guiado por um negro de sobrecasaca cheia de galões de ouro. Tomara o carro a direção do Cemitério de Santo Amaro. Aliás, o cemitério de carros dos Agras ficava tão perto do de Santo Amaro que era como se fosse um seu anexo. O cemitério de carros anexo do cemitério de gente.

Outro Lobisomem

Também se diz, no Recife, do lobisomem, que chupa sangue: sangue de moça e sangue de menino. Sangue de moça bonita e sangue de meninozinho cor-de-rosa. Seria, neste caso, uma sobrevivência do súcubo ou íncubo da Idade Média.

Em Beberibe, contam os antigos que há muitos anos houve um lobisomem assim, velhote de família conhecida e famoso pelo perfil nobremente aquilino. Família aparentada com a de um Presidente da República e com mais de um Barão do tempo do Império. Em vez de amarelo, era o velhote branco como um fantasma inglês que nunca tivesse visto sol do Brasil: tanto que quando, ainda rapazola, tomava banho de rio, nu, como os outros, seu exagero de brancura era tal que só de olhá-lo os outros tinham vontade de vomitar. Chamavam-no de "barata descascada". Sua brancura dava nojo. Entretanto o homem não era aça nem sequer sarará: tinha cabelo preto, embora ralo, desses que custam a embranquecer.

Só com a idade Barata Descascada teria dado para lube. Lube que, segundo os antigos, deu que fazer a quase o Recife inteiro. Lube afoito. Vinha espojar-se nas areias do Salgadinho e até nas lamas de Tacaruna. Chegou até a Lingueta, assombrando embarcadiços acostumados a lidar com tubarões no lamarão. Diz-se que certa madrugada assombrou umas moças que iam tomar banho de mar na Praia do Brum que era, naqueles dias, praia da moda. As moças, todas vestidas de pesadas roupas de baeta azul, iam fazer o pelo-sinal para entrarem na água salgada de almas limpas, quando o demônio do lobisomem, estranhamente branco, repugnantemente alvacento, fedendo a defunto, passou raspando por elas e espadanando areia. Roncava como um porco mas pela fúria parecia cão danado. Gritaram as moças "Ai, Jesus!" e o maldito desapareceu nas brenhas. As coitadas das iaiazinhas é claro que desmaiaram.

Desse lobisomem se conta que se curou mamando leite de mulher. Leite de cabra-mulher. Uma mulata de peito em bico e de filho novo teria sido seu remédio. Montou o velhote casa para a cabra-mulher que lhe dava leite de peito como a um filho. O homem foi ganhando cor até deixar de correr o fado. Branco exagerado não deixou de ser nunca. Mas perdeu o ar de chuchado de bruxa e os traços do seu rosto dizem que voltaram a ser os de brasileiro fidalgo e bom. Tudo graças ao leite da mulata mamado no próprio peito da mulher de cor.

Luís do Rego Assombrado

De Carlos Porto Carrero dizem os homens do seu tempo que preferia nas conversas falar de Atenas. De assuntos eruditos e finos. Mas contava às vezes aos amigos histórias do Recife antigo. Contava-as com o brilho literário que fazia de suas mais simples palestras lições do mais belo português falado. Essas suas lições elegantes tanto se alongavam em lições de história natural como em incursões pela história sobrenatural. Há quem diga até daquele bom letrado e sábio gramático que se deliciava em fantasiar a história natural de sobrenatural. Reação justa de romântico numa época em que os naturalistas se extremavam em esconder o sobrenatural na história humana com o pudor felino de quem escondesse nauseabundo subnatural, satisfazendo todo o seu apetite de romance com a figura do pitecantropo ereto. O pitecantropo ereto: essa cabra-cabriola de sábios, esse cresce-e-míngua de doutores dos fins do século XIX e dos começos do XX.

Foi de Carlos Porto Carrero que um recifense, hoje de idade provecta, mas de inteligência ainda moça, ouviu esta história sobrenatural que teria ocorrido no Recife dos primeiros anos do século XIX. O Recife colonial do tempo do Governador português Luís do Rego. Luís do Rego Barreto sabe-se que foi homem duro, severo no seu modo, metropolitano ou português, de ser justo. Modo então em conflito com o modo brasileiro de ser livre.

O que não se discute é o caráter do homem. Podia ser Luís do Rego cru mas era honesto. Podia ser exagerado na sua maneira de ser homem de governo em tempo de inquietação mas era ele próprio bravo.

Pois desse homem desassombrado é que Carlos Porto Carrero contava que se assombrara em Pernambuco, não com a fúria de leão dos pernambucanos daquele tempo, que lhe marcaram com um tiro a carne ilustre, mas com o fantasma de uma mulher fatídica que viu certa vez num sobrado misterioso do Recife. E que lhe teria marcado de estranho terror, não a carne, mas o espírito forte.

Falara-lhe alguém do sobrado misterioso. Contara-lhe que nele aparecia um fantasma de mulher: mas só ao homem a quem estivesse para acontecer desgraça ou infelicidade. Luís do Rego quis ver o sobrado, certo, é claro, de que a tal aparição era lenda de gente colonial. Só por curiosidade de homem de espírito forte.

Mas, chegados ao sobrado Luís do Rego e dois amigos, diz a história, contada por Porto Carrero, que não tardou a aparecer o fantasma da tal mulher. Mas só ao general português. Só a Luís do Rego. O bravo capitão-general assombrou-se. "Olhem a mulher! Olhem a mulher!" gritava com voz de comando. Mas nenhum dos dois companheiros conseguia ver mulher alguma. Só os olhos de Luís do Rego enxergavam o fantasma. Sinal de desgraça próxima. Dizem intérpretes da história contada por Porto Carrero que aviso de assassinato: o assassinato do bravo Capitão-general tentado por patriotas pernambucanos.

O Visconde Encantado

No fim do governo Estácio Coimbra, foi esperado toda uma noite no Recife – esperado até de madrugada, até o dia seguinte, durante uma semana, um mês – o Visconde de Saint-Roman. Partira de Paris em voo direto ao Recife. Ele sozinho: sem acompanhante. Era um romântico e um bravo. Um visconde de romance de capa e espada tornado aviador moderno na primeira fase heroica da aviação.

Um voo transatlântico era então uma aventura. Alguma coisa de épico. Tinham-no realizado, por etapas, chegando festivamente ao Recife, vindos de Lisboa, os portugueses Sacadura Cabral e Gago Coutinho. Depois deles, em voo da Espanha ao Brasil, chegou ao Recife Ramón Franco. O espanhol Ramón Franco.

O Visconde de Saint-Roman decidiu que também um francês realizaria a façanha de chegar da França ao Recife, em voo ousado de Paris. Foi a aventura anunciada pelos jornais. O Governo do Estado de Pernambuco teve comunicação do voo a realizar-se por um amigo de Saint-Roman residente no Recife: o pernambucano afrancesado Horácio de Aquino Fonseca.

Horácio de Aquino Fonseca hospedaria o visconde heroico. Para isso preparou com esmero aposentos na sua Vila Jeanne D'Arc: o visconde teria no Recife honras de príncipe.

Deveria chegar perto de dez da noite. Meia-noite o mais tardar. Daí os Aquino Fonseca terem preparado uma ceia que seria um acontecimento da vida do Recife. Perus, leitões, bifes. Cavala perna-de-moça. Lagosta, pitu, camarão. Doces, pudins, bolos brasileiros. Champanha é claro que francesa. Vinhos finos. Licores. Conhaque também francês. Frutas: uma opulência de frutas tropicais.

Desde oito horas que alguns de nós estávamos no campo do Encanta-Moça onde deveria descer o visconde no seu mágico tapete voador. Às dez horas, nada de aparecer avião. Nem às onze horas. Nem à meia-noite. Foi havendo um frio de desânimo junto com um ardor de inquietação entre o grupo de brasileiros e franceses que esperavam Saint-Roman. Os Aquino Fonseca eram naturalmente os mais aflitos. Teria acontecido algum desastre ao seu admirável amigo?

Desânimo e inquietação foram aumentando com a madrugada. Amanhecemos no campo de Encanta-Moça já temerosos de que o visconde se encantara no mar. Quem sabia, porém, o que lhe sucedera de fato? Talvez tivesse por erro ido parar a outro ponto da costa brasileira, sem ter atinado com as luzes do Recife. Daí esperanças que se prolongaram durante dias e dias.

Já quase mortas essas esperanças, o Governador Estácio de Albuquerque Coimbra recebeu da velha mãe de Saint-Roman comovente carta. Fora ela a uma sessão de Espiritismo em Paris e aí lhe fora dito que o filho estava vivo: descera em matas tropicais de Pernambuco.

Para atender ao clamor da mãe francesa, o Governador do Estado de Pernambuco ordenou novas buscas em áreas pernambucanas que pudessem ser descritas como de florestas: na verdade, de restos de grandes matas. De fantasmas de matas. Tudo em vão. Em parte alguma, nem de Pernambuco nem do Brasil, encontrou-se traço sequer do desventurado visconde e do seu avião. O espírito se enganara: o visconde caíra não em matas tropicais do Brasil, mas em águas do Atlântico. Caíra no mar sem ter conseguido chegar ao Recife.

Entretanto, há recifenses que juram já terem ouvido, em noites altas e de muito silêncio, misteriosos roncos de um avião fantasma que não desce nunca: volta ao mar. Será o do visconde encantado?

Duas Experiências de Um Psicólogo Ilustre

O Professor Sílvio Rabelo é, além de escritor, crítico literário, autor de excelentes estudos biográficos – *Farias Brito, Sílvio Romero, Euclides da Cunha* –, psicólogo que durante anos foi mestre dessa especialidade na Escola Normal, depois Instituto de Educação, do Recife. Mestre e pesquisador. Dele são vários trabalhos que o recomendam à atenção e ao apreço dos estudiosos de problemas de Psicologia.

Nunca, porém, revelou, em qualquer desses trabalhos, duas de suas experiências, uma de menino, ainda no interior de Pernambuco, outra de adolescente, já no Recife – o Recife do começo deste século –, que marcam seu contato pessoal com fenômenos dos chamados supranormais, por uns, sobrenaturais, por outros.

Menino, saiu uma vez de casa para a balança de algodão – isso na área algodoeira do Nordeste – chamando em voz alta por um empregado: "Fulano, Fulano, Fulano!". Nada, porém, de encontrar o procurado. Entretanto, ao passar correndo, pela enorme balança, viu nitidamente sobre ela – era pouco mais de meio-dia – enorme figura de preto. Quando se voltou, para fixá-la melhor, não viu figura alguma, nem de preto nem de ninguém. Arrepiou-se. Sentiu um frio inconfundível de medo. Nem gritar conseguiu.

Já adolescente, participou, com outras pessoas de sua família, de um fenômeno sobrenormal, interessantíssimo por ter sido coletivo. Estava a família quase toda na sala de jantar, a mãe lendo, o pai e os irmãos conversando. Na sala da frente, apenas a irmã mais velha do futuro psicólogo, à janela, conversando com o namorado: rapaz com quem viria a casar-se. Casa típica do Recife de então. Sala da frente, também: com sua mobília de receber visitas, seus consolos e, sobre um dos consolos, duas grandes e belas serpentinas de cristal que eram, depois das filhas, as meninas dos olhos da dona da casa, senhora aliás erudita e de boas leituras.

Noite. Noite recifense de subúrbio. Noite de um doce silêncio quebrado apenas por vozes distantes. Uma delas, a do sorveteiro anunciando o sorvete do dia: "Sorvete de maracujáaa!".

De repente, a família reunida na sala de jantar é alarmada pelo estrondo das duas serpentinas a se espatifarem sobre o piso. Correm todos à sala da frente. Encontram a moça assombrada diante das serpentinas: também ela ouvira o ruído dos cristais a se despedaçarem, como se tivessem caído sobre o piso. Mas as serpentinas se achavam intactas. Absolutamente intactas. Fixas no seu lugar.

No dia seguinte, o que se soube? Que à hora exata da ocorrência do fenômeno estranhíssimo falecera a melhor amiga da irmã mais velha de Sílvio Rabelo. Experiência de que o psicólogo não se esqueceria nunca depois de já psicólogo científico, de homem objetivo de ciência, de intelectual notável pelo rigor analítico das suas pesquisas. Compreende-se que, como psicólogo, tenha tido sempre, e continue a ter hoje, um especial apreço por William James.

O que Conta a Filha de Outro Psicólogo Ilustre do Recife

O Recife talvez deva ser considerado, neste nosso vasto Brasil, a cidade por excelência dos bons psicólogos. Aqui Ulisses Pernambucano de Mello foi um dos pioneiros, no Brasil, de serviços de orientação profissional segundo técnicas psicológicas modernas; do ensino científico da Psicologia; do estudo psicológico das chamadas "seitas africanas"; o fundador, com amigo especializado em estudos de Antropologia e de Sociologia, de toda uma Escola brasileira de Psiquiatria Social: a primeira no nosso país. Aqui Sílvio Rabelo realizou, quando professor da Escola Normal, estudos igualmente pioneiros de Psicologia da Criança. Aqui René Ribeiro, Gonçalves Fernandes, Valdemar Valente, vêm realizando estudos de repercussão, além de nacional, internacional, sobre aspectos psicossociais do comportamento de brasileiros da região, de origens etnoculturais africanas, ainda apegados a crenças e costumes africanos, negro-africanos, islâmicos.

Para realizarem esses estudos, eles e outros pesquisadores viveram em íntimo contacto com babalorixás, com ialorixás e com adeptos pretos, mestiços e brancos das chamadas religiões afro-brasileiras. Religiões ou cultos, alguns deles, ainda florescentes no Nordeste, onde tam-

bém os estudou o professor Roger Bastide, hoje da Sorbonne; e onde os veio conhecer – no terreiro de babalorixá Mariano, que visitou na minha companhia, permanecendo uma noite inteira, até o dia seguinte, em observação participante – o famoso psicólogo Sargant, de Londres: o autor do mais notável livro que se conhece sobre *brainwashing*.

O maior dos babalorixás do Recife, no último meio século, não há dificuldade alguma em concordar-se que foi o chamado Pai Adão. Pai Adão do Fundão. Da minha parte, posso dizer que o tive entre os melhores amigos da minha mocidade recifense. Recebia-me na sua casa como pessoa da família: ele que tanto se esquivava a estranhos. Estudara, pode-se dizer que Teologia, em Lagos. Era um sincero místico. Sabia nagô: tinha alguma coisa de erudito. Mas nada de considerar-se negro brasileiro: o que se considerava era brasileiro. Brasileiríssimo é o que sempre foi o babalorixá Adão. Brasileiríssimo, pernambucaníssimo, recifensíssimo.

Dele também se aproximou, quando muito jovem, para estudos psicológicos da seita imensa que Adão comandava com a dignidade, a autenticidade, a sinceridade na fé que hoje faltam, no Brasil e noutros países, a tantos prelados católicos, o agora consagrado mestre na sua especialidade que é o professor A. Gonçalves Fernandes. No início de sua carreira, o hoje provecto Gonçalves Fernandes aceitou convite, que lhe veio da Paraíba, para ali exercer, por algum tempo, funções de Psiquiatra e de mestre de Psicologia. Separou-se do Recife. Interrompeu seus estudos psicológicos de assuntos recifenses. Distanciou-se do babalorixá Adão.

Conta sua filha, então pequena, Pompeia – hoje esposa do sociólogo Renato Campos, autor de tão boas páginas sobre as seitas protestantes na zona canavieira de Pernambuco e chefe da Divisão de Sociologia do Instituto Joaquim Nabuco de Pesquisas Sociais – que, certa vez, o pai mostrou-se de repente impressionado com um "aviso" estranho que recebera por meio que, cientificamente, não sabia explicar: Pai Adão morrera. Seu amigo Pai Adão falecera. Horas depois chegaram à Paraíba os jornais do Recife: Pai Adão morrera!

Aliás, "aviso" semelhante teria, não no Recife velho, mas no de hoje, certo casal recifense, com quem, de Salvador, desejara comunicar-

-se inutilmente por telefone, já à noite, o famoso escritor inglês, experimentado em métodos sobrenormais indianos, de comunicação, Aldous Huxley. Uma luz estranha apareceu ao casal. Na manhã seguinte surgiu-lhes em pessoa Aldous Huxley, contando quanto procurara comunicar-se com eles.

Visita de Amigo Moribundo

Quem conta é o sociólogo Renato Campos. O professor Renato Campos é diretor – repita-se – da Divisão de Sociologia do Instituto Joaquim Nabuco de Pesquisas Sociais. Um dos mais notáveis sociólogos brasileiros dentre os mais jovens.

O fato por ele narrado, colheu-o de fonte idônea e de pessoa antiga. É o seguinte, tanto quanto possível, nas palavras do narrador:

Dois rapazes, estudantes no Recife, moravam juntos, em Olinda. Chamemos a um Antônio, a outro, José. Havia entre eles a combinação de que o que chegasse muito tarde, saltasse para dentro do quarto, por uma janela entreaberta, a fim do já ferrado no sono não ter que levantar-se para abrir a porta. Segredo conhecido de outros colegas seus.

Certa noite, Antônio, já deitado, viu José saltar pela janela e passar por debaixo de sua rede. Não se preocupou com o fato: era com certeza José. Rotina. Pura rotina.

Apenas não era José. José apareceu no dia seguinte. Explicou ao companheiro que na noite anterior fora a uma dança no Recife, ficara dançando até quase de manhã e dormira no Recife, na casa de um amigo.

Antônio assombrou-se. Se não fora José, que vulto fora o que ele vira saltar pela janela e passar debaixo de sua rede? Mistério. Mistério que no mesmo dia se explicaria. Explicação estranha, porém. A Antônio chegou um apelo de um dos seus melhores amigos para que o fosse ver no Hospital Pedro II: estava à morte.

O estudante apressou-se em ir ver o colega querido. Estava realmente nas últimas. Moribundo no velho hospital do Recife.

Ao ver Antônio, animou-se, para surpresa de todos, tal a prostração em que se achava desde o dia anterior: já muito mais morto do que vivo. "Você, Antônio? Que alegria você me dá! Ontem fui à noite a Olinda despedir-me de você!"

ALGUMAS CASAS

O Sobrado da Estrela

O sobrado chamado da Estrela foi uma das casas mais mal-assombradas do Recife: levou anos fechado porque nele diziam os vizinhos "aparecer visagem" nas próprias varandas. Vultos que chegavam à janela chamando quem passasse pela rua como misteriosas mulheres-damas a atraírem, com psius e sinais de venha-cá, machos indiferentes, para suas camas de vento. Luzes que apareciam nos dois andares da casa vazia. Louças que se quebravam na sala de jantar. Jacarandás que se despedaçavam na sala de visitas. E o papel de "aluga-se" amarelecendo na vidraça suja. Os morcegos, as corujas, as aranhas gozando as delícias do escuro na casa fechada. "Casa com papel para alugar?" perguntava um jornal recifense de 1895. E respondia: "Ou é mal-assombrada ou está deteriorada".

De mais de um sobrado velho do Recife se conta a mesma história. De alguns se diz que, em noites de escuro, se ouve ruge-ruge de sedas, som de piano de cauda tocando música do tempo antigo, passos de danças em salas cheias de sombras de bacharéis e iaiás pálidas; e da capelinha de um deles, o sobradão, demolido há poucos anos, do Sítio da Capela, muita gente jura ter visto sair à meia-noite uma moça muito branca, vestida de noiva, montada num burrico tristonho. Talvez a filha do rico senhor Bento José da Costa sendo raptada pelo ousado revolucionário de 17 que acabou mártir.

Vários são os antigos sobrados do Recife onde se acredita ainda haver dinheiro enterrado e até esqueletos de gente emparedada como no romance do velho Carneiro Vilela. Daí as histórias de visagens e de ruídos estranhos, ruas inteiras agitadas por uma como dança de são guido: a dança do medo dos vivos a almas-do-outro-mundo. Ou aos mal-assombramentos, como diziam os antigos. Uma canção hoje esquecida chegou a exprimir esse medo em palavras simples:

Vê-se a cidade agitada,
Todas as velhas rezando,
As criancinhas gritando
E a polícia agitada,
É a casa mal-assombrada!

Nem mesmo hoje, o Recife de igrejas do tempo da Colônia e de restos de casas de ar ainda mourisco, com janelas de xadrez e telhados quase pretos de velhos por onde, em noites de lua, deslizam gatos que parecem de bruxedo, perdeu de todo o seu ambiente da era colonial, quando o feitiço, a cabala dos judeus, o medo às assombrações, o terror dos Cabeleiras, enchiam de grandes sombras o burgo inteiro. As ruas tanto quanto o interior dos sobrados.

O Recife de hoje, donde a luz elétrica e o progresso mecânico não conseguiram expulsar de todo essas sombras e essas visagens, essas artes negras e essas bruxarias, ainda tem alguma coisa do antigo. Seus grandes sobrados vêm resistindo aos arranha-céus como senhores arruinados da terra a intrusos ricos. Demolidos, às vezes parecem continuar de pé como se tivessem almas fazendo as vezes dos corpos. Almas não só de pessoas mas de casas inteiras parecem vagar pelo Recife. Almas de sobrados. Almas de igrejas. Almas de conventos velhos que não se deixam facilmente amesquinhar em repartições públicas. As almas dos três arcos estupidamente postos abaixo.

Outras casas, outrora célebres pelo seu mistério, são agora casas banais. Desencantadas, só fazem medo a menino bobo ou a moça dengosa. Nem parecem ter sido o terror até de soldados. De soldados armados de facão rabo-de-galo e capazes de terríveis lutas corpo a corpo com capoeiras: mas não com almas-do-outro-mundo.

O sobrado chamado da Estrela foi uma dessas casas por algum tempo misteriosas e terríveis. Ficava à esquina de velha travessa do tempo em que havia hierarquia nesta como noutras coisas: rua, travessa, beco, viela. Prédio de dois andares, a sua construção, sem ser muito antiga, datava de mais de um século, quando seu assombramento começou a alarmar a gente de São José.

Foi seu proprietário durante anos Antônio Francisco Pereira de Carvalho, conhecido por Carvalhinho, que, por sua morte, deixou-o, como era elegante na época, para a Santa Casa de Misericórdia do Recife, da qual era mordomo. Mas foi Carvalhinho proprietário sempre ausente desse seu sobrado. Não chegou a identificar-se com o prédio de que era dono.

Habitou-a quase heroicamente, na fase em que o sobrado foi um dos terrores de São José, a família Luna, que era de gente brava. Em 1873, quando os Lunas se mudaram para a casa, na qual haveriam de viver anos, arrepiados com as muitas visagens que diziam lhes aparecerem a todo instante, mas sem se deixarem vencer por esses horrores do outro mundo, o prédio passara vinte anos fechado. Com o tal papel tristonho de "aluga-se". Pretendentes, muitos. Mas os boatos eram de aterrorizar qualquer cristão. Ninguém se animava a ocupar sobrado tão cheio de mistérios. E as "visagens", as "assombrações", as "almas-do-outro-mundo" é que durante anos se tornaram donas absolutas do velho sobrado sem serem incomodadas pela intrusão dos vivos.

Diz-se que a família Luna, durante o tempo em que morou no prédio, não sossegou uma noite. Ou fosse por sugestão, ou por isto, ou por aquilo, a boa gente via vultos, ouvia quebrar de louças na cozinha e abanar de fogo no fogão. Era como se a cozinha burguesa fosse uma cova de bruxas de Salamanca. E quando anoitecia, mãos que ninguém enxergava, mas que deviam ter alguma coisa de garras de demônios, jogavam areia sobre as pessoas da casa. Obra, evidentemente, de espíritos dos chamados zombeteiros, pensavam os Lunas e os vizinhos dos Lunas.

Viveram, entretanto, esses corajosos Lunas anos e anos em casa tão incômoda. Perturbados com a misteriosa areia nas próprias horas de jantar e cear. Mas de alguma maneira acomodados às diabruras não sabiam se de almas penadas, se do próprio Cafute. O aluguel do sobrado parece que era baixo e os Lunas talvez preferissem os horrores de casa encantada ao tormento de terem que pagar aluguel alto.

Das "almas penadas" do Sobrado da Estrela chegou a pensar um recifense velho que fossem almas de estudantes de velha república. Almas de boêmios ou gaiatos que por muito terem se mostrado nus das varandas a mocinhas pobres da vizinhança, escandalizando as coitadas das criaturas de Deus com sua nudez obscena; e por muito terem furtado frutas ou doces de tabuleiros de baianas velhas; ou por muito terem judiado com moleques ou molecas inermes, para quem "doutores" eram quase deuses de casaca e cartola – estavam agora purgando seus pecados.

Diz-se dos Lunas que só deixaram o sobrado depois de terem desenterrado dinheiro. Uma noite, certa pessoa da família teve um sonho. Sonhou que num buraco do socavão da escada do primeiro andar havia "coisa" enterrada. Coisa, isto é, ourama. Ourama do tempo dos reis velhos. Pela manhã contou o sonho aos outros Lunas. Dinheiro enterrado? Devia ser a causa das assombrações, das visagens, dos psius.

Mas aberto um buraco no socavão, em lugar de moedas de prata e ouro só teriam achado os pacientes Lunas um punhado de miseráveis cédulas de dois mil-réis. Troca de estudantes do tempo em que o prédio fora arremedo de república? Explicaram os Lunas à gente vizinha e abelhuda da rua que não: que eram cédulas furtadas por um dos antigos caixeiros da mercearia que um deles mantinha no andar térreo do edifício. Façanha de caixeiro vivo e não de estudante morto. Um desapontamento. O que parecera romance de alma-do-outro-mundo teria sido simples história de furto de cédulas de uma simples mercearia por um dos seus caixeiros. Nada mais. Em vez de tesouro, simples punhado de cédulas de dois mil-réis. Pelo menos foi o que os vizinhos ouviram dos Lunas ter se verificado no prédio misterioso.

Quando a família Luna mudou-se do sobrado, achou-se, porém, grande buraco no socavão da escada do primeiro andar. Não parecia ter abrigado apenas miseráveis cédulas de dois mil-réis. E sim ourama, e da boa. Os Lunas, que durante anos haviam convivido quase heroicamente com almas-do-outro-mundo, não confirmaram o boato de que dali tivesse sido desenterrada botija com dinheiro: muita prata, muito ouro, muita moeda, sussurrava a vizinhança. Apenas um punhado de cédulas sujas – insistiam em dizer os bravos moradores da casa mal-assombrada. E até hoje ninguém sabe o que de fato se passou no sobrado chamado da Estrela, nos últimos anos do Império, um dos mais célebres do Recife pelo seu mistério de casa às vezes comicamente mal-assombrada.

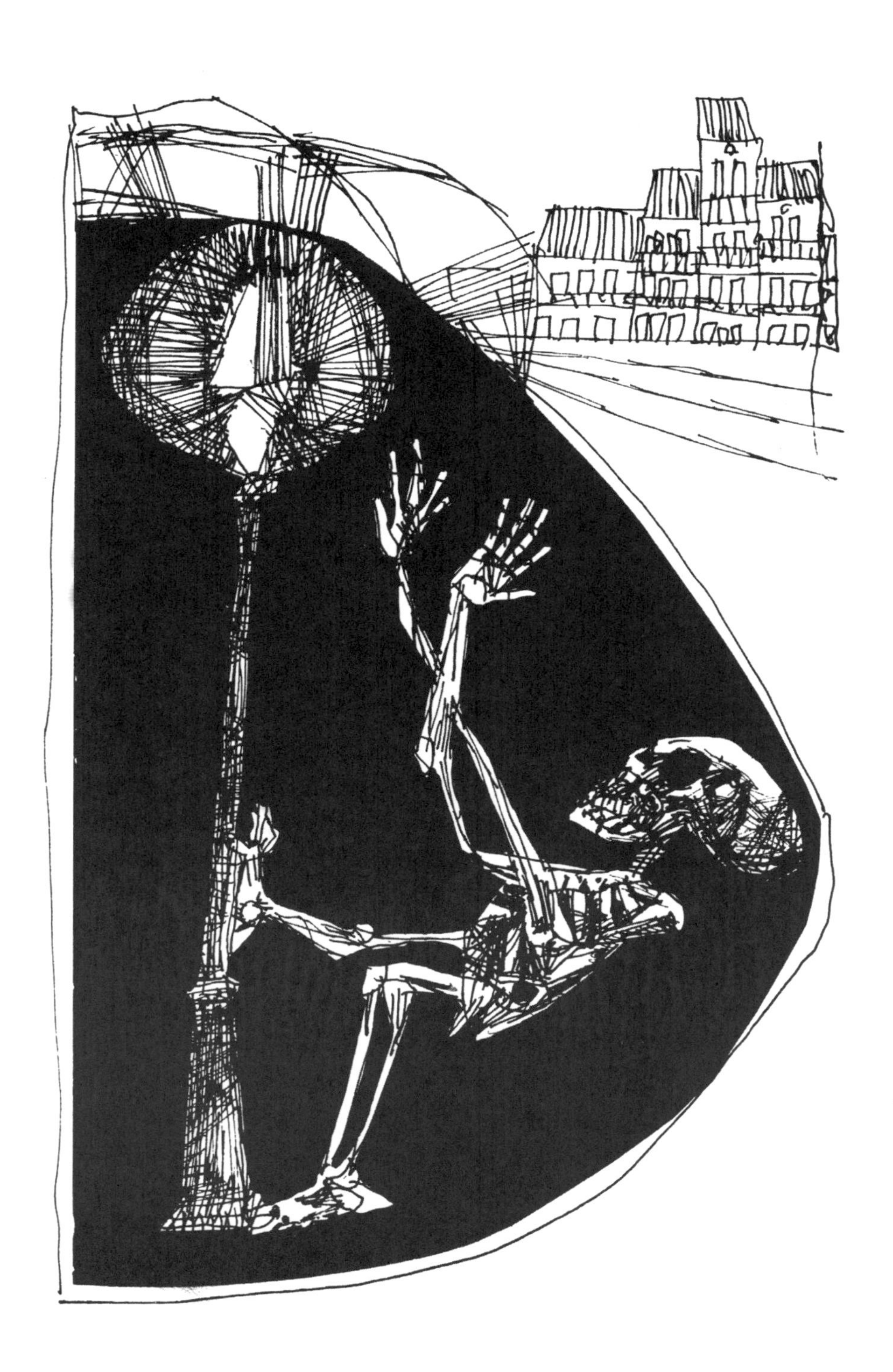

A Casa da Esquina do Beco do Marisco

Em velho prédio, também com a fama de mal-assombrado, da Rua Augusta, na esquina do Beco do Marisco, à noite, depois que todos dormiam, ouvia-se uma barulheira dos diabos: queda de móveis, correntes arrastadas pelo soalho, portas se abrindo. Pior do que o sobrado chamado da Estrela. Era como se nele se cumprisse o fadário de casa de esquina: "Casa de esquina, triste sina!".

O bairro de São José é o refúgio daquelas assombrações do tempo dos reis velhos que outrora tornaram famoso o Recife propriamente dito: a quase ilha do Recife. O Recife dos frades do Oratório, dos flamengos de Nassau, dos sefardins chamados Jacó e Abraão, Fonseca, Silva, Mendes, Pereira, Leão: judeus fidalgos e desdenhosos da ralé tanto gentia como israelita.

Nos sobrados mais antigos dessa parte, também mais antiga, da cidade, a verdade é que se achou nos primeiros anos deste século, com as demolições de casas, de arcos e até da Igreja de Corpo Santo – que era monumento e não apenas igreja velha – muita moeda enterrada. Muito ouro do tempo colonial. Lembro-me de ter visto, menino, moedas de ouro do tempo d'El-Rei Dom José de Portugal, encontradas numa das casas demolidas do bairro do Recife. Justamente numa demolição de que fora encarregado, como engenheiro, o historiador Alfredo de Carvalho, de quem manda a justiça que se diga que foi na época quase a única voz de pernambucano a protestar com vigor contra a destruição dos arcos e da Igreja do Corpo Santo. Quis, porém, o destino que o engenheiro praticasse aquilo que mais repugnava ao historiador: a destruição de casas do Recife velho.

Mas não nos distanciemos do assunto; e voltemos ao sobrado misterioso da Rua Augusta. Ficava ele à esquina do Beco do Marisco. Era sobrado de dois andares, além do térreo. Na verdade, de três: três pavimentos. Sua construção datava apenas de 1865. Quase uma criança entre os sobrados velhos da cidade.

Tinha de frente cinco janelas; e, no oitão, oito. Um sobrado como qualquer outro. Sem brasão, sem busto de Camões, sem estátua da fortuna ou estrela de pedra para a distinguir dos outros.

Passou anos desocupado. O povo dizia que ali vagavam espíritos: o bastante para o papel de "aluga-se" amarelecer nas vidraças. Depois de anos fechado, apareceu pretendente às chaves. Foi o português Belarmino, conhecido por Belarmino Mouco.

Era surdo: não lhe importavam ruídos de almas penadas. Raciocínio de português de anedota ou de caricatura.

Homem quietarrão e pé-de-boi, estabeleceu-se muito lusitanamente no andar térreo; e fez sua residência – sua e dos seus – no segundo andar.

O primeiro andar procurou sublocá-lo. Mas nada de aparecer inquilino.

Na mesma noite do dia em que Belarmino Mouco foi ocupar o segundo andar do prédio sinistro, sua gente começou a ver visagens e a ouvir barulhos na escada. Vultos entrando e saindo dos quartos. Ruídos de acordarem surdos. Um desadouro. Era como se a casa não fosse dos vivos mas dos mortos. Ou dos vivos só por favor: na realidade e pelo direito, dos mortos ou dos seus espíritos.

Esses barulhos e essas assombrações continuaram. Depois que todos dormiam, ouviam-se quedas tremendas de móveis na sala de visitas, correntes arrastadas pelo soalho, portas abrindo-se ou fechando-se com escândalo.

O barulho era de tal maneira que o próprio Belarmino Mouco, com toda a sua surdez, levantou-se mais de uma noite para ver o que se quebrara dentro de casa. Mas encontrava tudo em ordem. Os móveis nos seus lugares. As portas fechadas a ferrolho. E corrente só havia no sobrado a do seu relógio: correntona de burguês que apenas começava a ser sólido.

Voltava para o quarto. Mas quando queria adormecer o barulho recomeçava. O mouco acordava. Seus ouvidos pareciam de tísico: ouviam todos os barulhos grandes como se fossem diabruras de seiscentos mil demônios soltos, numa só casa. E a família, que não era surda, esta não parava de ouvir ruídos terríveis. Os grandes, os médios, os pequenos. Toda uma orquestra de ruídos esquisitos.

Um dia apareceu morto no segundo andar do sobrado um dos empregados de Belarmino Mouco. Foi encontrado enforcado. Suicídio, apurou a polícia. Mas o motivo?

O suicida era um rapaz de seus 24 anos de idade, de nome João Teixeira. Não deixou declarações. Um suicídio misterioso. Em torno do caso fez-se grande celeuma. O empregado de Belarmino Mouco passou a ser considerado vítima dos espíritos maus que vagavam no sobrado. Mártir das assombrações. Pois as assombrações também têm seus mártires. Gente que morre ou se suicida de pavor: assombrada.

Alguns dias depois do suicídio do rapaz, Belarmino Mouco desocupou o prédio. Aquilo não era casa em que morasse cristão.

A vizinhança começou então a ver vultos nas janelas do segundo andar. Era anoitecer e juntava povo à frente do prédio. A cada instante gritava um: "Olha um vulto naquela janela!". "É de homem!", diziam uns; "É de mulher!", gritavam outros. E, no meio desse alvoroço, mãos misteriosas jogavam areia sobre os olhos dos curiosos. Areia que se dizia vir do alto do sobrado mal-assombrado e ser pior para dar azar do que areia de cemitério. Correrias, gritos, mulheres com histéricos, não davam mais sossego à rua.

A polícia do 1º Distrito de São José acabou tendo de intervir no caso. Era subdelegado local o Heliodoro Rebelo. Fora despachante federal e não era homem de lorotas.

Uma noite, estando muito povo diante do prédio e sendo grande a celeuma, a polícia resolveu violar a porta da escada do sobrado encantado. Mas no terceiro lance da escada jogaram tanta areia nos olhos dos soldados que os sacudidos cabras de facão rabo-de-galo desceram do sobrado às carreiras, uns ainda se limpando da areia, outros pálidos como se tivessem visto o próprio demônio.

O povo convenceu-se então de que não havia dúvida: o sobrado estava ocupado por espíritos furiosamente maus. Por endemoninhados que faziam correr até soldados de polícia que eram naqueles dias cabras valentes, capazes de lutarem com os capangas de São José. Os célebres capangas que José Mariano tinha em São José.

Não podendo ter o seu prédio fechado eternamente, o proprietário vendeu-o. Foi ele então reconstruído e adaptado a cinema. Um dos primeiros cinemas do Recife. Como cinema, desencantou-se. As visagens do outro mundo não fizeram competição com as da tela em que apareciam então endemoninhados de outra espécie: o Max Linder, o Tontolini, o Prince, Lídia Borelli, Teda Bara, Mary Pickford ainda com ar de menina ou mais do que isso: de boneca de menina.

Depois de cinema por alguns anos, o antigo sobrado mal-assombrado passou a igreja protestante. Igreja presbiteriana com muita luz, muito sermão, muita cantoria de hino falando em Jesus. Com o que desapareceram de vez os espíritos zombeteiros que outrora fizeram correr pelas escadas até soldados valentes.

O Sobrado da Rua de São José

Na Rua de São José, bairro do Recife, houve um prédio de dois andares, por muitos anos apontado pelo povo como casa mal-assombrada. Mas assombrações, por algum tempo, quase de opereta. Tanto que a casa esteve quase sempre ocupada.

As famílias não demoravam no sobrado, é certo. Algumas não passaram nele mais de uma semana. E houve quem abandonasse o prédio às carreiras, deixando os móveis, os trastes, os baús, com medo de ver de novo visagens. Mas sem que essas visagens fossem das terríveis, que fazem desmaiar as pessoas mais dengosas.

Um dos últimos inquilinos do prédio, nos seus dias de casa mal-assombrada, foi Antônio Leitão, que o ocupou só por quatro dias. Tendo subido para o sobrado numa terça-feira com a esposa, dois filhos e duas criadas, trastes, baús, gaiola de papagaio, na sexta já o desocupava às pressas.

Motivo? As assombrações. "Desde o dia em que fui morar no sobrado, não sosseguei. Nem eu nem a mulher nem os filhos nem as negras. Durante o dia assobios dentro da casa toda. À noite, grandes baques, como de pianos de cauda virando de pernas para o ar, era um pagode: correntes arrastadas pelo soalho, as portas se abrindo, apesar de estarem fechadas com o ferrolho e chave. Eis portanto a razão da

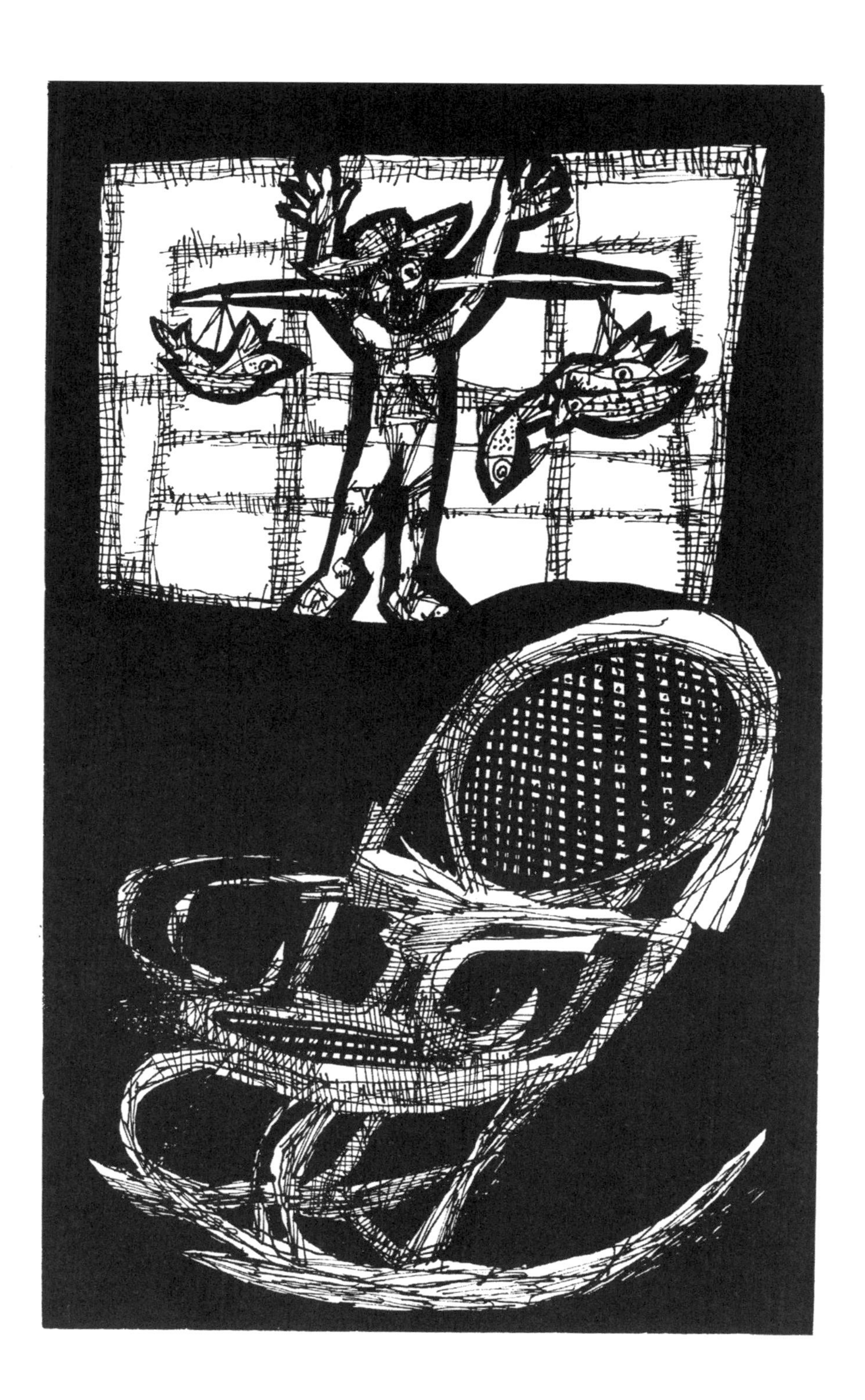

minha retirada tão apressada do sobrado." Palavras de Leitão a um vizinho, que em 1929 foi ouvido pelo repórter policial d'*A Província* no inquérito que organizei no velho jornal sobre casas mal-assombradas da cidade.

Depois de Leitão, ocupou o sobrado ninguém menos que um repórter policial. Casa mal-assombrada? Era com ele, sherloque por vocação e profissão. De modo que quando o proprietário do sobrado lealmente o advertiu: "Olhe, Seu Fulano, o prédio tem fantasma", o jornalista gracejou. Que não temia fantasmas: seu receio era do aluguel, que fosse muito alto. Gracejava com o assunto; e estava certo de que, uma vez ferrado no sono, alma-do-outro-mundo nenhuma conseguiria acordá-lo antes do sol alto.

"Por isso, não, as chaves são suas", disse o proprietário do sobrado ao pretendente. "O aluguel é de 50 mil-réis mensais." Aluguel de pai a filho, tratando-se de casa sólida e com muitos comôdos. Quase um palácio enobrecido pelo tempo. Mesmo naqueles dias era pechincha.

O sobrado foi alugado pelo sherloque com entusiasmo. Chegando à redação do jornal onde trabalhava, gabou-se o homenzinho diante dos companheiros: ia ocupar um prédio que era quase um palácio. Onde? À Rua de São José. Como isso era possível, ganhando ele tão pouco? Porque o sobrado era mal-assombrado. E acrescentou para espanto dos rapazes supersticiosos: "Vou morar nesse prédio para retirar dali o dinheiro que dizem estar enterrado".

Preparou os móveis e tratou da mudança. Dentro de alguns dias era senhor do tal palácio de dois andares.

Na primeira noite balançaram-lhe a rede. Ouviu assovios. Baques. Móveis espatifando-se no chão. Repórter policial, pensou policialmente: deve ser gente. Pensando que estava com ladrões em casa, levantou-se, acendeu o candeeiro e correu todo o sobrado com a luz de querosene na mão.

Tudo em ordem. Nenhum móvel fora do lugar. Nenhuma porta ou janela aberta. Nenhum gato atrás de rato. Nenhum morcego. Nenhuma coruja.

Voltou para a rede. Mas, quando se aproximava da sala da frente, deram-lhe um sopro forte no candeeiro, que se apagou. Não gostou da brincadeira. Mas como não era nenhum bestalhão continuou a rondar a casa, a procurar seu mistério com olhos de policial e gana de jornalista.

Aceso de novo o candeeiro, de novo o apagaram com outro sopro. O repórter insistiu. Quis acender o candeeiro pela terceira vez, mas não o conseguiu: todos os fósforos que riscava apagavam-se. Deitou-se então na rede e no escuro. Mas não pôde conciliar o sono. Os baques no sobrado continuavam cada vez mais fortes: pareciam paredes caindo e não apenas móveis se descolando como nas assombraçõezinhas de opereta. Assim era demais. O prédio parecia ter aumentado de mistério só para desmoralizar o sherloque arrogante e quebrar-lhe o roço.

Quando o dia amanheceu, deu o repórter graças a Deus. Mas ficou na casa. Não era um burguês qualquer que se mudasse de uma casa cômoda por causa de assombrações.

Mas na segunda noite a coisa foi pior. Jogaram areia na rede em que ele estava deitado. Sentiu puxarem-lhe o lençol e os próprios pés. Era como se zumbis terrivelmente zombeteiros povoassem a casa.

Ainda assim o repórter persistiu. E dormiu no sobrado terceira noite. Desta vez as cordas da rede partiram-se e o bravo foi jogado ao soalho como uma bola de carne: tim-bam! Não suportou novos insultos de um inimigo que não conseguia ver. Apenas amanheceu o dia, tratou de deixar o sobrado misterioso. À tarde mandou buscar os trastes. E ficou acreditando em mal-assombrados. Em casas velhas onde vagavam almas-do-outro-mundo. Em zumbis inimigos de quem fosse lhes perturbar a solidão, sabido que é vezo dos zumbis vagar no interior de casarões ermos a horas mortas.

Essa experiência, comunicou-a o bom repórter a Oscar Melo, quando esse também repórter policial, a serviço d'*A Província*, colaborou comigo no inquérito que em 1929 organizou o velho jornal sobre assombrações do Recife antigo. Recordando a aventura do companheiro, disse-me então Oscar: "Não era homem de inventar coisas".

No Sobrado Mal-assombrado da Rua de Santa Rita Velha

No sobrado mal-assombrado da Rua de Santa Rita Velha as visagens só apareciam à noite: depois das sete horas. Era um horror: as portas batiam, ouviam-se assovios, quedas de louça. Até que o sapateiro Juca "Corage", indo morar no prédio, acabou com os mal-assombrados, desenterrando dinheiro.

O sobrado ainda existe. Fica à Rua de Santa Rita Velha, antigo nº 3. Hoje tem outro número e já não tem fama de encantado. Quebrou-se seu encanto. Mesmo assim não vou ser indiscreto dizendo seu número novo.

Prédio pacatamente burguês de um andar só, mas com muitos cômodos, era seu dono nos começos deste século chamado das Luzes, mas ainda cheio de mistério, certo Fernando Primo, por muito tempo estabelecido com loja de calçados à Rua do Livramento. Ótimo sobrado. Passou, entretanto, longo tempo tristonhamente fechado. Ninguém queria morar no nº 3: 3, note-se bem, simplesmente 3; e não 13. Dizia-se que os mal-assombrados eram tão terríveis que os moradores da rua deixavam de passar pela calçada da casa sinistra. Passavam ao largo e ainda assim sobressaltados. As mulheres benzendo-se, fazendo o pelo-sinal. Os meninos correndo. Os próprios homens receosos.

De um dos antigos moradores da Rua de Santa Rita Velha, o velho Manuel Barbosa, homem em 1929 já de mais de 70 anos de idade, pedi ao repórter d'*A Província* que recolhesse as suas impressões do sobrado da Rua de Santa Rita Velha. Pois diziam-me os que o conheciam que era homem sério e honrado.

Disse o velho Barbosa ao repórter que as visagens só apareciam à noite. Durante o dia as pessoas da família não viam nem ouviam nada de estranho. Era como se fosse uma casa qualquer. Ao anoitecer, porém, começava o horror. As portas batiam, ouviam-se assovios, quedas de louça. Não havia quem pudesse dormir. Devia ser dinheiro enterrado. Pelo que os Barbosa resolveram mudar de casa.

Uma noite, uma prima de Barbosa viu, em sonho, um homem vestido todo de preto, muito pálido, pedindo-lhe para desenterrar um dinheiro que dizia estar no sótão do sobrado. Com esse sonho a família, que não queria meter as mãos em tesouro de morto, apressou a mudança. Marcada para o dia seguinte à tarde, às primeiras horas da manhã o sobrado estava vazio. Os Barbosa pertenciam ao número de pessoas que temem dinheiro das almas. Nem toda a gente pensa assim: há quem dê um quarto ao diabo para ter o gosto de desencantar casa encantada, desenterrando o tesouro que cause as assombrações.

Na mesma Rua de Santa Rita Velha, perto do sobrado mal-assombrado, morava um sapateiro, homem conhecido como de muita coragem. Sabendo do sonho que tivera a prima de Barbosa, procurou o dono do prédio vazio e alugou-o. Juca "Corage", como era conhecido o sapateiro de cabelo na venta, só fazia dormir no sobrado. Durante o dia ficava na oficina, botando meia-sola em sapato.

E assim passaram-se dias. Quando algum vizinho perguntava a Juca o que tinha visto no sobrado, Juca "Corage" respondia: "Até agora nada". E acrescentava martelando o seu couro de consertar sapatos velhos: "É que até as almas me respeitam".

Depois de algum tempo, um belo dia Juca "Corage" muda-se às carreiras da Rua de Santa Rita Velha e entrega a chave da casa ao proprietário. Começam os vizinhos a falar. Medonho zunzum na rua inteira. Que fora? Que não fora? Medo? Tesouro?

Nunca se soube ao certo. A verdade, porém, é que o sapateiro que vivia probremente da sua oficina, passando às vezes até necessidades, conforme ele próprio confessava aos amigos, depois que deixou de morar na casa mal-assombrada, entrou a melhorar de sorte como por encanto. Mandou fazer roupas de casimira, que nem fidalgo da Rua Aurora. Deu para usar chapéu de doutor: XPTO Londó. Começou a passar do bom e melhor: presunto, passa, vinho do Porto. Dizia o povo ter sido o dinheiro das almas que Mestre Juca havia encontrado no sobrado velho.

Juca "Corage", soube-se depois que deixara dois grandes buracos no sobrado. Um, na parede do sótão. Outro, na cozinha.

Para muitos, ficou então confirmado o boato: o sapateiro tinha retirado da casa encantada dinheiro das almas. E com esse dinheiro passara de pobretão a lorde.

Juca "Corage" tornou-se célebre. O Recife inteiro o apontava quando o via passar: "Aquele é Juca 'Corage', o do dinheiro das almas".

O Sobrado das Três Mortes

No Recife do tempo dos nossos avós foi célebre o sobrado chamado das "três mortes": espécie de miniatura do das "sete mortes", de Salvador. Três mortes não comuns mas criminosas. Na época em que foi mal-assombrado tinha o sobrado o nº 195 na Rua da Concórdia. Era apenas de um andar.

Remodelado, tem hoje mais de um andar. E é outro o seu número. Nada, porém, de indiscrição.

O velho sobrado ficou com fama tão grande de mal-assombrado que havia quem não quisesse sequer avistá-lo de longe. Dizia-se que ali vagavam os espíritos das vítimas de horrível tragédia. E o certo é que o sobrado passou anos fechado. Trancado. Esconjurado.

Pedi em 1929 ao repórter policial d'*A Província* que me reunisse o que constava nos arquivos e nas tradições policiais sobre o sobrado das "três mortes". Ele conseguiu informações preciosas com o então comandante do Corpo de Bombeiros, Capitão Manuel Alfredo, também meu conhecido e homem merecedor de fé.

Antigo morador do sobrado, o Capitão informou que a primeira família a ocupar o sobrado depois que ali acontecera medonho crime fora a de certo José Lima. Residiram os Lima no infeliz sobrado apenas alguns dias. Mudaram-se às pressas. As visagens não deixavam nin-

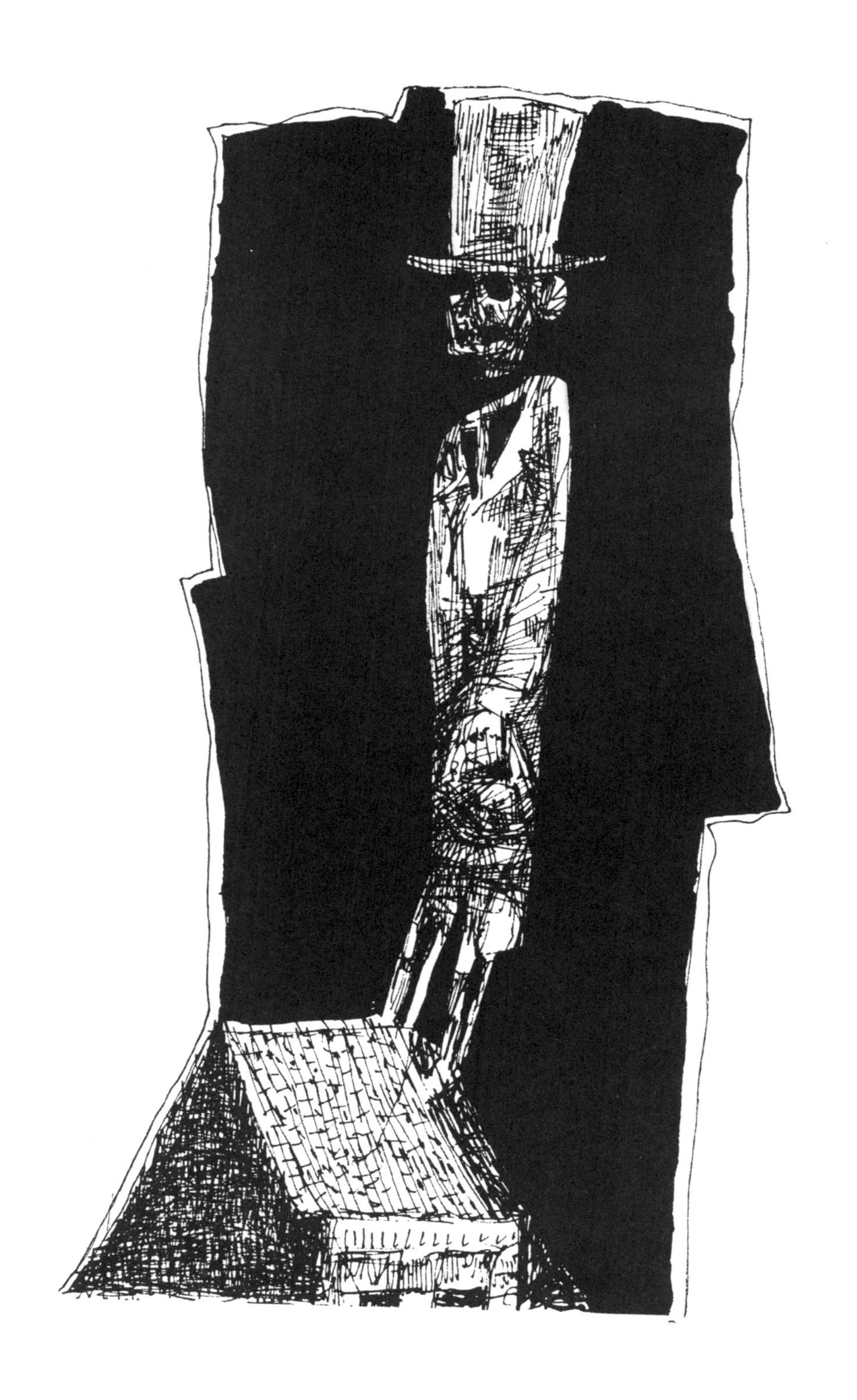

guém da família em sossego. Ora eram vultos que apareciam. Ora eram grandes baques de móveis, de guarda-louças, de pianos, que se ouviam dentro de casa.

Tempos depois é que foi morar no "sobrado fantasma", como o povo já o chamava, a família do Capitão Manuel Alfredo. Isso aí pela segunda metade do século passado. O bravo oficial era então muito criança. Nas suas próprias palavras ditadas ao repórter: "De uma feita, era eu muito novo e estava brincando na sala de jantar do sobrado, quando surgiu na minha frente o vulto de um homem. O susto foi tão grande que fiquei sem fala. Depois desse caso, os meus pais resolveram nossa mudança de casa".

Com a mudança da família de Manuel Alfredo, foi morar no sobrado o João Barbosa, em companhia da mulher e dos filhos. Entre estes, Djalma Barbosa, depois comerciante da praça do Recife e que, ouvido por Oscar Melo para o inquérito que *A Província* organizou, disse que ao tempo em que a sua família residira no sobrado era ele meninote de 14 anos de idade. Lembrava-se perfeitamente do que viam na casa: um desadouro de assombrações. Nas suas palavras: "Certa manhã, meu pai entrando no quarto do banheiro para tomar banho não chegou a abrir a torneira tal a quantidade de areia que lhe jogavam. Procurando ver quem era o autor da brincadeira, dizia meu pai ter visto um vulto embuçado na porta do quarto. Não resistiu e deu um grande grito. Corremos em seu auxílio e fomos encontrá-lo caído na entrada do quarto do banheiro, acometido de uma síncope. Uma das minhas irmãs, deparando com aquele quadro e julgando meu pai morto, teve uma forte crise de nervos. Em conclusão: deixamos o prédio dois dias depois".

No sobrado ainda morou outro negociante, Antônio Pereira, com sua família: mulher, seis filhos, duas irmãs e uma tia. Pois o sobrado das "três mortes" era um vasto sobrado patriarcal.

Também os Pereira pouco tempo estiveram na casa sinistra. Mudaram-se logo para outra.

Mudando-se do sobrado mal-assombrado a família Pereira, alugou-o um oficial reformado do Exército, já falecido. Não era positivista: era espírita. Tinha família grande: daí a vantagem para o patriarca de farda em morar num vasto sobrado como o das "três mortes".

Todas as semanas o oficial reformado fazia sessões espíritas numa das salas do sobrado. A concorrência era grande. Vinha gente até do interior para assistir às sessões do oficial reformado. E, ao que dizem, com as sessões espíritas os mal-assombrados desaparecem do prédio, que depois de desencantado pelo militar passou a residência de um bacharel, comerciante da praça do Recife. A ser isso verdade, o militar vencera as almas penadas não a espada nem a tiro, mas por meio de preces dentro dos ritos do Espiritismo chamado cristão.

Outra Casa da Rua Imperial

Onde hoje se acha certa fábrica de bebidas à Rua Imperial, foi nos começos deste século casa mal-assombrada. De construção antiga, tinha o prédio pavimento térreo e primeiro andar. E grande jardim ao lado, com muita planta bonita que perfumava o ar. Esse jardim só desapareceu quando o sobrado antigo perdeu seu ar de residência patriarcal para degradar-se em fábrica de bebida.

Nessa casa da Rua Imperial residiu por algum tempo, nos começos deste século, o General Travassos, que foi comandante da Região Militar com sede no Recife. Era então Governador do Estado o Conselheiro Gonsalves Ferreira e chefe de polícia o segundo José Antônio Gonsalves de Mello – depois diretor do Tesouro Nacional –, de quem, no Recife, o General Travassos foi muito amigo. Quando morou o General na tal casa, já os mal-assombrados tinham desaparecido. Dizia o povo que a família Bernardo, que havia ocupado o prédio antes do General, tinha desenterrado do jardim um caixão cheio de dinheiro. Estava o caixão enterrado ao pé de uma mangueira velha, acrescenta a boca do povo.

Um neto do velho Manuel Bernardo – que faleceu em abril de 1921, na Madalena, em casa de uma sua filha casada com um oficial reformado do Exército – contou em 1929 ao repórter d'*A Província* que, na verdade, o prédio fora mal-assombrado na época em que o seu avô ali residira. “Nunca, porém, vi eu mesmo – acrescentou honestamente – ‘visagem’ de espécie alguma. Entretanto, em casa comentava-se muito o aparecimento de visagens no jardim: meu avô dizia sempre que estava vendo vultos junto a uma mangueira velha. Ora era um homem, ora era uma mulher. E apareciam – conforme ainda declarava o meu avô apontando para o chão, como quem queria dizer que naquele lugar havia tesouro enterrado. Ele, porém, não tinha coragem de se aproximar da mangueira. Ao contrário, quando dava com qualquer vulto junto à árvore, corria espavorido. Toda a família ficava então alarmada. Essas visagens apareciam entre cinco e seis horas da tarde. Ao anoitecer ou, como geralmente se diz, à boca-da-noite. Apesar dos pesares, vovô ainda morou meses na casa assombrada.”

Quando o repórter perguntou ao rapaz pelo caixão de dinheiro que o povo dizia ter sido desenterrado do jardim pelo seu avô, o antigo morador do prédio só fez confirmar que de junto da mangueira velha fora na verdade desenterrado dinheiro. E isso declarava baseado em palavras de seu avô, que lhe dissera certa vez ter sido o tesouro desenterrado por um seu empregado, dois dias depois de haver a família saído da casa. As chaves estavam ainda em poder do velho, mas fora seu empregado, Luís Paiva de Sousa, que passara a residir na Bahia, de onde era natural, que desenterrara a ourama.

Outro Sobrado de São José

Outro sobrado da antiga Rua Augusta que deu muito que falar ao Recife de há meio século passado foi o da esquina da Campina do Bode. Nele diziam os moradores que se viam almas-do-outro-mundo tão à vontade como se este fosse o seu verdadeiro mundo.

Entre os chefes de família que moraram no prédio, ao tempo em que se dizia aparecerem esses mal-assombrados, apurou em 1929 o repórter policial Oscar Melo viver ainda naquele ano de 29 o velho Manuel Silvano de Sousa. Morava no Cordeiro, na Vila Maria, de sua propriedade. Tinha então seus 75 anos e memória muito lúcida: das chamadas de anjo.

Ouviu-o Oscar Melo a meu pedido, a respeito de os mal-assombrados que dizia a gente de São José aparecerem no sobrado da Rua Augusta quando a família Sousa o ocupara. Disse o velho Sousa ao repórter ter morado no tal sobrado no ano já remoto de 1885. A família eram ele, sua mulher, dois sobrinhos rapazes, uma irmã viúva. Havia também um empregado, homem de seus 30 anos. Nessa época Sousa era comerciante no bairro de Santo Antônio. No mesmo dia em que se mudara para o sobrado, contou Manuel Silvano ao repórter que sua mulher vira um vulto à noite, sentado na sala de jantar, à hora da ceia.

Dois dias depois, foi sua irmã que viu outro vulto. Ou o mesmo, desta vez entrando no quarto da moça com a maior sem-cerimônia.

Não acreditando em visagens, Sousa levou tudo na brincadeira. Que aquilo era impressão de mulher. Que deixassem de maluquices.

Entretanto, um mês depois de estar morando no sobrado, foi ele próprio que ficou impressionado com os zumbis da casa. Eram sete horas da manhã quando, bem acordado, deixou a cama e foi andando para o quarto do banheiro. Viu então um vulto de homem na sua frente.

Era impossível. Esfregou os olhos. Pareceu-lhe então que não era a mulher mas seu irmão João Silvano, que morava então na Paraíba. Sentiu um frio mau por todo o corpo.

Passada a impressão de assombro, voltou ao quarto de dormir. E, encontrando já de pé a mulher, contou-lhe o que acabara de ver. A mulher riu-se e reparou: "Galhofa agora do que eu te dizia!". Mais tarde, chegava um telegrama da família do irmão de Manuel Silvano: João Silvano falecera às seis e meia da manhã.

Manuel Silvano já não duvidava agora do que as mulheres da casa diziam. Já não duvidava de visagens. O sobrado parecia ter alguma coisa no ar que era como se fosse tela de cinema onde as almas dos mortos apareciam até aos incrédulos. E não apenas às iaiás nervosas.

O sobrinho de Manuel Silvano desmaiou uma vez diante de uma visagem como qualquer sinhá mais delicada. Foi num domingo pela manhã. Achava-se Manuel Silvano em casa quando bateram à porta. Um dos sobrinhos foi ver quem batia. Aberta a porta, disse o rapaz ter visto um vulto misterioso descendo as escadas. Zumbi, com certeza. O pavor foi tão grande que o moço ali mesmo desmaiou. Deu que fazer para que recobrasse os sentidos. Só voltou a si com água fria, café quente, vinho do Porto.

"Tratei então de me mudar", contou em 1929 o velho Sousa ao repórter d'*A Província*. "E, enquanto procurava casa que me servisse, passaram-se outros casos no sobrado que me obrigaram a deixá-lo quase pela madrugada e às carreiras. Numa noite do mês de abril do ano de 1885, lembro-me bem, numa quinta-feira, por volta das duas horas da madrugada, ouvimos todos um grande baque na sala de jantar; e logo depois um grito. Um grito de quem pedisse socorro. Era o empregado da casa. Dizia ter sido jogado da cama abaixo por mão misteriosa. Quando menos esperava, caíra, tim-bum, no chão. Dizia ter visto o vulto do zumbi se afastando da sua cama de vento." O duro pernambucano não se mostrava vencido pelo pavor: ao contrário, estava furioso. Blasfemava contra a visagem como se praguejasse contra outro homem. Só com muita energia conseguiram os Sousa acalmar-lhe a fúria de cabra valente disposto a lutar corpo a corpo com o espírito ou zumbi.

"Nessa mesma noite" – são ainda palavras do velho Sousa recolhidas em 1929 – "minha irmã acordou dizendo que lhe estavam puxando os pés e que era um preto. Veio para o meu quarto. Já se vê, não pude mais dormir. Fui para a sala de visitas e comecei a cochilar numa cadeira de balanço. O relógio batia três horas. Quando entrava naquela sonolência, que ainda não é sono embora já não seja vigília, deram um grande baque junto da cadeira em que me achava que acordou a todas as pessoas da família. Aí é que foi o bonito. Todos se levantaram e ninguém quis mais permanecer no sobrado por mais um minuto. Às cinco horas, com o dia clareando, tive que sair como retirante, com a família inteira, para casa de um compadre na Madalena, deixando para o dia seguinte a mudança dos trastes. Soube depois de ter-me retirado do prédio que ali havia falecido um preto da Costa que tinha dinheiro. Naturalmente esse dinheiro ele deixara enterrado no sobrado. Eu, porém, não o retirei. Com dinheiro de alma não quero brinquedo."

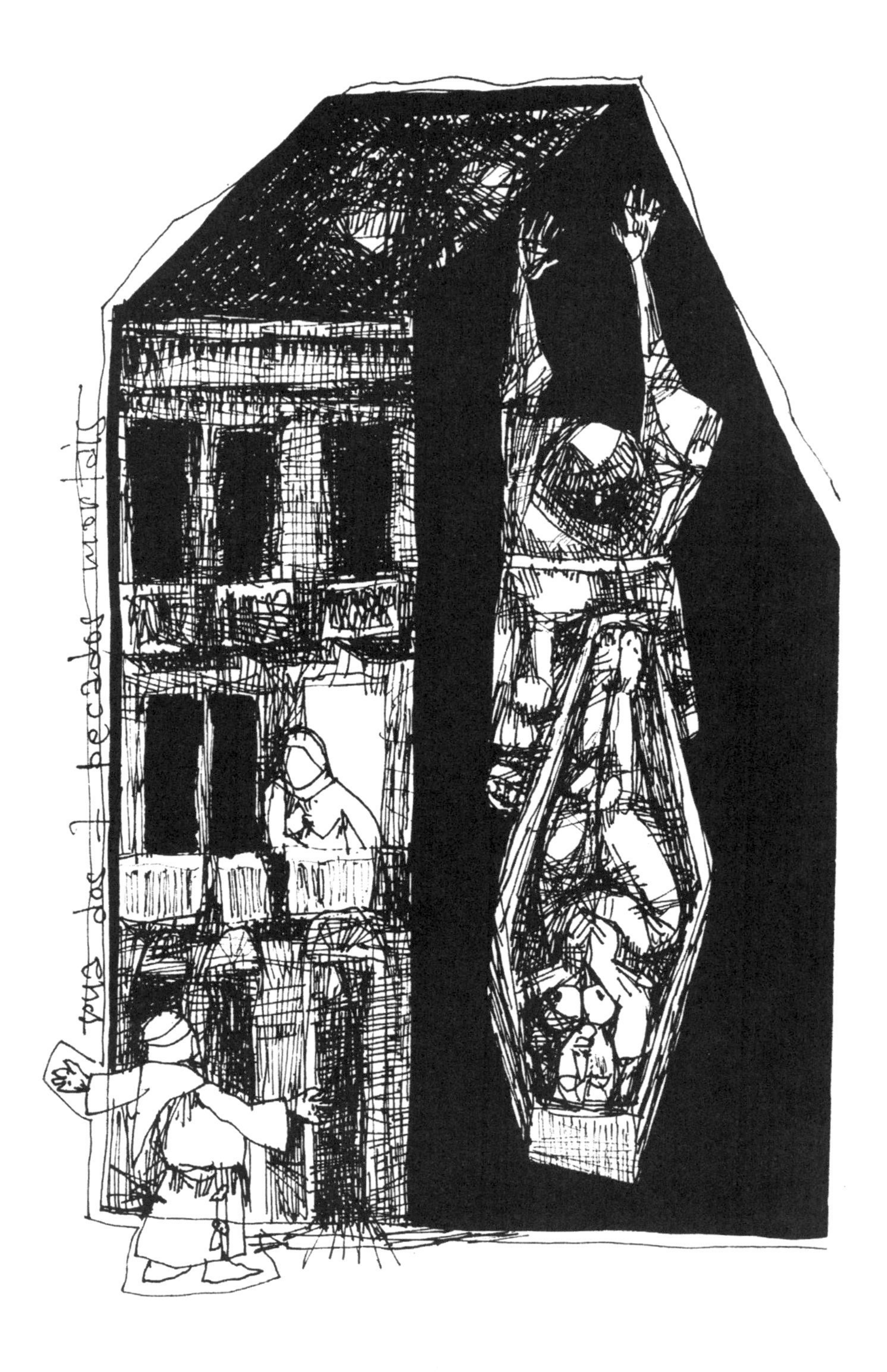
rua dos 7 pecados mortais

A Casa da Imbiribeira

Havia na Imbiribeira, além dos Afogados, uma casa que os moradores mais antigos do lugar diziam que era mal-assombrada. Pelo que incumbi em 1929 o repórter policial d'*A Província* de ouvir essa boa gente, moradora de lugar tão sinistro: lugar célebre por fuzilamentos no tempo do Marechal de Ferro.

Contaram ao rapaz que ali ocorriam fatos na verdade extraordinários. Difíceis de ser explicados.

Uma das últimas pessoas a morarem na casa fora antiga autoridade policial da cidade. Residia no bairro de São José. Era homem sisudo e incapaz de fantasias. Que o ouvisse o repórter, lembraram os moradores da Imbiribeira. E como fosse pessoa nossa conhecida, foi possível ao enviado d'*A Província* vencer sua resistência de homem discreto e conseguir seu depoimento. O feitiço sobre o feiticeiro. Um velho policial a depor sobre feitiçaria por alguns considerada policiável.

"Durante o dia tudo corria muito bem: não víamos coisa alguma", ditou ao repórter o antigo policial. E continuando: "Quando anoitecia as visagens apareciam. Estávamos às vezes na sala de jantar quando ouvíamos baques na sala de visita; se nos achávamos na sala de visita, o barulho era na sala de jantar". Barulho de casa vindo abaixo. Quase um brinquedo sinistro de esconder: barulhos misteriosos que mudavam de lugar. "Procurávamos observar o que havia de anormal na casa e encontrávamos tudo em perfeita ordem", acrescentou o velho policial.

"Quando nos agasalhávamos" – é ainda do depoimento do antigo morador da casa de Imbiribeira – "dificilmente podíamos conciliar o sono, tal a série de coisas que ocorriam no prédio. As janelas da casa batiam continuadamente dando a ideia de que tinham ficado abertas. Ouvíamos quebrar louças na cozinha, cortarem lenha, fazerem fogo. Levantávamo-nos. Todos os objetos encontravam-se nos seus lugares, conforme havíamos deixado. Voltávamos para o quarto de dormir. O ruído recomeçava ainda maior. Várias noites passamos em claro, até que resolvemos deixar a casa."

Interrogado sobre se haveria dinheiro enterrado na casa, respondeu a antiga autoridade policial:

– Dizia-se que sim.

– Deixado por quem?

– Contam que por uma preta da Costa que negociou com verduras e flores por muito tempo no Mercado de São José.

– Sabe o local exato em que se acha enterrado esse dinheiro?

– Os antigos moradores da Imbiribeira dizem que o dinheiro se achava enterrado em uma das paredes da cozinha, pelo fato de várias pessoas que residiram no prédio terem tido sonho com pessoas, já mortas, dizendo-lhes existir dinheiro guardado naquele recanto da casa.

– Então, fácil de ser retirado?

– É o que se pensa. Dinheiro de alma é coisa muito difícil de se obter. Pelo menos penso assim. E quando não houvesse essa dificuldade, eu, de minha parte, não desejaria possuí-lo. Enfim já deixei o prédio, quem quiser que o alugue e retire o dinheiro que lá dizem estar ainda enterrado.

O Sobrado do Pátio do Terço

No prédio nº 29 – número antigo – do Pátio do Terço, em São José, houve há muitos anos uma morte. Morte só, não, que de morte comum quase não há casa da parte velha do Recife onde não tenha morrido não duas ou três, mas várias pessoas, rodeadas cristãmente da família, vela na mão, crucifixo sobre o peito. Morte misteriosa. Morte violenta. Que estas é que deixam as casas marcadas pelo mistério.

O antigo nº 29 do Pátio do Terço era sobrado de construção antiga. Sobrado de três andares, talvez – quem sabe? – do tempo de Frei Caneca, que ali passou a caminho da forca.

No primeiro andar foi onde se deu a morte. Uma senhora já de idade foi ali assassinada.

Dizem antigos moradores do sobrado que nele apareciam vultos a todo instante. Uns entravam nos quartos. Outros encaminhavam-se para a cozinha. Eram esses fantasmas mansos vistos durante o dia: principalmente à tarde. À noite, porém, as assombrações tornavam-se ruídos de louças que mãos misteriosas jogavam sobre o soalho, arrastar de cadeiras, móveis que caíam com estrondo.

A última família que morou no sobrado antigo, aí por volta dos mil e novecentos, apurou em 1929 a reportagem d'*A Província* ter sido a família Sousa Ramos. Dias antes de os Ramos mudarem de casa, um

dos meninos da família, Luís, de 11 anos de idade, acordou pela madrugada aos gritos. Toda a família acordou alarmada. O menino estava sobressaltado. Queria pular da cama. Correr. Desaparecer da casa. Dizia ter tido um sonho horrendo. Vira uma mulher estranha. Dizia ela em voz fanhosa de alma ter morrido no sobrado. Pedia ao menino que rezasse por sua alma. Sua alma andava vagando. Que todos da casa rezassem por ela.

Os pais de Luís, bons católicos, ajoelharam-se em frente ao oratório, que era num quarto junto à sala da frente, e rezaram. Rezaram padres-nossos e aves-marias em intenção da alma da estranha. Mais do que isso: mandaram dizer missas pela alma da desconhecida.

Dizem que desde então o sobrado se aquietou em sobrado igual aos outros. Sem ruídos estranhos: só os de guabirus, os de morcegos, os de gatos vadios vagando pelo telhado. Os de escada estalando nas noites úmidas. Os de soalhos acompanhando a trepidação dos carros. Os ruídos da rotina burguesa.

Os vultos não foram mais vistos por ninguém. Nem nenhum barulho de louça quebrada ou móvel espatifado foi ouvido na casa. As visagens tinham desaparecido.

Quando a família Ramos mudou de casa, espalhou-se em São José o boato de haver alguém retirado de uma parede do sobrado botija ou caixão cheio de dinheiro. Estava o ouro velho enterrado na cozinha, acrescentavam os linguarudos, para quem as visagens haviam desaparecido não apenas com as missas mandadas dizer pelos Ramos por alma da estranha que aparecera ao menino Luís, mas principalmente por ter sido desenterrado o dinheiro.

A Casa da Rua de São João

Na Rua de São João, perto do Gasômetro, ficava nos fins do século passado uma casa térrea que não apresentava traço algum de residência senhorilmente patriarcal. Ao contrário: acanhada e insignificante. Habitação de pequeno funcionário público: algum Gonzaga de Sá recifense, pálido e magro, de gogó grande, de roupa sovada e de botinas de elástico. Casa de porta e janela com cadeira de balanço na calçada, namoro sentimental de menina-moça com caixeiro adolescente e de muita brilhantina no cabelo, boas relações dos moradores com os vizinhos. Casa de gente à noite de chinelo sem meia, a conversar à luz dos lampiões que iluminavam a rua como se iluminassem um pátio particular.

Entretanto essa casa prosaica teve seu romance. Chegou a ser o pavor da rua inteira: uma quieta rua de pequenos burgueses, de gente simples e pacatamente cristã. Sem sobrados nem palacetes. Sem ricaços nem doutores importantes. Quase sem gente-sinhá, a não ser decadente. Que em Pernambuco muita filha de senhor-de-engenho acabou morando em casa de porta e janela do Recife.

Quando as visagens começaram a aparecer na Rua de São João foi um deus nos acuda. Gritos. Correrias. Histéricos. O povo em frente à casa como diante de um teatro de horrores. Com medo mas querendo ver os fantasmas.

Ninguém queria era alugar o prédio. A casinha de porta e janela fechou-se como uma casa maldita. Foi perdendo a cor com o tempo e a graça com o abandono. Perdendo a doçura de casa de residência para ganhar um aspecto de antro de bruxaria ou toca de lobisomem, de onde tudo podia sair: até um capelobo desgarrado.

Entretanto até os primeiros anos do século fora uma casinha simpaticamente cor-de-rosa, na sua pequenez de casa quase de caboclo. Morava nela um funcionário público com a mulher e os filhos. Parecia gente feliz e vivia tranquila. O funcionário público não era nenhum secarrão, mas homem de gênio expansivo. Dava-se bem com a vizinhança. Era estimado. Comprava nos tabuleiros das negras doces para os meninos. Tinha gaiolas de passarinhos que alegravam a salinha de visita. Gato gordo que dia de peixe só faltava estourar de contente. Galinha que engordava no pequeno quintal e de que a própria dona da casa cuidava, enfiando-lhe o dedo mínimo no sinhozinho para verificar se tinha ovo. Aos domingos, da casa do pequeno mas feliz empregado público se espalhava pela rua um cheiro bom de munguzá com canela.

Um dia esse homem pacato entendeu de acabar com a vida. Deu ninguém sabe por que um tiro na cabeça. Foi um assombro para a rua. Ninguém podia explicar o suicídio de pessoa tão satisfeita com as coisas simples do mundo: a mulher, os filhos, os passarinhos, as galinhas poedeiras, o trabalho da repartição, o gato, o munguzá, o peixe comprado ainda vivo à porta da casa para a moqueca de dia de domingo.

Foi só depois desse caso triste e misterioso que a casa cor-de-rosa da Rua de São João tornou-se mal-assombrada. Que começou a aparecer um vulto embuçado à janela, visto não por uma pessoa só, mas por muitas, das mais sisudas da rua e das ruas vizinhas.

Aparecia o fantasma, segundo os moradores da rua, quase todas as noites, depois de 11 horas. Com a regularidade de um funcionário público que não faltasse à repartição. Que à hora do ponto aparecesse com o rigor de quem cumprisse uma obrigação e praticasse uma devoção. Era passar das 11 e aproximar-se a meia-noite e o fantasma aparecer.

Vinham pessoas incrédulas de outras ruas ver o vulto. Até um ateu chamado Barbosa veio ver de perto a visagem. Mas dizem que ficou tão emocionado diante da assombração que caiu com uma sínco-

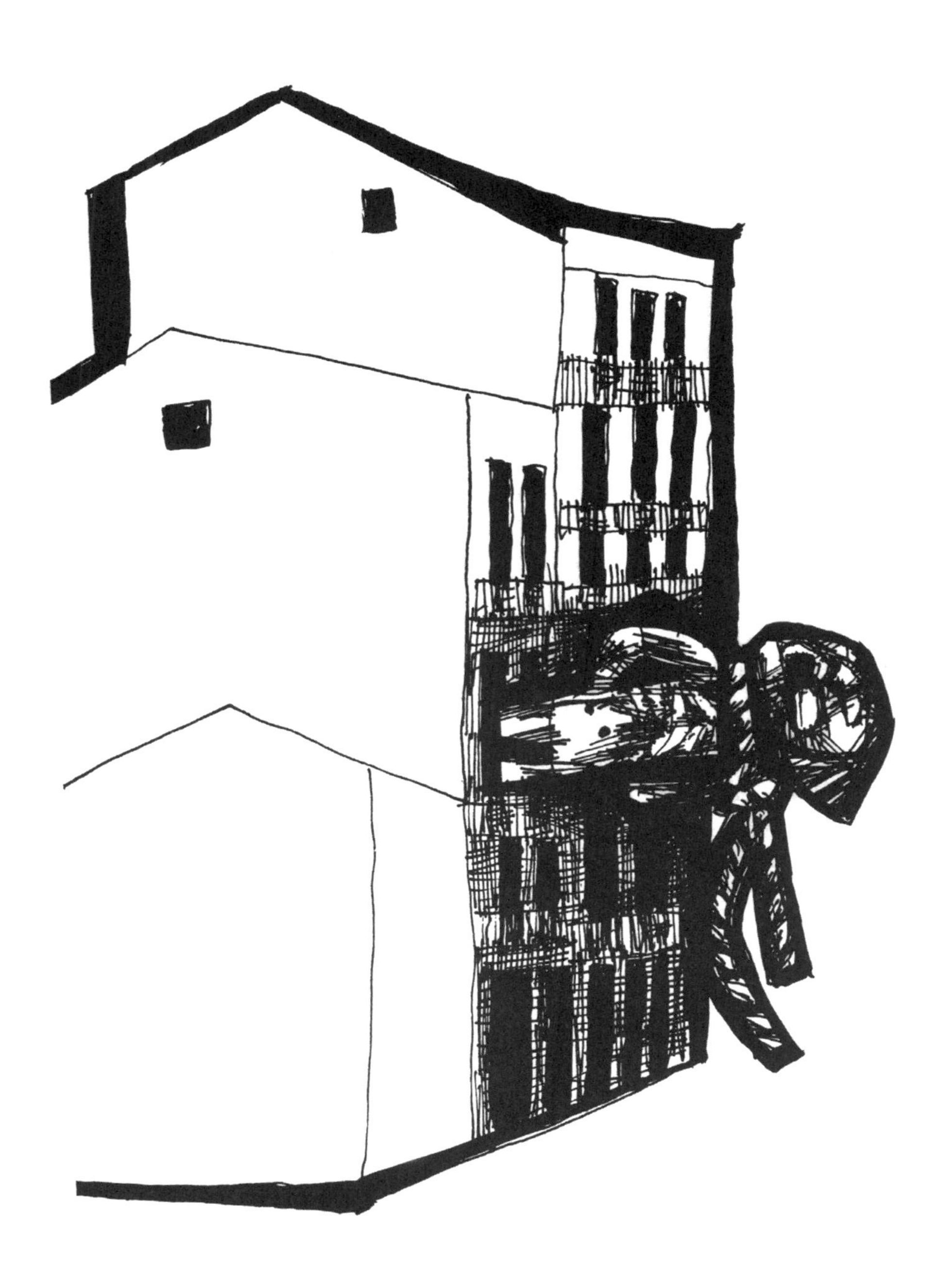

pe. Quase morto, como se tivesse dado cara a cara com o próprio capeta sem que a língua de ateu lhe tivesse deixado dizer como mandam os ritos: "Cruz, capeta!". Uma espécie de *Vade retro satanás* em troco miúdo.

Foi grande então o alarme: até o ateu se assombrara! Desmaiara que nem mulher. Enquanto umas pessoas socorreram o ateu desmaiado como iaiá nervosa, dando-lhe água e fazendo-o cheirar sinhaninha, outras foram chamar a polícia. Aquilo era demais. A polícia que cumprisse o seu dever. Que pusesse a rua em ordem. Que desencafifasse a casa outrora risonha.

Os soldados vieram correndo. O comandante da patrulha, Sargento Amaro, achou conveniente dar uma busca na casa misteriosa. Talvez estivesse escondido no prédio abandonado algum vadio ou maluco ou mesmo ladrão que se fantasiasse de fantasma para fazer das suas. Era preciso pôr tudo em pratos limpos. Mesmo porque a situação da rua era agora de pânico. Em diversas casas, moças com ataque histérico, gritando como desadoradas. Crianças chorando. Homens preocupados com o mistério. Impressionados com a síncope do ateu.

O Sargento Amaro violou a porta principal da casa misteriosa. Acompanhado de alguns soldados correu quarto por quarto, sala por sala. Até no telhado do prédio a polícia esteve. Não se encontrou pessoa alguma, nem gato, nem rato, nem timbu. Evidentemente não era caso que pudesse ser resolvido pela polícia. Só por doutor em Medicina. O Doutor Raul Azedo, por exemplo. Ou então por padre. Por exorcismo ou missa.

O ateu Barbosa, a quem a aparição dera tanto sobrosso, depois de recobrados os sentidos, dissera que tinha visto visagens de arrepiar cabelos, as barbas, os nervos e o próprio juízo do mais forte ateu. Dizem que começou a ir à igreja e a aprender a rezar.

Resolveram então os moradores da Rua de São João mandar dizer missas em intenção da alma do suicida. Quem sabe se não era a alma inquieta do suicida pedindo missa? E aquela sua insistência em aparecer à hora certa, sua velha regularidade de funcionário público? As almas talvez conservem no além caracteres adquiridos na Terra.

Foram os moradores da rua à Igreja da Penha e encomendaram missas aos barbadinhos. E de um desses moradores é que o repórter policial d'*A Província* soube em 1929 que depois das missas celebradas pelos frades nos altares da Penha haviam desaparecido as visagens da casa de porta e janela da Rua de São João. Com o que a paz voltara aos moradores da ruazinha por algum tempo tão agitada.

O Santa Isabel do Recife: suas Assombrações

Do Teatro Santa Isabel – do Recife – que tem mais de cem anos e cem anos vividos intensamente, até mesmo dramaticamente, seria espantoso que não constasse nenhuma história de assombração. Constam algumas. Apenas são histórias tão vagas que nenhuma delas se deixa reduzir a formas definidas ou a expressões dramáticas. Todas se mostram antidramáticas. Sem clímax.

Seria ótimo para as pretensões do velho e profundo burgo que é o Recife, a cidade psíquica – pequena Londres tropical – que no silêncio de alguma noite sem espetáculo algum eletricista ou zelador do fidalgo teatro – fidalgo e democrático a um tempo – tivesse visto de repente a casa de Vauthier iluminada a velas; repleta de casacas e decotes arcaicos; brilhante de leques e joias do tempo do Império que só se veem hoje nos antiquários e nas coleções particulares como a de Dona Maroquinha Tasso em Apipucos; e, à luz das velas, a figura de um homem quase gigante, belo e ainda moço, bigodes e olhos negros de galã de drama espanhol que pelas fotografias se deixasse identificar: Joaquim Nabuco. Mas nem de Joaquim Nabuco nem do também belo Castro Alves, nem do feio Tobias nem do engenheiro francês, louro e socialista, construtor do Santa Isabel – Louis Léger Vauthier – consta qualquer aparição espetacular, sob a forma de fantasma, no velho teatro. Nem no velho teatro nem em parte alguma do Recife mais enobrecido pela presença de homens tão raros pelo espírito e tão revolucionários pela ação.

O que se murmura entre empregados antigos e discretos do Santa Isabel é que em noites burocraticamente silenciosas se ouvem, no ilustre recinto, ruídos de aplausos, palmas, gritos de entusiasmo de uma multidão apenas psíquica. Mas sem que se possa precisar a que ou a quem são os seus aplausos de bocas e mãos que não aparecem. A Nabuco, é possível. Ou a Castro Alves. Ou a Tobias. Mas é possível que a alguma italiana gorda, triunfal e pomposa, das que outrora encheram o teatro, repleto de pernambucanas também belas e grandiosas – algumas das quais viscondessas de casas-grandes, outras baronesas de sobrados, orientalmente cheias de esmeraldas, rubis, diamantes – com as suas vozes de sereias mediterrâneas. Sereias do Mediterrâneo a fascinarem os bacharéis elegantes e pálidos de aquém-Atlântico, os viscondes tropicais e morenos, os portugueses ricos já enfastiados de mulatas, os comendadores cor-de-rosa e bigodudos do Recife do tempo do Império.

Também é possível que os aplausos sejam a mágicos, a magnetizadores, a magros doutores em artes quase de feiticeiros, um dos quais empolgou de tal modo o público do Santa Isabel, que um médico da terra saiu pela imprensa protestando, solene e quase acacianamente, em nome da Ciência, contra a "mistificação teatral".

Há também quem afirme ter visto no interior do Santa Isabel, em noite de silêncio e rotina, a figura de austera senhora do Recife, há longos anos morta e sepultada em Santo Amaro. Não consigo saber se decotada como para ouvir o tenor ou a ópera de sua predileção, se noutro traje: o das senhoras do porte de Dona Olegarinha austeramente participarem de solenidades cívicas ou políticas, quase tão numerosas na vida do Santa Isabel quanto as grandes noites de arte. Ou no hábito de São Francisco em que foi, talvez, enterrada a dama pernambucana de espírito apegado ao Santa Isabel. Em assuntos de traje, os fantasmas têm razões que a razão dos homens não alcança. É problema – esse da indumentária dos fantasmas – que já preocupava o velho Flammarion, que a ele se refere em suas páginas – às vezes monótonas como um relatório clínico ou policial – sobre casas mal-assombradas: *Les Maisons Hantées*.

Óperas, concertos e dramas enchem a história do Santa Isabel; também torneios de oratória e demonstrações de eloquência cívica. As assombrações vagas e indefinidas que dizem velhos empregados do teatro animar de sóbrio mistério as noites sem espetáculo do Santa Isabel tanto podem ter, dentro de sua sobriedade elegante, sem desmandos de espíritos de caboclo, um sentido estético como um sentido cívico. Uma dessas assombrações deve interessar de modo particular os sábios das sociedades de investigações psíquicas, pelo seu caráter de assombração coletivista: "assombração de massa", talvez dissesse um marxista que admitisse tais erupções do coletivismo. Porém "massa evoluída", observaria um espiritista ortodoxo em face do bom comportamento da invisível plateia: o homem de Wells multiplicado por três mil.

Outros Casos e Outras Casas

Os casos aqui recordados de assombração e as casas destacadas dentre as várias mal-assombradas, do Recife, são apenas exemplos retirados de um vasto conjunto de histórias sobrenaturais rejeitadas como sujo monturo de crendice, credulidade, superstição pelos rígidos naturalistas da História escrita com H maiúsculo. Mas não pelos que humildemente acreditam em mistérios que ciência nenhuma explica e nenhuma seita espiritista banaliza.

Cidade velha, o Recife está quase tão cheio desses casos e dessas casas como uma cidade inglesa desgarrada no trópico. Cheio deles não só na área urbana como também nos subúrbios mais antigos.

Num casarão velho da linha de Dois Irmãos, ouvem-se vozes contando dinheiro em todos os quartos, me conta um recifense digno de fé, familiarizado com essas paragens. Também de velha casa do Poço da Panela se diz que a horas mortas se escuta tilintar de prata antiga dentro das salas. João Cardoso Ayres me falava num vulto de mulher cinzenta que aparecia no interior de certa casa nobre de Benfica. Discreta como uma inglesa, parecia andar em sapatos de sola de borracha. Em casa antiga do lugar hoje pomposamente chamado Avenida Norte costumava aparecer à noite, na sala de visita, uma asa pregada à parede. Meu primo Evaldo Cabral de Mello, ainda adolescente e já pesquisador cuidadoso de coisas do Recife antigo, me conta que num casarão vermelho da beira do Capibaribe, na altura do Cordeiro – onde ele morava com a família –, toda primeira sexta-feira do mês aparecia há anos o fantasma de um negro velho, "parece que do tempo dos escravos, bem vestido e cobrando a coleta". Até um alemão conhecido de Evaldo teria visto esse fantasma de preto que com seu pretume chegou a assombrar alemães como a alamoa assombra e fascina pretos, pardos e morenos com sua alvura de ariana ruiva, de branca-de-neve de conto da carochinha. Evaldo, porém, conta o que ouve dizer; e não o que viu.

De outro velho sobradão do Poço da Panela se diz que em certo quarto do primeiro andar se vê um homem todo de preto, ajoelhado junto a uma cama, rezando.

Em casa antiga de Apipucos, também, juram os moradores que veem um vulto esbranquiçado num corredor, parado; e ouvem um andar de mulher, calçada com sapato alto e fidalgo que atravessa altivamente as salas. Passo de sinhá dos velhos tempos.

Esses são alguns dos fantasmas suburbanos do Recife: dos subúrbios outrora fidalgos.

Às visagens da área urbana haveria muitos outros fantasmas a acrescentar. O do sobradão da Rua de Santa Teresa, por exemplo. Aparece após o escurecer como quase todo fantasma corretamente ortodoxo. É uma figura de velhinha antiga que mais de uma pessoa diz ter visto como se tivesse visto pessoa viva: andando de um lado para o outro, rezando. Tão perfeita dizem ser essa aparição que há quem afirme que se chega a ouvir o rumor dos passos da velha e o bater das contas do seu terço. Completo assim só o fantasma de moça vestida de noiva que se diz aparecer junto à velha cama de jacarandá outrora de sobrado nobre do Pátio do Carmo: do tempo em que o Pátio do Carmo foi centro de residências elegantes e suas camas, jacarandás e vinháticos austeros onde as moças perdiam a virgindade dentro dos ritos patriarcais.

De sobradão também velho do Pátio de Santa Cruz se diz que é mal-assombrado desde que um crime terrível ensanguentou a casa em dia já remoto: o crime do marido que tendo encontrado a mulher com o amante matou os dois e mais a empregada, que pareceu ao furioso recifense nefanda alcoviteira. Dizem que o crime foi praticado com grande violência. O que talvez explique o caráter também violento que tomou a assombração da casa: o de móveis que parecem vir embolando escada abaixo, no mais infernal dos barulhos, ao mesmo tempo que na cozinha se espatifam pratos e se quebram louças, também com grande estridor. Dos móveis talvez o principal seja algum sofá de jacarandá antigo, cúmplice do adultério. Os pratos, talvez os dos quitutes com que a parda alcoviteira adoçava o amor ilícito dos seus brancos.

Mas dentre as assombrações do Recife é justo reconhecer que repontam algumas tão angélicas ou celestiais que parecem de história sagrada. Aparições de santos. Aparições da própria Virgem e do próprio Bom-Jesus disfarçado em velho misterioso a experimentar a hospitalidade de frades e de conventos da cidade.

É tradição recifense que os algozes escolhidos para executar Frei Caneca – revolucionário de 24 e frade do Carmo – na forca armada no Largo de Cinco Pontas recusaram-se a cumprir a ordem do Governo de Sua Majestade, porque viram todos no meio das nuvens, dentro de uma auréola, uma mulher de vestes branquíssimas e de beleza puríssima – igual à Nossa Senhora elogiada em latim nas ladainhas – a acenar-lhes que não tocassem no corpo do frade. O que fez as autoridades decidirem mandar arcabuzar Caneca, já que nenhum algoz se prestava a enforcá-lo, apesar de todos os couces de armas dos soldados imperiais nos recalcitrantes.

Já outras vezes a Virgem ou Santo Antônio teria aparecido a olhos de pernambucanos crédulos, em dias de angústia, no Recife ou nos seus arredores. O herói da restauração pernambucana, Fernandes Vieira, é tradição que viu sinais do céu a lhe animarem o ardor guerreiro contra os holandeses. As portas da Igreja Matriz da Várzea, embora fechadas a chave, por duas vezes se abriram, escancaradas misteriosamente, para que todos vissem caído diante da imagem de Santo Antônio o dossel desse santo: santo sempre tão misturado à vida não só das moças casadoiras como dos homens empenhados em guerras ou combates. Diz-se que, ao já referido Fernandes Vieira, Santo Antônio apareceu fazendo que o rico homem se levantasse da cama e marchasse em busca do inimigo: o santo teria lhe assegurado a vitória nos campos da Casa-Forte. O mesmo santo cuja imagem, venerada na capelinha do Engenho de Casa-Forte, aos olhos de outros crédulos verteria sangue dos golpes recebidos de mãos de flamengos heréticos.

Outra manifestação celeste a olhos pernambucanos, durante os dias incertos da guerra contra os holandeses e nos arredores do Recife – em

O diabo

sítios que hoje são terras do Recife – foi a própria Nossa Senhora do Socorro: levada em imagem por um morador do Arraial para o combate de Casa-Forte, no mais terrível da luta, diz a tradição que começou a suar como uma mãe preocupada com a sorte dos filhos em perigo. O mesmo, aliás, aconteceu no dia da batalha da Casa-Forte com a imagem de São Sebastião, venerada na Igreja da Várzea: soldados devotamente ajoelhados diante dela, a rezarem pelos companheiros empenhados na luta em Casa-Forte, viram a imagem suar "como se o glorioso mártir andara pelejando na batalha", diz um cronista do século XVII. Casos de participação de santos já do céu na angústia de pernambucanos ainda da terra e que fazem parte da história sobrenatural do Recife.

Também se conta que certa quinta-feira de fevereiro de ano já remoto, noite feia e triste de chuva, trovão, relâmpago, alguém bateu à porta do Convento do Carmo. O leigo ainda estava acordado, mas decerto já pensando na delícia de um sono bom depois de uns goles quentes de leite de cabra. Ouvindo bater com insistência, foi até a porta da rua: e ao clarão de um relâmpago viu um velhinho curvado sobre seu bordão. Estava o velhinho quase a morrer de frio, de cansaço e de sono. Que o Carmo lhe desse um abrigo, durante noite tão má, pediu em voz trêmula ao leigo. Trêmula, mas – diz a tradição – suave. Respondeu-lhe o leigo – que era um grosseirão – de modo bruto: que fosse dormir debaixo da ponte ou onde entendesse. E bateu a porta contra o intruso que caminhou então no seu passo vagaroso de velho, para o Corpo Santo. Aí o acolheram cristãmente. Deram-lhe cama onde dormir. Resguardaram-no da chuva e dos ventos.

Mas ao amanhecer não se encontrou sinal do velho ou sombra do velhinho de bordão. Misteriosamente surgira, no lugar que lhe fora dado para dormir, uma imagem de São Bom-Jesus dos Passos. O velhinho – concluiu-se então – fora o próprio São Bom-Jesus a experimentar a hospitalidade de frades e leigos do velho convento do Recife.

Por esses casos se vê que o Recife guarda na sua história sobrenatural recordações e aparições celestes e não apenas de assombramentos comuns. Casos de imagens de santos suando como se fossem pessoas e do próprio São Bom-Jesus caminhando pelas ruas disfarçado em velhinho de bordão e de andar tremido; e assombrando até frades nos seus conventos.

Biobibliografia de Gilberto Freyre

1900 Nasce no Recife, em 15 de março, na antiga Estrada dos Aflitos (hoje Avenida Rosa e Silva), esquina da Rua Amélia (o portão da hoje residência da família Costa Azevedo está assinalado por uma placa), filho do dr. Alfredo Freyre – educador, juiz de direito e catedrático de Economia Política da Faculdade de Direito do Recife – e de Francisca de Mello Freyre.

1906 Tenta fugir de casa, abrigando-se na materna Olinda, desde então, cidade muito de seu amor e da qual escreveria, em 1939, *Olinda, 2º guia prático, histórico e sentimental de cidade brasileira*.

1908 Entra no jardim de infância do Colégio Americano Gilreath. Lê as *Viagens de Gulliver* com entusiasmo. Não consegue aprender a escrever, fazendo-se notar pelos desenhos. Tem aulas particulares com o pintor Telles Júnior, que reclama contra sua insistência em deformar os modelos. Começa a aprender a ler e escrever em inglês com Mr. Williams, que elogia seus desenhos.

1909 Primeira experiência da morte: a da avó materna, que muito o mimava por supor que o neto tinha *deficit* de aprendizado, pela dificuldade em aprender a escrever. Temporada no engenho São Severino do Ramo, pertencente a parentes seus. Primeiras experiências rurais de menino de engenho. Mais tarde escreverá sobre essa temporada uma das suas melhores páginas, incluída em *Pessoas, coisas & animais*.

1911 Primeiro verão na Praia de Boa Viagem, onde escreve um soneto camoniano e enche muitos cadernos com desenhos e caricaturas.

1913 Dá as primeiras aulas no colégio. Lê José de Alencar, Machado de Assis, Gonçalves Dias, Castro Alves, Victor Hugo, Emerson, Longfellow, alguns dramas de Shakespeare, Milton, César, Virgílio, Camões e Goethe.

1914 Ensina latim, que aprendeu com o próprio pai, conhecido humanista recifense. Toma parte ativa nos trabalhos da sociedade literária do colégio. Torna-se redator-chefe do jornal impresso do colégio *O Lábaro*.

1915 Tem lições particulares de francês com Madame Meunieur. Lê La Fontaine, Pierre Loti, Molière, Racine, *Dom Quixote*, a Bíblia, Eça de Queirós, Antero de Quental, Alexandre Herculano, Oliveira Martins.

1916 Corresponde-se com o jornalista paraibano Carlos Dias Fernandes, que o convida a proferir palestra na capital do estado vizinho. Como o dr. Freyre não apreciava Carlos Dias Fernandes, pela vida boêmia que levava, viaja autorizado pela mãe e lê no Cine-Teatro Pathé sua primeira conferência pública, dissertando sobre Spencer e o problema da educação no Brasil. O texto foi publicado no jornal *O Norte*, com elogios de Carlos Dias Fernandes. Influenciado pelos mestres do colégio e pela leitura do *Peregrino*, de Bunyan, e de uma biografia do dr. Livingstone, toma parte em atividades evangélicas e visita a gente miserável dos mucambos recifenses. Interessa-se pelo socialismo cristão, mas lê, como espécie de antídoto a seu misticismo, autores como Spencer e Comte. É eleito presidente do Clube de Informações Mundiais, fundado pela Associação Cristã de Moços do Recife. Lê ainda, nesse período, Rui Barbosa, Joaquim Nabuco, Oliveira Lima, Nietzsche e Sainte-Beuve.

1917 Conclui o curso de Bacharel em Ciências e Letras do Colégio Americano Gilreath, fazendo-se notar pelo discurso que profere como orador da turma, cujo paraninfo é o historiador Oliveira Lima, daí em diante seu amigo (ver referência ao primeiro encontro com Oliveira Lima no prefácio à edição de suas *Memórias*, escrito a convite da viúva e do editor José Olympio). Leitura de Taine, Renan, Darwin, Von Ihering, Anatole France, William James, Bergson, Santo Tomás de Aquino, Santo Agostinho, São João da Cruz, Santa Teresa, Padre Vieira, Padre Bernardes, Fernão Lopes, São Francisco de Assis, São Francisco de Sales e Tolstói. Começa a estudar grego. Torna-se membro da Igreja Evangélica, desagradando a mãe e a família católica.

1918 Segue, no início do ano, para os Estados Unidos, fixando-se em Waco (Texas) para matricular-se na Universidade de Baylor. Começa a ler Stevenson, Pater, Newman, Steele e Addison, Lamb, Adam Smith, Marx, Ward, Giddings, Jane Austen, as irmãs Brönte, Carlyle, Mathew Arnold, Pascal, Montaigne, Euclides da Cunha e Monteiro Lobato. Inicia sua colaboração no *Diário de Pernambuco*, com a série de cartas intituladas "Da outra América".

1919 Ainda na Universidade de Baylor, auxilia o geólogo John Casper Branner no preparo do texto português da *Geologia do Brasil*. Ensina francês a jovens oficiais norte-americanos convocados para a guerra. Estuda Geologia com Pace, Biologia com Bradbury, Economia com Wright, Sociologia com Dow, Psicologia com Hall e Literatura com A. J. Armstrong, professor de Literatura e crítico literário especializado na filosofia e na poesia de Robert Browning. Escreve os primeiros artigos em inglês publicados por um jornal de Waco. Divulga suas primeiras caricaturas.

1920 Conhece pessoalmente, por intermédio do professor Armstrong, o poeta irlandês William Butler Yeats (ver, no livro *Artigos de jornal*, um capítulo sobre esse poeta), os "poetas novos" dos Estados Unidos: Vachel Lindsay, Amy Lowell e outros. Escreve em inglês sobre Amy Lowell. Como estudante de Sociologia, faz pesquisas sobre a vida dos negros de Waco e dos mexicanos marginais do Texas. Conclui, na Universidade de Baylor, o curso de Bacharel em Artes, mas não comparece à solenidade da formatura: contra as praxes acadêmicas, a Universidade envia-lhe o diploma por intermédio de um portador. Segue para Nova York e ingressa na Universidade de Colúmbia. Lê Freud, Westermarck, Santayana, Sorel, Dilthey, Hrdlicka, Keith, Rivet, Rivers, Hegel, Le Play, Brunhes e Croce. Segundo notícia publicada no *Diário de Pernambuco* de 5 de junho, a Academia Pernambucana de Letras, por proposta de França Pereira, elege-o sócio-correspondente.

1921 Segue, na Faculdade de Ciências Políticas (inclusive as Ciências Sociais Jurídicas) da Universidade de Colúmbia, cursos de graduação e pós-graduação dos professores Giddings, Seligman, Boas, Hayes, Carl van Doren, Fox, John Basset Moore e outros. Conhece pessoalmente Rabindranath Tagore e o príncipe de Mônaco (depois reunidos no livro *Artigos de jornal*), Valle-Inclán e outros intelectuais e cientistas famosos que visitam a Universidade de Colúmbia e a cidade de Nova York. A convite de Amy Lowell, visita-a em Boston (ver, sobre essas visitas, artigos incluídos no livro *Vida, forma e cor*). Segue, na Universidade de Colúmbia, o curso do professor Zimmern, da Universidade de Oxford, sobre a escravidão na Grécia. Visita a Universidade de Harvard e o Canadá. É hóspede da Universidade de Princeton, como representante dos estudantes da América Latina que ali se reúnem em congresso. Lê Patrick Geddes, Ganivet, Max Weber, Maurras, Péguy, Pareto, Rickert, William Morris, Michelet, Barrès, Huysmans, Verlaine, Rimbaud, Baudelaire, Dostoiévski, John Donne, Coleridge, Xenofonte, Homero, Ovídio, Ésquilo, Aristóteles e Ratzel. Torna-se editor associado da revista *El Estudiante Latinoamericano*, publicada mensalmente em Nova York pelo Comitê de Relações Fraternais entre Estudantes Estrangeiros. Publica diversos artigos no referido periódico.

1922 Defende tese para o grau de M. A. (*Magister Artium* ou *Master of Arts*) na Universidade de Colúmbia sobre *Social life in Brazil in the middle of the 19th century*, publicada em Baltimore pela *Hispanic American Historical Review* (v. 5, n. 4, nov. 1922) e recebida com elogios pelos professores Haring, Shepherd, Robertson, Martin, Oliveira Lima e H. L. Mencken, que aconselha o autor a expandir o trabalho em livro. Deixa de comparecer à cerimônia de formatura, seguindo imediatamente para a Europa, onde recebe o diploma, enviado pelo reitor Nicholas Murray Butler. Vai para a França, a Alemanha, a Bélgica, tendo antes passado pela Inglaterra, estabelecendo-se em Oxford. Vai para a França, atravessa a Espanha e conhece Portugal, onde se fixa. Lê Simmel, Poincaré, Havelock Ellis, Psichari, Rémy de Gourmont, Ranke, Bertrand Russell, Swinburne, Ruskin, Blake, Oscar Wilde, Kant e Gracián. Tem o retrato pintado pelo modernista brasileiro Vicente do Rego Monteiro. Convive com ele e com outros artistas modernistas brasileiros, como Tarsila do Amaral e Brecheret. Na Alemanha conhece o Expressionismo; na Inglaterra, estabelece contato com o ramo inglês do Imagismo, já seu conhecido nos Estados Unidos. Na França, conhece o anarcossindicalismo de Sorel e o federalismo monárquico de Maurras. Convidado por Monteiro Lobato – a quem fora apresentado por carta de Oliveira Lima –, inicia sua colaboração na *Revista do Brasil* (n. 80, p. 363-371, agosto de 1922).

1923 Continua em Portugal, onde conhece João Lúcio de Azevedo, o Conde de Sabugosa, Fidelino de Figueiredo, Joaquim de Carvalho e Silva Gaio. Regressa ao Brasil e volta a colaborar no *Diário de Pernambuco*. Da Europa escreve artigos para a *Revista do Brasil* (São Paulo), a pedido de Monteiro Lobato.

1924 Reintegra-se no Recife, onde conhece José Lins do Rego, incentivando-o a escrever romances, em vez de artigos políticos (ver referências ao encontro e início da amizade entre o sociólogo e o futuro romancista do Ciclo da Cana-de-Açúcar no prefácio que este escreveu para o livro *Região e tradição*). Conhece José Américo de Almeida através de José Lins do Rego. Funda-se no Recife, a 28 de abril, o Centro Regionalista do Nordeste, com Odilon Nestor, Amaury de Medeiros, Alfredo Freyre, Antônio Inácio, Morais Coutinho, Carlos Lyra Filho, Pedro Paranhos, Júlio Bello e outros. Excursões pelo interior do estado de Pernambuco e pelo Nordeste com Pedro Paranhos, Júlio Bello (que a seu pedido escreveria as *Memórias de um senhor de engenho*) e seu irmão, Ulysses Freyre. Lê, na capital do estado da Paraíba, conferência publicada no mesmo ano: Apologia pro generatione sua (incluída no livro *Região e tradição*).

1925 Encarregado pela direção do *Diário de Pernambuco*, organiza o livro comemorativo do primeiro centenário de fundação do referido jornal, *Livro do Nordeste*, onde foi publicado pela primeira vez o poema modernista de Manuel Bandeira "Evocação do Recife", escrito a seu pedido (ver referências no capítulo sobre Manuel Bandeira no livro *Perfil de Euclides e outros perfis*). O *Livro do Nordeste* consagra, também, o até então desconhecido pintor Manuel Bandeira e publica desenhos modernistas de Joaquim Cardoso e Joaquim do Rego Monteiro. Lê na Biblioteca Pública do Estado de Pernambuco uma conferência sobre Dom Pedro II, publicada no ano seguinte.

1926 Conhece a Bahia e o Rio de Janeiro, onde faz amizade com o poeta Manuel Bandeira, os escritores Prudente de Morais Neto (Pedro Dantas), Rodrigo M. F. de Andrade, Sérgio Buarque de Holanda, o compositor Villa-Lobos e o mecenas Paulo Prado. Por intermédio de Prudente, conhece Pixinguinha, Donga e Patrício e se inicia na nova música popular brasileira em noitadas boêmias. Escreve um extenso poema, modernista ou imagista e ao mesmo tempo regionalista e tradicionalista, do qual Manuel Bandeira dirá depois que é um dos mais saborosos do ciclo das cidades brasileiras: "Bahia de todos os santos e de quase todos os pecados" (publicado no Recife, no mesmo ano, em edição da *Revista do Norte*, reeditado em 20 de junho de 1942, na revista *O Cruzeiro* e incluído no livro *Talvez poesia*). Segue para os Estados Unidos como delegado do *Diário de Pernambuco*, ao Congresso Panamericano de Jornalistas. Convidado para redator-chefe do mesmo jornal e para oficial de gabinete do governador eleito de Pernambuco, então vice-presidente da República. Colabora (artigos humorísticos) na *Revista do Brasil* com o pseudônimo de J. J. Gomes Sampaio. Publica-se no Recife a conferência lida, no ano anterior, na Biblioteca Pública do Estado de Pernambuco: A propósito de Dom Pedro II (edição da *Revista do Norte*, incluída, em 1944, no livro *Perfil de Euclides e outros perfis*). Promove no Recife o 1º Congresso Brasileiro de Regionalismo.

1927 Assume o cargo de oficial de gabinete do novo governador de Pernambuco, Estácio de Albuquerque Coimbra, casado com a prima de Alfredo Freyre, Joana Castelo Branco de Albuquerque Coimbra. Conhece Mário de Andrade no Recife e proporciona-lhe um passeio de lancha no rio Capibaribe.

1928 Dirige, a pedido de Estácio Coimbra, o jornal *A Província*, onde passam a colaborar os novos escritores do Brasil. Publica no mesmo jornal artigos e caricaturas com diferentes pseudônimos: Esmeraldino Olímpio, Antônio Ricardo, Le Moine, J. Rialto e outros. Lê Proust e Gide. Nomeado pelo governador Estácio Coimbra, por indicação do diretor A. Carneiro Leão, torna-se professor da Escola Normal do Estado de Pernambuco: primeira cadeira de Sociologia que se estabelece no Brasil com moderna orientação antropológica e pesquisas de campo.

1930 Acompanhando Estácio Coimbra ao exílio, visita novamente a Bahia, conhece parte do continente africano (Dacar, Senegal) e inicia, em Lisboa, as pesquisas e os estudos em que se basearia *Casa-grande & senzala* ("Em outubro de 1930 ocorreu-me a aventura do exílio. Levou-me primeiro à Bahia; depois a Portugal, com escala pela África. O tipo de viagem ideal para os estudos e as preocupações que este ensaio reflete", como escreverá no prefácio do mesmo livro).

1931 A convite da Universidade de Stanford, segue para os Estados Unidos, como professor extraordinário daquela universidade. Volta, no fim do ano, para a Europa, permanecendo algum tempo na Alemanha, em novos contatos com seus museus de antropologia, de onde regressa ao Brasil.

1932 Continua, no Rio de Janeiro, as pesquisas para a elaboração de *Casa-grande & senzala* em bibliotecas e arquivos. Recusando convites para empregos feitos pelos membros do novo governo brasileiro – um deles José Américo de Almeida –, vive, então, com grandes dificuldades financeiras, hospedando-se em casas de amigos e em pensões baratas do Distrito Federal. Estimulado pelo seu amigo Rodrigo M. F. de Andrade, contrata com o poeta Augusto Frederico Schmidt – então editor – a publicação do livro por 500 mil-réis mensais, que recebe com irregularidades constantes. Regressa ao Recife, onde continua a escrever *Casa-grande & senzala*, na casa do seu irmão, Ulysses Freyre.

1933 Conclui o livro, enviando os originais ao editor Schmidt, que o publica em dezembro.

1934 Aparecem em jornais do Rio de Janeiro os primeiros artigos sobre *Casa-grande & senzala,* escritos por Yan de Almeida Prado, Roquette-Pinto, João Ribeiro e Agrippino Grieco, todos elogiosos. Organiza no Recife o 1º Congresso de Estudos Afro-Brasileiros. Recebe o prêmio da Sociedade Felipe d'Oliveira pela publicação de *Casa-grande & senzala*. Lê na mesma sociedade conferência sobre O escravo nos anúncios de jornal do tempo do Império, publicada na revista *Lanterna Verde* (v. 2, fev. 1935). Regressa ao Recife e lê, no dia 24 de maio, na Faculdade de Direito e a convite de seus estudantes, conferência publicada, no mesmo ano, pela Editora Momento: O estudo das ciências sociais nas universidades americanas. Publica-se no Recife (Oficinas Gráficas The Propagandist, edição de amigos do autor, tiragem de apenas 105 exemplares em papel especial e coloridos a mão por Luís Jardim) o *Guia prático, histórico e sentimental da cidade do Recife*, inaugurando, em todo o mundo, um novo estilo de guia de cidade, ao mesmo tempo lírico e informativo e um dos primeiros livros para bibliófilos publicados no Brasil. Nomeado em dezembro diretor do *Diário de Pernambuco*, cargo que exerceu por apenas quinze dias por causa da proibição, por Assis Chateaubriand, da publicação de uma entrevista de João Alberto Lins de Barros.

1935 A pedido dos alunos da Faculdade de Direito do Recife e por designação do ministro da Educação, inicia na referida escola superior um curso de Sociologia com orientação antropológica e ecológica. Segue, em setembro, para o Rio de Janeiro, onde, a convite de Anísio Teixeira, dirige na Universidade do Distrito Federal o primeiro Curso de Antropologia Social e Cultural da América Latina (ver texto das aulas no livro *Problemas brasileiros de antropologia*). Publica-se no Recife (Edições Mozart) o livro *Artigos de jornal*. Profere, a convite de estudantes paulistas de Direito, no Centro XI de Agosto, da Faculdade de Direito de São Paulo, a conferência Menos doutrina, mais análise, tendo sido saudado pelo estudante Osmar Pimentel.

1936 Publica-se no Rio de Janeiro (Companhia Editora Nacional, volume 64 da Coleção Brasiliana) *Sobrados e mucambos*, livro que é uma continuação da série iniciada com *Casa-grande & senzala*. Viaja à Europa, permanecendo algum tempo na França e em Portugal.

1937 Viaja de novo à Europa, dessa vez como delegado do Brasil ao Congresso de Expansão Portuguesa no Mundo, reunido em Lisboa. Lê conferências nas Universidades de Lisboa, Coimbra e Porto e na de Londres (King's College), publicadas no Rio de Janeiro no ano seguinte. Regressa ao Recife e lê conferência política no Teatro Santa Isabel, a favor da candidatura de José Américo de Almeida à presidência da República. A convite de Paulo Bittencourt, inicia colaboração semanal no *Correio da Manhã*. Publica-se no Rio de Janeiro (José Olympio) o livro *Nordeste: aspectos da influência da cana sobre a vida e a paisagem do Nordeste do Brasil*.

1938 É nomeado membro da Academia Portuguesa de História pelo presidente Oliveira Salazar. Segue para os Estados Unidos como lente extraordinário da Universidade de Colúmbia, onde dirige seminário sobre sociologia e história da escravidão. Publica-se no Rio de Janeiro (Serviço Gráfico do Ministério da Educação e Saúde) o livro *Conferência na Europa*.

1939 Faz sua primeira viagem ao Rio Grande do Sul. Segue, depois, para os Estados Unidos, como professor extraordinário da Universidade de Michigan. Publica-se no Rio de Janeiro (José Olympio) a primeira edição do livro *Açúcar* e no Recife (edição do autor, para bibliófilos) *Olinda, 2º guia prático, histórico e sentimental de cidade brasileira*. Publica-se em Nova York (Instituto de las Españas en los Estados Unidos) a obra do historiador Lewis Hanke *Gilberto Freyre, vida y obra*.

1940 A convite do governo português, lê no Gabinete Português de Leitura do Recife a conferência (publicada no Recife, no mesmo ano, em edição particular) Uma cultura ameaçada: a luso-brasileira. E, em Aracaju, na instalação da 2ª Reunião da Sociedade de Neurologia, Psiquiatria e Higiene Mental do Nordeste, lê conferência publicada no ano seguinte pela mesma sociedade; no dia 29 de outubro, na Biblioteca do Ministério das Relações Exteriores e a convite da Casa do Estudante do Brasil, profere conferência sobre Euclides da Cunha, publicada no ano seguinte; no dia 19 de novembro, na Biblioteca do Estado do Rio Grande do Sul, faz uma conferência por ocasião das comemorações do bicentenário da cidade de Porto Alegre, publicada em 1943. Participa do 3º Congresso Sul-Rio--Grandense de História e Geografia, ao qual apresenta, a pedido do historiador Dante de Laytano, o trabalho Sugestões para o estudo histórico-social do sobrado no Rio Grande do Sul, publicado no mesmo ano pela Editora Globo e incluído, posteriormente, no livro *Problemas brasileiros de antropologia*. Publica-se em Nova York (Columbia University Press) o opúsculo Some aspects of the social development on Portuguese America, separata da obra coletiva *Concerning Latin American culture*. Publicam-se no Rio de Janeiro (José Olympio) os livros *Um engenheiro francês no Brasil* e *O mundo que o português criou*, com longos prefácios, respectivamente, de Paul Arbousse--Bastide e Antônio Sérgio. Prefacia e anota o *Diário íntimo do engenheiro Vauthier*, publicado no mesmo ano pelo Serviço do Patrimônio Histórico e Artístico Nacional.

1941 Casa-se no Mosteiro de São Bento do Rio de Janeiro com a senhorita Maria Magdalena Guedes Pereira. Viaja ao Uruguai, Argentina e Paraguai. Torna-se colaborador de *La Nación* (Buenos Aires), dos *Diários Associados*, do *Correio da Manhã* e de *A Manhã* (Rio de Janeiro). Prefacia e anota as *Memórias de um Cavalcanti*, do seu parente Félix Cavalcanti de Albuquerque Melo, publicadas pela Companhia Editora Nacional (volume 196 da Coleção Brasiliana). Publica-se no Recife (Sociedade de Neurologia, Psiquiatria e Higiene Mental do Nordeste) a conferência Sociologia, psicologia e psiquiatria, depois ampliada e incluída no livro *Problemas brasileiros de antropologia*, contribuição para uma psiquiatria social brasileira que seria destacada pela Sorbonne ao conceder-lhe o tíulo de doutor *honoris causa*. Publica-se no Rio de Janeiro (Casa do Estudante do Brasil) e em Buenos Aires a conferência Atualidade de Euclides da Cunha (incluída, em 1944, no livro *Perfil de Euclides e outros perfis*).

Ao ensejo da publicação, no Rio de Janeiro (José Olympio), do livro *Região e tradição*, recebe homenagem de grande número de intelectuais brasileiros, com um almoço no Jóquei Clube, em 26 de junho, do qual foi orador o jornalista Dario de Almeida Magalhães.

1942 É preso no Recife, por ter denunciado, em artigo publicado no Rio de Janeiro, atividades nazistas e racistas no Brasil, inclusive as de um padre alemão a quem foi confiada, pelo governo do estado de Pernambuco, a formação de jovens escoteiros. Com seu pai reage à prisão, quando levado para "a imunda Casa de Detenção do Recife", sendo solto, no dia seguinte, por interferência direta de seu amigo general Góes Monteiro. Recebe convite da Universidade de Yale para ser professor de Filosofia Social, que não pôde aceitar. Profere, no Rio de Janeiro, discurso como padrinho de batismo de avião oferecido pelo jornalista Assis Chateaubriand ao Aeroclube de Porto Alegre. É eleito para o Conselho Consultivo da American Philosophical Association. É designado pelo Conselho da Faculdade de Filosofia da Universidade de Buenos Aires Adscrito Honorário de Sociologia e eleito membro correspondente da Academia Nacional de História do Equador. Discursa no Rio de Janeiro, em nome do sr. Samuel Ribeiro, doador do avião Taylor à campanha de Assis Chateaubriand. Publica-se em Buenos Aires (Comisión Revisora de Textos de Historia y Geografía Americana) a 1ª edição de *Casa-grande & senzala* em espanhol, com introdução de Ricardo Saenz Hayes. Publicam-se no Rio de Janeiro (José Olympio) o livro *Ingleses* e a 2ª edição de *Guia prático, histórico e sentimental da cidade do Recife*. A Casa do Estudante do Brasil divulga, em 2ª edição, a conferência Uma cultura ameaçada: a luso--brasileira, proferida no Gabinete Português de Leitura do Recife (1940).

1943 Visita a Bahia, a convite dos estudantes de todas as escolas superiores do estado, que lhe prestam excepcionais homenagens, às quais se associa quase toda a população de Salvador. Lê na Faculdade de Medicina da Bahia, a convite da União dos Estudantes Baianos, a conferência Em torno de uma classificação sociológica e no Instituto Histórico da Bahia, por iniciativa da Faculdade de Filosofia do mesmo estado, a conferência A propósito da filosofia social e suas relações com a sociologia histórica (ambas incluídas, com os discursos proferidos nas homenagens recebidas na Bahia, no livro *Na Bahia em 1943*, que teve quase toda a sua tiragem apreendida, nas livrarias do Recife, pela Polícia do Estado de Pernambuco). Recusa, em carta altiva, o convite para ser catedrático de Sociologia da Universidade do Brasil. Inicia colaboração no *O Estado de S. Paulo* em 30 de setembro. Por intermédio do Itamaraty, recebe convite da Universidade de Harvard para ser seu professor, que também recusa. Publicam-se em Buenos Aires (Espasa-Calpe Argentina) as 1ªs edições, em espanhol, de *Nordeste* e de *Uma cultura ameaçada* e a 2ª, na mesma língua, de *Casa-grande & senzala*. Publicam-se no Rio de Janeiro (Casa do Estudante do Brasil) o livro *Problemas brasileiros de antropologia* e o opúsculo Continente e ilha (conferência lida, em Porto Alegre, no ano de 1940 e incluída na 2ª edição de *Problemas brasileiros de antropologia*). Publica-se também, no Rio de Janeiro (Livros de Portugal), uma edição de *As farpas*, de Ramalho Ortigão e Eça de Queirós, selecionadas e prefaciadas por ele, bem como a 4ª edição de *Casa-grande & senzala*, livro publicado a partir desse ano pelo editor José Olympio.

1944 Visita Alagoas e Paraíba, a convite de estudantes desses estados. Lê na Faculdade de Direito de Alagoas conferência sobre Ulysses Pernambucano, publicada no ano seguinte. Deixa de colaborar nos *Diários Associados* e em *La Nación*, em virtude da violação e do extravio constantes de sua correspondência.

Em 9 de junho de 1944, comparece à Faculdade de Direito do Recife, a convite dos alunos dessa escola, para uma manifestação de regozijo em face da invasão da Europa pelos Exércitos Aliados. Lê em Fortaleza a conferência Precisa-se do Ceará. Segue para os Estados Unidos, onde profere, na Universidade do Estado de Indiana, seis conferências promovidas pela Fundação Patten e publicadas no ano seguinte, em Nova York, no livro *Brazil: an interpretation*. Publicam-se no Rio de Janeiro os livros *Perfil de Euclides e outros perfis* (José Olympio), *Na Bahia em 1943* (edição particular) e a 2ª edição do guia *Olinda*. A Casa do Estudante do Brasil publica, no Rio de Janeiro, o livro *Gilberto Freyre*, de Diogo Melo Menezes, com prefácio consagrador de Monteiro Lobato.

1945 Toma parte ativa, ao lado dos estudantes do Recife, na campanha pela candidatura do brigadeiro Eduardo Gomes à presidência da República. Fala em comícios, escreve artigos, anima os estudantes na luta contra a ditadura. No dia 3 de março, por ocasião do primeiro comício daquela campanha no Recife, começa a discursar, na sacada da redação do *Diário de Pernambuco*, quando tomba a seu lado, assassinado pela Polícia Civil do Estado, o estudante de Direito Demócrito de Sousa Filho. A UDN oferece, em sua representação na futura Assembleia Nacional Constituinte, um lugar aos estudantes do Recife, que preferem que seu representante seja o bravo escritor. A Polícia Civil do Estado de Pernambuco empastela e proíbe a circulação do *Diário de Pernambuco*, impedindo-o de noticiar a chacina em que morreram o estudante Demócrito e um popular. Com o jornal fechado, o retrato de Demócrito é inaugurado na redação, com memorável discurso de Gilberto Freyre: Quiseram matar o dia seguinte (cf. *Diário de Pernambuco*, 10 de abril de 1945). Em 9 de junho, comparece à Faculdade de Direito do Recife como orador oficial da sessão contra a ditadura. Publicam-se no Recife (União dos Estudantes de Pernambuco) o opúsculo de sua autoria em apoio à candidatura de Eduardo Gomes: Uma campanha maior do que a da abolição, e a conferência lida, no ano anterior, em Maceió: Ulysses. Publica-se em Fortaleza (edição do autor) a obra *Gilberto Freyre e alguns aspectos da antropossociologia no Brasil*, de autoria do médico Aderbal Sales. Publica-se em Nova York (Knopf) o livro *Brazil: an interpretation*. A editora mexicana Fondo de Cultura Económica publica *Interpretación del Brasil*, com orelhas escritas por Alfonso Reyes.

1946 Eleito deputado federal, segue para o Rio de Janeiro, a fim de participar nos trabalhos da Assembleia Constituinte. Em 17 de junho, profere discurso de críticas e sugestões ao projeto da Constituição, publicado em opúsculo: Discurso pronunciado na Assembleia Nacional Constituinte (incluído na 2ª edição do livro *Quase política*). Em 22 de junho lê no Teatro Municipal de São Paulo, a convite do Centro Acadêmico XI de Agosto, conferência publicada no mesmo ano pela referida organização estudantil Modernidade e modernismo na arte política (incluída, em 1965, no livro *6 conferências em busca de um leitor*). Em 16 de julho, na Faculdade de Direito de Belo Horizonte, a convite de seus alunos, apresenta conferência publicada no mesmo ano: Ordem, liberdade, mineiralidade (incluída, em 1965, no livro *6 conferências em busca de um leitor*). Em agosto inicia colaboração no *Diário Carioca*. Em 29 de agosto profere na Assembleia Constituinte outro discurso de crítica ao projeto da Constituição (incluído na 2ª edição do livro *Quase política*). Em novembro, a Comissão de Educação e Cultura da Câmara dos Deputados indica, com aplauso do escritor Jorge Amado, membro da Comissão, o nome de Gilberto Freyre para o Prêmio Nobel de Literatura de 1947, com o apoio de numerosos intelectuais brasileiros. Publica-se no Rio de Janeiro a 5ª edição de *Casa-grande & senzala* e em Nova York (Knopf) a edição do mesmo livro em inglês, *The masters and the slaves*.

1947 Apresenta à Mesa da Câmara dos Deputados, para ser dado como lido, discurso sobre o centenário de nascimento de Joaquim Nabuco, publicado no ano seguinte. Em 22 de maio, lê no auditório da Associação Brasileira de Imprensa, a convite da Sociedade dos Amigos da América, conferência sobre Walt Whitman, publicada no ano seguinte. Trabalha ativamente na Comissão de Educação e Cultura da Câmara dos Deputados. É convidado para representar o Brasil no 19º Congresso dos Pen Clubes Mundiais, reunido em Zurique. Publica-se em Londres a edição inglesa de *The masters and the slaves*, em Nova York, a 2ª impressão de *Brazil: an interpretation* e no Rio de Janeiro, a edição brasileira deste livro, em tradução de Olívio Montenegro: *Interpretação do Brasil* (José Olympio). Publica-se em Montevidéu a obra *Gilberto Freyre y la sociología brasileña*, de Eduardo J. Couture.

1948 A convite da Unesco, toma parte, em Paris, no conclave de oito notáveis cientistas e pensadores sociais (Gurvitch, Allport e Sullivan, entre eles), reunidos pela referida Organização das Nações Unidas por iniciativa do então diretor Julian Huxley para estudar as Tensões que afetam a compreensão internacional, trabalho em conjunto depois publicado em inglês e francês. Lê, no Ministério das Relações Exteriores, a convite do Instituto Brasileiro de Educação, Ciência e Cultura (Comissão Nacional da Unesco), conferência sobre o conclave de Paris. Repete na Escola de Comando do Estado-Maior do Exército a conferência lida no Ministério das Relações Exteriores. Inicia em 18 de setembro sua colaboração em *O Cruzeiro*. Em dezembro, profere na Câmara dos Deputados discurso justificando a criação do Instituto Joaquim Nabuco de Pesquisas Sociais, com sede no Recife (incluído na 2ª edição do livro *Quase política*). Lê no Museu de Arte de São Paulo duas conferências: uma sobre Emílio Cardoso Ayres e outra sobre d. Veridiana Prado. Apresenta mais uma conferência na Escola de Comando do Estado-Maior do Exército. Publicam-se no Rio de Janeiro (José Olympio) o livro *Ingleses no Brasil* e os opúsculos O camarada Whitman (incluído, em 1965, no livro *6 conferências em busca de um leitor*), Joaquim Nabuco (incluído, em 1966, na 2ª edição do livro *Quase política*) e *Guerra, paz e ciência* (este editado pelo Ministério das Relações Exteriores). Inicia sua colaboração no *Diário de Notícias*.

1949 Segue para os Estados Unidos, a fim de participar, na categoria de ministro, como delegado parlamentar do Brasil, na 4ª Conferência Internacional da Organização das Nações Unidas. Lê conferências na Universidade Católica da América (Washington, D.C.) e na Universidade de Virgínia. Profere, em 12 de abril, na Associação de Cultura Franco-Brasileira do Recife, conferência sobre Emílio Cardoso Ayres (apenas pequeno trecho foi publicado no *Bulletin* da Associação). Em 18 de agosto, apresenta na Faculdade de Direito do Recife conferência sobre Joaquim Nabuco, na sessão comemorativa do centenário de nascimento do estadista pernambucano (incluída no livro *Quase política*). Em 30 de agosto, profere na Câmara dos Deputados discurso de saudação ao Visconde Jowitt, presidente da Câmara dos Lordes do Reino Unido da Grã-Bretanha e Irlanda do Norte (incluído em *Quase política*). No mesmo dia, lê, no Instituto Histórico e Geográfico Brasileiro, conferência sobre Joaquim Nabuco. Publica-se, no Rio de Janeiro (José Olympio), a conferência apresentada no ano anterior, na Escola de Comando do Estado-Maior do Exército: Nação e Exército (incluída, em 1965, no livro *6 conferências em busca de um leitor*).

1950 Profere na Câmara dos Deputados, em 17 de janeiro, discurso sobre o pernambucano Joaquim Arcoverde, primeiro cardeal da América Latina, por ocasião da passagem do primeiro centenário de seu nascimento (incluído em *Quase política*). Apresenta na Câmara dos Deputados, em 5 de abril, discurso sobre o centenário de nascimento de José Vicente Meira de Vasconcelos, constituinte de 1891 (incluído em *Quase política*). Profere na Câmara dos Deputados, em 28 de abril, discurso de definição de atitude na vida pública (incluído em *Quase política*). Discursa na Câmara dos Deputados, em 2 de maio, sobre o centenário da morte de Bernardo Pereira de Vasconcelos (incluído em *Quase política*). Profere na Câmara dos Deputados, em 2 de junho, discurso contrário à emenda parlamentarista (incluído em *Quase política*). Apresenta na Câmara dos Deputados, em 26 de junho, discurso no qual transmite apelo que recebeu de três parlamentares ingleses, em favor de um governo supranacional (incluído em *Quase política*). Discursa na Câmara dos Deputados, em 8 de agosto, sobre o centenário de nascimento de José Mariano (incluído em *Quase política*). Profere no Parque 13 de Maio, do Recife, discurso em favor da candidatura do deputado João Cleofas de Oliveira ao governo do estado de Pernambuco (incluído na 2ª edição de *Quase política)*. Em 11 de setembro inicia colaboração diária no *Jornal Pequeno*, do Recife, sob o título Linha de fogo, em prol da candidatura João Cleofas ao governo do estado de Pernambuco. Profere, em 8 de novembro, na Câmara dos Deputados, discurso de despedida por não ter sido reeleito para o período seguinte (incluído na 2ª edição de *Quase política*). Publica-se em Urbana (University of Illinois Press) a obra coletiva *Tensions that cause wars*, em Paris, em 1948, tendo como contribuição de Gilberto Freyre: Internationalizing social sciences. Publicam-se no Rio de Janeiro (José Olympio) a 1ª edição do livro *Quase política* e a 6ª de *Casa-grande & senzala*.

1951 Publicam-se no Rio de Janeiro (José Olympio) a seguinte edição de *Nordeste* e de *Sobrados e mucambos* (esta refundida e acrescida de cinco novos capítulos). A convite da Universidade de Londres, escreve, em inglês, estudo sobre a situação do professor no Brasil, publicado, no mesmo ano, pelo *Year book of education*. Publica-se em Lisboa (Livros do Brasil) a edição portuguesa de *Interpretação do Brasil*.

1952 Lê, na sala dos capelos da Universidade de Coimbra, em 24 de janeiro, conferência publicada, no mesmo ano, pela Coimbra Editora: Em torno de um novo conceito de tropicalismo. Publica-se em Ipswich (Inglaterra) o opúsculo editado pela revista *Progress* de Londres com o ensaio Human factors behind Brazilian development. Publica-se no Recife (Edições Região) o *Manifesto regionalista de 1926*. Publicam-se no Rio de Janeiro (Serviço de Documentação do Ministério da Educação e Cultura) o opúsculo José de Alencar (José Olympio) e a 7ª edição de *Casa-grande & senzala* em francês, organizada pelo professor Roger Bastide, com prefácio de Lucien Fèbvre: *Maîtres et esclaves* (volume 4 da Coleção La Croix du Sud, dirigida por Roger Caillois). Viaja a Portugal e às províncias ultramarinas. Em 16 de abril, inicia colaboração no *Diário Popular* de Lisboa e no *Jornal do Comércio* do Recife.

1953 Publicam-se no Rio de Janeiro (José Olympio) os livros *Aventura e rotina* (escritos durante a viagem a Portugal e às províncias luso-asiáticas, "à procura das constantes portuguesas de caráter e ação") e *Um brasileiro em terras portuguesas* (contendo conferências e discursos proferidos em Portugal e nas províncias ultramarinas, com extensa "Introdução a uma possível luso-tropicologia").

1954 Escolhido pela Comissão das Nações Unidas para o estudo da situação racial na união sul-africana como o antropólogo estrangeiro mais capacitado a opinar sobre essa situação, visita o referido país e apresenta à Assembleia Geral da ONU um estudo publicado pela organização nessa nação em: *Elimination des conflits et tensions entre les races*. Publica-se no Rio de Janeiro a 8ª edição de *Casa-grande & senzala*; no Recife (Edições Nordeste), o opúsculo Um estudo do prof. Aderbal Jurema e, em Milão (Fratelli Bocca), a 1ª edição, em italiano, de *Interpretazione del Brasile*. Em agosto é encenada no Teatro Santa Isabel a dramatização de *Casa-grande & senzala*, feita por José Carlos Cavalcanti Borges. O professor Moacir Borges de Albuquerque defende, em concurso para provimento efetivo de uma das cadeiras de português do Instituto de Educação de Pernambuco, tese sobre *Linguagem de Gilberto Freyre*.

1955 Lê, na sessão inaugural do 4º Congresso Brasileiro de Neurologia, Psiquiatria e Higiene Mental, conferência sobre Aspectos da moderna convergência médico-social e antropocultural (incluída na 2ª edição de *Problemas brasileiros de antropologia*). Em 15 de maio profere no encerramento do curso de treinamento de professores rurais de Pernambuco discurso publicado no ano seguinte. Comparece, como um dos quatro conferencistas principais (os outros foram o alemão Von Wreie, o inglês Ginsberg e o francês Davy) e na alta categoria de convidado especial, ao 3º Congresso Mundial de Sociologia, realizado em Amsterdã, no qual apresenta a comunicação, publicada em Louvain, no mesmo ano, pela Associação Internacional de Sociologia: *Morals and social change*. Para discutir *Casa-grande & senzala* e outras obras, ideias e métodos de Gilberto Freyre, reúnem-se em Cerisy-La-Salle os escritores e professores M. Simon, R. Bastide, G. Gurvitch, Leon Bourdon, Henri Gouhier, Jean Duvignaud, Tavares Bastos, Clara Mauraux, Nicolas Sombart e Mário Pinto de Andrade: talvez a maior homenagem já prestada na Europa a um intelectual brasileiro; os demais seminários de Cerisy foram dedicados a filósofos da história, como Toynbee e Heidegger. Publicam-se no Recife (Secretaria de Educação e Cultura) os opúsculos Sugestões para uma nova política no Brasil: a rurbana (incluído, em 1966, na 2ª edição de *Quase política*) e Em torno da situação do professor no Brasil; em Nova York (Knopf) a 2ª edição de *Casa-grande & senzala* em inglês: *The masters and the slaves*, e em Paris (Gallimard) a 1ª edição de *Nordeste* em francês: *Terres du sucre* (volume 14 da Coleção La Croix du Sud, dirigida por Roger Caillois).

1957 Lê, em 4 de agosto, na Escola de Belas Artes da Universidade Federal de Pernambuco, em solenidade comemorativa do 25º aniversário de fundação daquela instituição, conferência publicada no mesmo ano: Arte, ciência social e sociedade. Dirige, em outubro, curso sobre Sociologia da Arte na mesma escola. Colabora novamente no *Diário Popular* de Lisboa, atendendo a insistentes convites do seu diretor, Francisco da Cunha Leão. Publicam-se no Recife os opúsculos Palavras às professoras rurais do Nordeste (Secretaria de Educação e Cultura do Estado de Pernambuco) e Importância para o Brasil dos institutos de pesquisa científica (Instituto Joaquim Nabuco de Pesquisas Sociais); no Rio de Janeiro (José Olympio), a 2ª edição de *Sociologia*; no México (Editorial Cultural), o opúsculo A experiência portuguesa no trópico americano; em Lisboa (Livros do Brasil), a 1ª edição portuguesa de *Casa-grande & senzala* e a obra *Gilberto Freyre's "lusotropicalism"*, de autoria de Paul V. Shaw (Centro de Estudos Políticos Sociais da Junta de Investigações do Ultramar).

1958 Lê, no Fórum Roberto Simonsen, conferência publicada no mesmo ano pelo Centro e Federação das Indústrias do Estado de São Paulo: Sugestões em torno de uma nova orientação para as relações intranacionais no Brasil. Publicam-se em Lisboa (Centro de Estudos Políticos e Sociais da Junta de Investigações do Ultramar) o livro, com texto em português e inglês, *Integração portuguesa nos trópicos/Portuguese integration in the tropics*, e no Rio de Janeiro (José Olympio), a 9ª edição brasileira de *Casa-grande & senzala*.

1959 Lê, em abril, conferências no Instituto Joaquim Nabuco de Pesquisas Sociais, iniciando e concluindo cursos de Ciências Sociais promovidos pelo referido órgão. Em julho, apresenta na Faculdade de Direito da Universidade Federal de Minas Gerais conferência publicada pela mesma universidade, no ano seguinte. Publicam-se em Nova York (Knopf) *New world in the tropics*, cujo texto contém, grandemente expandido e praticamente reescrito, o livro (publicado em 1945 pelo mesmo editor) *Brazil: an interpretation*; na Guatemala (Editorial de Ministério de Educación Pública José de Pineda Ibarra), o opúsculo Em torno a algunas tendencias actuales de la antropología; no Recife (Arquivo Público do Estado de Pernambuco), o opúsculo A propósito de Mourão, Rosa e Pimenta: sugestões em torno de uma possível hispano-tropicalologia; no Rio de Janeiro (José Olympio), a 1ª edição do livro *Ordem e progresso* (terceiro volume da Série Introdução à história patriarcal no Brasil, iniciada com *Casa-grande & senzala*, continuada com *Sobrados e mucambos* e finalizada com *Jazigos e covas rasas*, livro nunca concluído) e *O velho Félix e suas memórias de um Cavalcanti* (2ª edição, ampliada, da introdução ao livro *Memórias de um Cavalcanti*, publicado em 1940); em Salvador (Universidade da Bahia), o livro *A propósito de frades* e o opúsculo Em torno de alguns túmulos afrocristãos de uma área africana contagiada pela cultura brasileira; e em São Paulo (Instituto Brasileiro de Filosofia), o ensaio A filosofia da história do Brasil na obra de Gilberto Freyre, de autoria de Miguel Reale.

1960 Viaja pela Europa, nos meses de agosto e setembro, lendo conferências em universidades francesas, alemãs, italianas e portuguesas. Publicam-se em Lisboa (Livros do Brasil) o livro *Brasis, Brasil e Brasília*; em Belo Horizonte (edições da *Revista Brasileira de Estudos Políticos*), a conferência Uma política transnacional de cultura para o Brasil de hoje; no Recife (Imprensa Universitária), o opúsculo Sugestões em torno do Museu de Antropologia do Instituto Joaquim Nabuco de Pesquisas Sociais, e no Rio de Janeiro (José Olympio), a 3ª edição do livro *Olinda*.

1961 Em 24 de fevereiro recebe em sua casa de Apipucos a visita do escritor norte-americano Arthur Schlesinger Junior, assessor e enviado especial do presidente John F. Kennedy. Em 20 de abril profere na Faculdade de Medicina da Universidade Federal de Pernambuco uma conferência sobre Homem, cultura e trópico, iniciando as atividades do Instituto de Antropologia Tropical, criado naquela faculdade por sugestão sua. Em 25 de abril é filmado e entrevistado em sua residência pela equipe de televisão e cinema do Columbia Broadcasting System. Em junho viaja aos Estados Unidos, onde faz conferência no Conselho Americano de Sociedades Científicas, no Centro de Corning, no Centro de Estudos de Santa Bárbara e nas Universidades de Princeton e Colúmbia. De volta ao Brasil, recebe, em agosto, a pedido da Comissão Educacional dos Estados Unidos da América no Brasil (Comissão Fulbright), para uma palestra informal sobre problemas brasileiros, os professores norte-americanos que participam do II Seminário de Verão promovido pela referida comissão. Em outubro, lê, no Instituto Joaquim Nabuco de Pesquisas Sociais, quatro conferências sobre sociologia da vida rural. Ainda em outubro e a convite dos corpos docente e discente da Escola de Engenharia da Universidade Federal de Pernambuco, lê na mesma escola três conferências sobre Três engenharias inter-relacionadas: a física, a social e a chamada humana. Viaja a São Paulo e lê, em 27 de outubro, no auditório da Academia Paulista de Letras, sob os auspícios do Instituto Hans Staden, conferência intitulada Como e porque sou sociólogo. Em 1º de novembro, apresenta, no auditório da ABI e sob os auspícios do Instituto Cultural Brasil-Alemanha, conferências sobre Harmonias e desarmonias na formação brasileira. Em dezembro, segue para a Europa, permanecendo três semanas na Alemanha Ocidental, para participar, como representante do

Brasil, no encontro germano-hispânico de sociólogos. Publicam-se em Tóquio (Ministério da Agricultura do Japão, série de Guias para os emigrantes em países estrangeiros), a edição japonesa de *New world in the tropics*, intitulada *Nettai no shin sekai*; em Lisboa (Comissão Executiva das Comemorações do V Centenário da Morte do Infante Dom Henrique) – em português, francês e inglês –, o livro *O luso e o trópico*, *Les Portugais et les tropiques* e *The portuguese and the tropics* (edições separadas); no Recife (Imprensa Universitária), a obra *Sugestões de um novo contato com universidades europeias*; no Rio de Janeiro (José Olympio), a 3ª edição brasileira de *Sobrados e mucambos* e a 10ª edição brasileira (11ª em língua portuguesa) de *Casa-grande & senzala*.

1962 Em fevereiro, a Escola de Samba de Mangueira desfila, no Carnaval do Rio de Janeiro, com enredo inspirado em *Casa-grande & senzala*. Em março é eleito presidente do Comitê de Pernambuco do Congresso Internacional para a Liberdade da Cultura. Em 10 de junho, lê, no Gabinete Português de Leitura do Rio de Janeiro, a convite da Federação das Associações Portuguesas do Brasil, conferência publicada, no mesmo ano, pela referida entidade: O Brasil em face das Áfricas negras e mestiças. Em agosto reúne-se em Porto Alegre o 1º Colóquio de Estudos Teuto-Brasileiros, organizado por sugestão sua. Ainda em agosto é admitido pelo presidente da República como comandante do Corpo de Graduação da Ordem do Mérito Militar. Por iniciativa do Banco Interamericano de Desenvolvimento, o professor Leopoldo Castedo profere em Washington, D.C., no curso Panorama da Civilização Ibero-Americana, conferência sobre La valorización del tropicalismo en Freyre. Em outubro, torna-se editor associado do *Journal of Interamerican Studies*. Em novembro, dirige na Faculdade de Letras da Universidade de Coimbra um curso de seis lições sobre Sociologia da História. Ainda na Europa, lê conferências em universidades da França, da Alemanha Ocidental e da Espanha. Em 19 de novembro recebe o grau de doutor *honoris causa* pela Faculdade de Letras de Coimbra. Publicam-se no Rio de Janeiro (José Olympio) os livros *Talvez poesia* e *Vida, forma e cor*, a 2ª edição de *Ordem e progresso* e a 3ª de *Sociologia*; em São Paulo (Livraria Martins Editora), o livro *Arte, ciência e trópico*; em Lisboa (Livros do Brasil), as edições portuguesas de *Aventura e rotina* e de *Um brasileiro em terras portuguesas*; no Rio de Janeiro (José Olympio), a obra coletiva *Gilberto Freyre: sua ciência, sua filosofia, sua arte (ensaios sobre o autor de* Casa-grande & senzala *e sua influência na moderna cultura do Brasil, comemorativos do 25º aniversário de publicação desse seu livro).*

1963 Em 10 de junho, inaugura-se no Teatro Santa Isabel do Recife uma exposição sobre *Casa-grande & senzala*, organizada pelo colecionador Abelardo Rodrigues. Em 20 de agosto, o governo de Pernambuco promulga a Lei Estadual nº 4.666, de iniciativa do deputado Paulo Rangel Moreira, que autoriza a edição popular, pelo mesmo estado, de *Casa-grande & senzala*. Publicam-se em *The American Scholar*, Chapel Hill (United Chapters of Phi Beta Kappa e University of North Caroline), o ensaio On the Iberian concept of time; em Nova York (Knopf), a edição de *Sobrados e mucambos* em inglês, com introdução de Frank Tannenbaum: *The mansions and the shanties (the making of modern Brazil)*; em Washington, D.C. (Pan American Union), o livro *Brazil*; em Lisboa, a 2ª edição do opúsculo Americanism and latinity in Latin America (em inglês e francês); em Brasília (Editora Universidade de Brasília), a 12ª edição brasileira de *Casa-grande & senzala* (13ª edição em língua portuguesa) e no Recife (Imprensa Universitária), o livro *O escravo nos anúncios de jornais brasileiros do século XIX* (reedição muito ampliada da conferência lida, em 1935, na Sociedade Felipe d'Oliveira). O professor Thomas John O'Halloran apresenta à Graduate School of Arts and Science, da

New York University, dissertação sobre *The life and master writings of Gilberto Freyre*. As editoras A. A. Knopf e Random House publicam em Nova York a 2ª edição (como livro de bolso) de *New world in the tropics*.

1964 A convite do governo do estado de Pernambuco, lê na Escola Normal do mesmo estado, em 13 de maio, conferência como orador oficial da solenidade comemorativa do centenário de fundação daquela Escola. Recebe em Natal, em julho, as homenagens da Fundação José Augusto pelo trigésimo aniversário da publicação de *Casa-grande & senzala*. Recebe, em setembro, o Prêmio Moinho Santista para Ciências Sociais. Viaja aos Estados Unidos e participa, em dezembro, como conferencista convidado, do seminário latino-americano promovido pela Universidade de Colúmbia. Publicam-se em Nova York (Knopf) uma edição abreviada (*paperback*) de *The masters and the slaves*; em Madri (separata da *Revista de la Universidad de Madrid*) o opúsculo De lo regional a lo universal en la interpretación de los complejos socioculturales; no Recife (Instituto Joaquim Nabuco de Pesquisas Sociais), em tradução de Waldemar Valente, a tese universitária de 1922 *Vida social no Brasil nos meados do século XIX* e o opúsculo (Imprensa Universitária) O estado de Pernambuco e expressão no poder nacional: aspectos de um assunto complexo; no Rio de Janeiro (José Olympio), a seminovela *Dona Sinhá e o filho padre*, o livro *Retalhos de jornais velhos* (2ª edição, consideravelmente ampliada, de *Artigos de jornal*), o opúsculo A Amazônia brasileira e uma possível luso-tropicologia (Superintendência do Plano de Valorização Econômica da Amazônia) e a 11ª edição brasileira de *Casa-grande & senzala*. Recusa convite do presidente Castelo Branco para ser ministro da Educação e Cultura.

1965 Viaja a Campina Grande, onde lê, em 15 de março, na Faculdade de Ciências Econômicas, a conferência (publicada no mesmo ano pela Universidade Federal da Paraíba) *Como e porque sou escritor*. Participa no Simpósio sobre Problemática da Universidade Federal de Pernambuco (março/abril), com uma conferência sobre a conveniência da introdução, na mesma universidade, de "Um novo tipo de seminário (Tannenbaum)". Viaja ao Rio de Janeiro, onde recebe, em cerimônia realizada no auditório de *O Globo*, diploma com o qual o referido jornal homenageou, no seu quadragésimo aniversário, a vida e a obra dos Notáveis do Brasil: brasileiros vivos que, "por seu talento e capacidade de trabalho de todas as formas invulgares, tenham tido uma decisiva participação nos rumos da vida brasileira, ao longo dos quarenta anos conjuntamente vividos". Em 9 de novembro, gradua-se, *in absentia*, doutor pela Universidade de Paris (Sorbonne), em solenidade na qual também foram homenageados outros sábios de categoria internacional, em diferentes campos do saber, sendo a consagração por obra que vinha abrindo "novos caminhos à filosofia e às ciências do homem". A consagração cultural pela Sorbonne juntou-se à recebida das Universidades da Colúmbia e de Coimbra e às quais se somaram as de Sussex (Inglaterra) e Münster (Alemanha), em solenidade prestigiada por nove magníficos reitores alemães. Publicam-se em Berlim (Kiepenheur & Witsch) a 1ª edição de *Casa-grande & senzala* em alemão: *Herrenhaus und sklavenhütte* (*ein bild der Brasilianischen gesellschaft*); no Recife (Imprensa Oficial do Estado de Pernambuco), o opúsculo Forças Armadas e outras forças, e no Rio de Janeiro (José Olympio), o livro *6 conferências em busca de um leitor*.

1966 Viaja ao Distrito Federal, a convite da Universidade de Brasília, onde lê, em agosto, seis conferências sobre Futurologia, assunto que foi o primeiro a desenvolver no Brasil. Por solicitação das Nações Unidas, apresenta ao United Nations Human Rights Seminar on Apartheid (realizado em Brasília, de

23 de agosto a 5 de setembro) um trabalho de base sobre Race mixture and cultural interpenetration: the Brazilian example, distribuído na mesma ocasião em inglês, francês, espanhol e russo. Por sugestão sua, inicia-se na Universidade Federal de Pernambuco o Seminário de Tropicologia, de caráter interdisciplinar e inspirado pelo seminário do mesmo tipo, iniciado na Universidade de Colúmbia pelo professor Frank Tannenbaum. Publicam-se em Barnet, Inglaterra, *The racial factor in contemporary politics*; no Rio de Janeiro (José Olympio), a 13ª edição do mesmo livro; e no Recife (governo do estado de Pernambuco), o primeiro tomo da 14ª edição brasileira (15ª em língua portuguesa) de *Casa-grande & senzala* (edição popular, para ser comercializada a preços acessíveis, de acordo com a Lei Estadual nº 4.666, de 20 de agosto de 1963).

1967 Em 30 de janeiro, lançamento solene, no Palácio do Governo do Estado de Pernambuco, do primeiro volume da edição popular de *Casa-grande & senzala*. Em julho, viaja aos Estados Unidos, para receber, no Instituto Aspen de Estudos Humanísticos, o Prêmio Aspen do ano (30 mil dólares e isento de imposto sobre a renda) "pelo que há de original, excepcional e de valor permanente em sua obra ao mesmo tempo de filósofo, escritor literário e antropólogo". Recebe o Nobel dos Estados Unidos na presença de embaixador, enviado especial do presidente Lyndon B. Johnson, que se congratula com Gilberto Freyre pela honraria na qual o autor foi precedido por apenas três notabilidades internacionais: o compositor Benjamin Britten, a dançarina Martha Graham e o urbanista Constantino Doxiadis por obras reveladoras de "criatividade genial". Em dezembro, lê, na Academia Brasileira de Letras, no Instituto Histórico e Geográfico Brasileiro e no Instituto Joaquim Nabuco de Pesquisas Sociais, conferências sobre Oliveira Lima, em sessões solenes comemorativas do centenário de nascimento daquele historiador (ampliadas no livro *Oliveira Lima, Dom Quixote gordo*). Publicam-se em Lisboa (Fundação Calouste Gulbenkian) o livro *Sociologia da medicina*; em Nova York (Knopf), a tradução da "seminovela" *Dona Sinhá e o filho padre*, intitulada *Mother and son: a Brazilian tale*; no Recife (Instituto Joaquim Nabuco de Pesquisas Sociais), a 2ª edição de *Mucambos do Nordeste* e a 3ª edição do *Manifesto Regionalista de 1926*; em São Paulo (Arquimedes Edições), o livro *O Recife, sim! Recife não!*, e no Rio de Janeiro (José Olympio), a 4ª edição de *Sociologia.*

1968 Em 9 de janeiro, lê, no Palácio do Governo do Estado de Pernambuco, a primeira da série de conferências promovidas pelo governador do estado para comemorar o centenário de nascimento de Oliveira Lima (incluída no livro *Oliveira Lima, Dom Quixote gordo*, publicado no mesmo ano pela Imprensa da Universidade de Recife). Viaja à Argentina, onde faz conferência sobre Oliveira Lima na Universidade do Rosário, e à Alemanha Ocidental, onde recebe o título de doutor *honoris causa* pela Universidade de Münster por sua obra comparada à de Balzac. Publicam-se em Lisboa (Academia Internacional da Cultura Portuguesa) o livro, em dois volumes, *Contribuição para uma sociologia da biografia (o exemplo de Luís de Albuquerque, governador de Mato Grosso no fim do século XVII*); no Distrito Federal (Editora Universidade de Brasília), o livro *Como e porque sou e não sou sociólogo*, e no Rio de Janeiro (Record), as 2ªs edições dos livros *Região e tradição* e *Brasis, Brasil e Brasília*. Ainda no Rio de Janeiro, publicam-se (José Olympio) as 4ªs edições dos livros *Guia prático, histórico e sentimental da cidade do Recife* e *Olinda, 2º guia prático, histórico e sentimental de cidade brasileira.*

1969 Recebe o Prêmio Internacional de Literatura La Madonnina por "incomparável agudeza na descrição de problemas sociais, conferindo-lhes calor humano e otimismo, bondade e sabedoria", através de uma obra de "fulgurações geniais". Lê conferência, no Conselho Federal de Cultura, em sessão dedicada à memória de Rodrigo M. F. de Andrade. A Universidade Federal de Pernambuco lança os dois primeiros volumes do seminário de Tropicologia, relativos ao ano de 1966: *Trópico & colonização, nutrição, homem, religião, desenvolvimento, educação e cultura, trabalho e lazer, culinária, população.* Lê no Instituto Joaquim Nabuco de Pesquisas Sociais quatro conferências sobre Tipos antropológicos no romance brasileiro. Publicam-se no Recife (Instituto Joaquim Nabuco de Pesquisas Sociais) o ensaio Sugestões em torno da ciência e da arte da pesquisa social, e no Rio de Janeiro (José Olympio), a 15ª edição brasileira de *Casa-grande & senzala.*

1970 Completa setenta anos de idade residindo na província e trabalhando como se fosse um intelectual ainda jovem: escrevendo livros, colaborando em jornais e revistas nacionais e estrangeiros, dirigindo cursos, proferindo conferências, presidindo o conselho diretor e incentivando as atividades do Instituto Joaquim Nabuco de Pesquisas Sociais, presidindo o Conselho Estadual de Cultura, dirigindo o Centro Regional de Pesquisas Educacionais e o Seminário de Tropicologia da Universidade Federal de Pernambuco, comparecendo às reuniões mensais do Conselho Federal de Cultura e atendendo a convites de universidades europeias e norte-americanas, onde é sempre recebido como o embaixador intelectual do Brasil. A editora A. A. Knopf publica em Nova York *Order and progress*, com texto traduzido e refundido por Rod W. Horton.

1971 Recebe a 26 de novembro, em solenidade no Gabinete Português de Leitura, do Recife, e tendo como paraninfo o ministro Mário Gibson Barbosa, o título de doutor *honoris causa* pela Universidade Federal de Pernambuco. Discursa como orador oficial da solenidade de inauguração, pelo presidente Emílio Garrastazu Médici, do Parque Nacional dos Guararapes, no Recife. A rainha Elizabeth lhe confere o título de *Sir* (Cavaleiro Comandante do Império Britânico) e a Universidade Federal do Rio de Janeiro, o grau de doutor *honoris causa* em filosofia. Publicam-se a 1ª edição da *Seleta para jovens* (José Olympio) e a obra *Nós e a Europa germânica* (Grifo Edições). Continua a receber visitas de estrangeiros ilustres na sua casa de Apipucos, devendo-se destacar as de embaixadores do Reino Unido, França, Estados Unidos, Bélgica e as de Aldous Huxley, George Gurvitch, Shelesky, John dos Passos, Jean Duvignaud, Lincoln Gordon e Robert Kennedy, a quem oferece jantar a pedido desse visitante. A Companhia Editora Nacional publica em São Paulo, como volume 348 de sua Coleção Brasiliana, a 1ª edição brasileira de *Novo mundo nos trópicos.*

1972 Preside o Primeiro Encontro Inter-Regional de Cientistas Sociais do Brasil, realizado em Fazenda Nova, Pernambuco, de 17 a 20 de janeiro, sob os auspícios do Instituto Joaquim Nabuco de Pesquisas Sociais. Recebe o título de Cidadão de Olinda, conferido por Lei Municipal nº 3.774, de 8 de março de 1972, e em sessão solene da Assembleia Legislativa do Estado de Pernambuco, a Medalha Joaquim Nabuco, conferida pela Resolução nº 871, de 28 de abril de 1972. Em 14 de junho profere no Instituto Joaquim Nabuco de Pesquisas Sociais palestra sobre José Bonifácio e as duas primeiras conferências da série comemorativa do centenário de Estácio Coimbra. Em 15 de dezembro, inaugura-se na Praia de Boa Viagem, no Recife, o Hotel Casa-grande & senzala. A editora Giulio Einaudi publica em Turim a edição italiana de *Casa-grande & senzala*, intitulada *Case e catatecchie.*

1973 Recebe em São Paulo o Troféu Novo Mundo, "por obras notáveis em sociologia e história", e o Troféu Diários Associados, pela "maior distinção anual em artes plásticas". Realizam-se exposições de telas de sua autoria, uma no Recife, outra no Rio, esta na residência do casal José Maria do Carmo Nabuco, com apresentação de Alfredo Arinos de Mello Franco. Por decreto do presidente Médici, é reconduzido ao Conselho Federal de Cultura. Viaja a Angola, em fevereiro. A 10 de maio, a convite da Assembleia Legislativa do Estado de Pernambuco, profere discurso no Cemitério de Santo Amaro, diante do túmulo de Joaquim Nabuco, em comemoração ao Sesquicentenário do Poder Legislativo no Brasil. Recebe em setembro, em João Pessoa, o título de doutor *honoris causa* pela Universidade Federal da Paraíba. Profere na Câmara dos Deputados, em 29 de novembro, conferência sobre Atuação do Parlamento no Império e na República, na série comemorativa do Sesquicentenário do Poder Legislativo no Brasil, e na Universidade de Brasília, palestra em inglês para o corpo diplomático, sob o título de Some remarks on how and why Brazil is different. Em 13 de dezembro é operado pelo professor Euríclides de Jesus Zerbini, no Hospital da Beneficência Portuguesa de São Paulo.

1974 Faz sua primeira exposição de pintura em São Paulo, com quarenta telas adquiridas imediatamente. A 15 de março, o Instituto Joaquim Nabuco de Pesquisas Sociais comemora com exposição e sessão solene os quarenta anos da publicação de *Casa-grande & senzala*. Em 20 de julho profere no Instituto Joaquim Nabuco de Pesquisas Sociais conferência sobre a Importância dos retratos para os estudantes biográficos: o caso de Joaquim Nabuco. A 29 de agosto, a Universidade Federal de Pernambuco inaugura no saguão da reitoria uma placa comemorativa dos quarenta anos de *Casa-grande & senzala*. A 12 de outubro recebe a Medalha de Ouro José Vasconcelos, outorgada pela Frente de Afirmación Hispanista do México, para distinguir, a cada ano, uma personalidade dos meios culturais hispano-americanos. O cineasta Geraldo Sarno realiza documentário de cinco minutos intitulado *Casa-grande & senzala*, de acordo com uma ideia de Aldous Huxley. O editor Alfred A. Knopf publica em Nova York a obra *The Gilberto Freyre reader*.

1975 Diante da violência de uma enchente do rio Capibaribe, em 17 e 18 de julho, lidera com Fernando de Mello Freyre, diretor do Instituto Joaquim Nabuco, um movimento de estudo interdisciplinar sobre as enchentes em Pernambuco. Profere, em 10 de outubro, conferência no Clube Atlético Paulistano sobre O Brasil como nação hispano-tropical. Recebe em 15 de outubro, do Sindicato dos Professores do Ensino Primário e Secundário de Pernambuco e da Associação dos Professores do Ensino Oficial, o título de Educador do Ano, por relevantes serviços prestados à comunidade nordestina no campo da educação e da pesquisa social. Profere em 7 de novembro, no Teatro Santa Isabel, do Recife, conferência sobre o Sesquicentenário do *Diário de Pernambuco*. O Instituto do Açúcar e do Álcool lança, em 15 de novembro, o Prêmio de Criatividade Gilberto Freyre, para os melhores ensaios sobre aspectos socioeconômicos da zona canavieira do Nordeste. Publicam-se no Rio de Janeiro suas obras *Tempo morto e outros tempos*, *O brasileiro entre os outros hispanos* (José Olympio) e *Presença do açúcar na formação brasileira* (IAA).

1976 Viaja à Europa em setembro, fazendo conferências em Madri (Instituto de Cultura Hispânica) e em Londres (Conselho Britânico). É homenageado com a esposa, em Londres, com banquete pelo embaixador Roberto Campos e esposa (presentes vários dos seus amigos ingleses, como Lord Asa Briggs). Em Paris, como hóspede do governo francês, é entrevistado pelo sociólogo Jean Duvignaud, na rádio e na televisão francesas, sobre Tendências atuais da cultura brasileira. É homenageado com banquete pelo diretor de *Le Figaro*, seu amigo, escritor e membro da Academia Francesa, Jean d'Ormesson, presentes

Roger Caillois e outros intelectuais franceses. Em Viena, identifica mapas inéditos do Brasil no período holandês, existentes na Biblioteca Nacional da Áustria. Na Espanha, como hóspede do governo, realiza palestra no Instituto de Cultura Hispânica, presidido pelo Duque de Cadis. Em Lisboa é homenageado com banquete pelo secretário de estado de Cultura, com a presença de intelectuais, ministros e diplomatas. Em 7 de outubro, lê em Brasília, a convite do ministro da Previdência Social, conferência de encerramento do Seminário sobre Problemas de Idosos. A Livraria José Olympio Editora publica as 16ª e 17ª edições de *Casa-grande & senzala,* e o IJNPS, a 6ª edição do *Manifesto regionalista*. É lançada em Lisboa 2ª edição portuguesa de *Casa-grande & senzala*.

1977 Estreia em janeiro no Nosso Teatro (Recife) a peça *Sobrados e mucambos*, adaptada por Hermilo Borba Filho e encenada pelo Grupo Teatral Vivencial. Recebe em fevereiro, do embaixador Michel Legendre, a faixa e as insígnias de Comendador das Artes e Letras da França. Profere em março, no Seminário de Tropicologia, conferência sobre O Recife eurotropical e, na Câmara dos Deputados, em Brasília, conferência de encerramento do ciclo comemorativo do Bicentenário da Independência dos Estados Unidos. Exibição, na Biblioteca Municipal Mário de Andrade, em São Paulo, de um documentário cinematográfico sobre sua vida e obra, *Da palavra ao desenho da palavra*, com debates dos quais participam Freitas Marcondes, Leo Gilson Ribeiro, Osmar Pimentel e Egon Schaden. Profere conferências na Câmara dos Deputados, em Brasília, em 19 de agosto, sobre A terra, o homem e a educação, no Seminário sobre Ensino Superior, promovido pela Comissão de Educação e Cultura, e no Teatro José de Alencar de Fortaleza, em 24 de setembro, sobre O Nordeste visto através do tempo. Lançamento em São Paulo, em 10 de novembro, do álbum *Casas-grandes & senzalas*, com guaches de Cícero Dias. Apresenta, no Arquivo Público Estadual de Pernambuco, conferência de encerramento do Curso sobre o Sesquicentenário da Elevação do Recife à Condição de Capital, sobre O Recife e a sua autobiografia coletiva. É acolhido como sócio honorário do Pen Clube do Brasil. Inicia em outubro colaboração semanal na *Folha de S.Paulo*. A Livraria José Olympio Editora publica *O outro amor do dr. Paulo*, seminovela, continuação de *Dona Sinhá e o filho padre*. A Editora Nova Aguilar publica, em dezembro, a *Obra escolhida*, volume em papel-bíblia que inclui *Casa-grande & senzala*, *Nordeste* e *Novo mundo nos trópicos*, com introdução de Antônio Carlos Villaça, cronologia da vida e da obra e bibliografia ativa e passiva, por Edson Nery da Fonseca. A Editora Ayacucho lança em Caracas a 3ª edição em espanhol de *Casa-grande & senzala*, com introdução de Darcy Ribeiro. As Ediciones Cultura Hispánica publicam em Madri a edição espanhola da *Seleta para jovens*, com o título de *Antología*. A Editora Espasa-Calpe publica, em Madri, *Más allá de lo moderno,* com prefácio de Julián Marías. A Livraria José Olympio Editora lança a 5ª edição de *Sobrados e mucambos* e a 18ª edição brasileira de *Casa-grande & senzala*.

1978 Viaja a Caracas para proferir três conferências no Instituto de Assuntos Internacionais do Ministério das Relações Exteriores da Venezuela. Abre no Arquivo Público Estadual, em 30 de março, ciclo de conferências sobre escravidão e abolição em Pernambuco, fazendo Novas considerações sobre escravos em anúncios de jornal em Pernambuco. Profere conferência sobre O Recife e sua ligação com estudos antropológicos no Brasil, na instalação da XI Reunião Brasileira de Antropologia, no auditório da Universidade Federal de Pernambuco, em 7 de maio. Em 22 de maio, abre em Natal a I Semana de Cultura do Nordeste. Profere em Curitiba, em 9 de junho, conferência sobre O Brasil em nova perspectiva antropossocial, numa promoção da Associação dos Professores Universitários do Paraná; em

Cuiabá, em 16 de setembro, conferência sobre A dimensão ecológica do caráter nacional; na Academia Paulista de Letras, em 4 de dezembro, conferência sobre Tropicologia e realidade social, abrindo o 1º Seminário Internacional de Estudos Tropicais da Fundação Escola de Sociologia e Política. Publica-se *Recife & Olinda*, com desenhos de Tom Maia e Thereza Regina. Publicam-se as seguintes obras: *Alhos e bugalhos* (Nova Fronteira); *Prefácios desgarrados* (Cátedra); *Arte e ferro* (Ranulpho Editora de Arte), com pranchas de Lula Cardoso Ayres. O Conselho Federal de Cultura lança *Cartas do próprio punho sobre pessoas e coisas do Brasil e do estrangeiro*. A editora Gallimard publica a 14ª edição de *Maîtres et esclaves*, na Coleção TEL. A Livraria Editora José Olympio publica a 19ª edição brasileira de *Casa-grande & senzala*, e a Fundação Cultural do Mato Grosso, a 2ª edição de *Introdução a uma sociologia da biografia*.

1979 O Arquivo Estadual de Pernambuco publica, em março, a edição fac-similar do *Livro do Nordeste*. Participa, no auditório da Biblioteca Municipal de São Paulo, em 30 de março, da Semana do Escritor Brasileiro. Recebe em Aracaju, em 17 de abril, o título de Cidadão Sergipano, outorgado pela Assembleia Legislativa de Sergipe. É homenageado pelo 44º Congresso Mundial de Escritores do Pen Clube Internacional, reunido no Rio de Janeiro, quando recebe a medalha Euclides da Cunha, sendo saudado pelo escritor Mário Vargas Llosa. Recebe o grau de doutor *honoris causa* pela Faculdade de Ciências Médicas da Fundação do Ensino Superior de Pernambuco – Universidade de Pernambuco, em setembro. Viaja à Europa em outubro. Profere conferência na Fundação Calouste Gulbenkian, em 22 de outubro, sobre Onde o Brasil começou a ser o que é. Abre o ciclo de conferências comemorativo do 20º aniversário da Sudene, em dezembro, falando sobre Aspectos sociais do desenvolvimento regional. Recebe nesse mês o Prêmio Caixa Econômica Federal, da Fundação Cultural do Distrito Federal, pela obra *Oh de casa!*. Profere na Universidade de Brasília conferência sobre Joaquim Nabuco: um novo tipo de político. A Editora Artenova publica *Oh de casa!*. A Editora Cultrix publica *Heróis e vilões no romance brasileiro*. A MPM Propaganda publica *Pessoas, coisas & animais*, em edição não comercial. A Editora Ibrasa publica *Tempo de aprendiz*.

1980 Em 24 de janeiro, a Academia Pernambucana de Letras inicia as comemorações do octogésimo aniversário do autor, com uma conferência de Gilberto Osório de Andrade sobre Gilberto Freyre e o trópico. Em 25 de janeiro, a Codepe inicia seu Seminário Permanente de Desenvolvimento, dedicando-o ao estudo da obra de Gilberto Freyre. O Arquivo Público Estadual comemora a efeméride, em 26 e 27 de fevereiro, com duas conferências de Edson Nery da Fonseca. Recebe em São Paulo, em 7 de março, a medalha de Ordem do Ipiranga, maior condecoração do estado. Em 26 de março, recebe a medalha José Mariano, da Câmara Municipal do Recife. Por decreto de 15 de abril, o governador do estado de Sergipe lhe confere o galardão de Comendador da Ordem do Mérito Aperipê. Em homenagem ao autor, são realizados diversos eventos, como: missa cantada na Catedral de São Pedro dos Clérigos, do Recife, mandada celebrar pelo governo do estado de Pernambuco, sendo oficiante monsenhor Severino Nogueira e regente o padre Jayme Diniz. Inauguração, na redação do *Diário de Pernambuco*, de placa comemorativa da colaboração de Gilberto Freyre, iniciada em 1918. Almoço na residência de Fernando Freyre. *Open house* na vivenda Santo Antônio. Sorteio de bilhete da Loteria Federal da Praça de Apipucos. Desfile de clubes e blocos carnavalescos e concentração popular em Apipucos. Sessão solene do Congresso Nacional, em 15 de abril, às 15 horas, para homenagear o escritor Gilberto Freyre pelo transcurso do seu octogésimo aniversário. Discursos do presidente, senador Luís Viana Filho, dos senadores Aderbal Jurema e Marcos Freire e do deputado Thales Ramalho. Viaja a Portugal em junho, a convite da Câmara Municipal de Lisboa, para participar nas comemorações do Quarto Centenário da Morte de Camões. Profere conferência A tradição camoniana ante insurgências e ressurgências atuais. É homenageado, em 6 de julho, durante a 32ª Reunião Anual da Sociedade Brasileira para o Progresso da Ciência, realizada no Rio de Janeiro, e em 25 de julho, pelo XII Congresso Brasileiro de Língua e Literatura, promovido pelas universidades estaduais do Rio de Janeiro e Universidade Federal do Rio de Janeiro. Em 11 de agosto, recebe do embaixador Hansjorg Kastl a Grã-Cruz do Mérito da República Federativa da Alemanha. Ainda em agosto, é homenageado pelo IV Seminário Paraibano de Cultura Brasileira. Recebe o título de Cidadão Benemérito de João Pessoa, outorgado pela Câmara Municipal da capital paraibana. Recebe o título do sócio honorário do Instituto Histórico e Geográfico da Paraíba. Em 2 de setembro, é homenageado pelo Pen Clube do Brasil com um painel sobre suas ideias, no auditório do Palácio da Cultura, no Rio de Janeiro. Encenação, no Teatro São Pedro de São Paulo, da peça de José Carlos Cavalcanti Borges *Casa-grande & senzala*, sob a direção de Miroel Silveira, pelo grupo teatral da Escola de Comunicação e Artes da USP. Em 10 de outubro, apresenta conferência da Fundação Luisa e Oscar Americano, de São Paulo, sobre Imperialismo cultural do Conde Maurício. De 13 a 17 de outubro, profere simpósio internacional promovido pela Universidade de Brasília e pelo Ministério da Educação e Cultura, com a participação, como conferencistas, do historiador social inglês Lord Asa Briggs, do filósofo espanhol Julián Marías, do poeta e ensaísta português David Mourão-Ferreira, do antropólogo francês Jean Duvignaud e do historiador mexicano Silvio Zavala. Recebe o Prêmio Jabuti, de São Paulo, em 28 de outubro. Recebe, em 11 de dezembro, o grau de doutor *honoris causa* pela Universidade Católica de Pernambuco. Em 12 de dezembro, recebe o Prêmio Moinho Recife. São publicadas diversas obras do autor, como: o álbum *Gilberto poeta*: algumas confissões, com serigrafias de Aldemir Martins, Jenner Augusto, Lula Cardoso Ayres, Reynaldo Fonseca e Wellington Virgolino e posfácio de José Paulo Moreira da Fonseca (Ranulpho Editora de Arte); *Poesia reunida* (Edições Pirata, Recife); 20ª edição brasileira de *Casa-grande & senzala*, com prefácio do ministro Eduardo Portella; 5ª edição de *Olinda*; 3ª edição da *Seleta para jovens*; 2ª edição brasileira de *Aventura e rotina* (todas pela José Olympio); e a 2ª edição de *O escravo nos anúncios de jornais brasileiros do século XIX* (Companhia Editora Nacional). A editora Greenwood Press, de Westport, Conn., publica, sem autorização do autor, a reimpressão de *New world in the tropics*.

1981 A Classe de Letras da Academia de Ciências de Lisboa reúne-se, em fevereiro, para a comunicação do escritor David Mourão-Ferreira sobre Gilberto Freyre, criador literário. Encenação, em março, no Teatro Santa Isabel, da peça-balé de Rubens Rocha Filho *Tempos perdidos, nossos tempos*. Em 25 de março, o autor recebe do embaixador Jean Beliard a *rosette* de Oficial da Legião de Honra. Inauguração de seu retrato, em 21 de abril, no Museu do Trem da Superintendência Regional da Rede Ferroviária Federal. Em 29 de abril, o Conselho Municipal de Cultura lança, no Palácio do Governo, um álbum de desenhos de sua autoria. Inauguração, em 7 de maio, no Museu Nacional da Quinta da Boa Vista, da edição quadrinizada de *Casa-grande & senzala*, numa promoção da Universidade Federal do Rio de Janeiro, Museu Nacional e Editora Brasil-América. Profere conferência, em 15 de maio, no auditório Benício Dias da Fundação Joaquim Nabuco, sobre Atualidade de Lima Barreto. Viaja à Espanha, em outubro, para tomar posse no Conselho Superior do Instituto de Cooperação Ibero-Americana, nomeado pelo rei João Carlos I.

1982 Recebe em janeiro a medalha comemorativa dos trinta anos do Conselho Nacional de Desenvolvimento Científico e Tecnológico (CNPq). Profere na Academia Pernambucana de Letras a conferência Luís Jardim Autodidata?, comemorativa do octogésimo aniversário do pintor e escritor pernambucano. Na abertura do III Congresso Afro-Brasileiro, em 20 de setembro, apresenta conferência no Teatro Santa Isabel. Em setembro, é entrevistado pela Rede Bandeirantes de Televisão, no programa *Canal Livre*. Recebe do embaixador Javier Vallaure, na Embaixada da Espanha em Brasília, a Grã-Cruz de Alfonso, El Sabio (outubro), e no auditório do Palácio da Cultura, em 9 de novembro, profere conferência sobre Villa-Lobos revisitado. Profere no Nacional Club de São Paulo, em 11 de novembro, conferência sobre Brasil: entre passados úteis e futuros renovados. A Editora Massangana publica *Rurbanização:* o que é? A editora Klett-Cotta, de Stuttgart, publica a 1ª edição alemã de *Das land in der stadt: die entwicklung der urbanen gesellschaft Brasiliens* (*Sobrados e mucambos*) e a 2ª edição de *Herrenhaus und sklavenhütte* (*Casa-grande & senzala*).

1983 Iniciam-se em 21 de março – Dia Internacional das Nações Unidas Contra a Discriminação Racial – as comemorações do cinquentenário da publicação de *Casa-grande & senzala*, com sessão solene no auditório Benício Dias, presidida pelo governador Roberto Magalhães e com a presença da ministra da Educação, Esther de Figueiredo Ferraz, e do diretor-geral da Unesco, Amadou M'Bow, que lhe entrega a medalha Homenagem da Unesco. Recebe em 15 de abril, da Associação Brasileira de Relações Públicas, Seção de Pernambuco, o Troféu Integração por destaque cultural de 1982. Em abril, expõe seus últimos desenhos e pinturas na Galeria Aloísio Magalhães. Viaja a Lisboa, em 25 de outubro, para receber, do ministro dos Negócios Estrangeiros, a Grã-Cruz de Santiago da Espada. Em 27 de outubro, participa de sessão solene da Academia de Ciências de Lisboa e da Academia Portuguesa de História, comemorativa do cinquentenário da publicação de *Casa-grande & senzala*. A Fundação Calouste Gulbenkian promove em Lisboa um ciclo de conferências sobre *Casa-grande & senzala* (2 de novembro a 4 de dezembro). É homenageado pela Feira Internacional do Livro do Rio de Janeiro, em 9 de novembro. O Seminário de Tropicologia reúne-se, em 29 de novembro, para a conferência de Edson Nery da Fonseca, intitulada Gilberto Freyre, cultura e trópico. Recebe em 7 de dezembro, no Liceu Literário Português do Rio de Janeiro, a Grã-Cruz da Ordem Camoniana. A Editora Massangana publica *Apipucos: que há num nome?*, a Editora Globo lança *Insurgências e ressurgências atuais* e *Médicos, doentes e contextos sociais* (2ª edição de *Sociologia da medicina*). Realiza-se na Fundação Joaquim Nabuco, de 19 a 30 de setembro, um ciclo de conferências comemorativo dos cinquenta anos de *Casa-grande & senzala*, promovido com apoio do governo do estado e de outras entidades pernambucanas (anais editados por Edson Nery da Fonseca e publicados em 1985 pela Editora Massangana: *Novas perspectivas em Casa-grande & senzala*). A José Olympio Editora publica no Rio de Janeiro o livro de Edilberto Coutinho *A imaginação do real: uma leitura da ficção de Gilberto Freyre*, tese de doutoramento defendida na Universidade Federal do Rio de Janeiro. A Editora Record lança no Rio de Janeiro *Homens, engenharias e rumos sociais*.

1984 Lançamento, em 20 de janeiro, de selo postal comemorativo do cinquentenário de *Casa-grande & senzala*. Viaja a Salvador, em 14 de março, para receber homenagem do governo do estado pelo cinquentenário de *Casa-grande & senzala*. Inauguração, no Museu de Arte Moderna da Bahia, da exposição itinerante sobre a obra. Conferência de Edson Nery da Fonseca sobre Gilberto Freyre, *Casa--grande & senzala* e a Bahia. Convidado pelo governador Tancredo Neves, profere em Ouro Preto, em 21 de abril, o discurso oficial da Semana da Inconfidência. Profere em 8 de maio, na antiga Reitoria da UFRJ, conferência sobre Alfonso X, o sábio, ponte de culturas. Recebe da União Cultural Brasil--Estados Unidos, em 7 de junho, a medalha de merecimento por serviços relevantes prestados à aproximação entre o Brasil e os Estados Unidos. Convidado pelo Conselho da Comunidade Portuguesa do Estado de São Paulo, lê no Clube Atlético Paulistano, em 8 de junho (Dia de Portugal), a conferência Camões: vocação de antropólogo moderno?, publicada no mesmo ano pelo conselho. Em setembro, o Balé Studio Um realiza no Recife o espetáculo de dança *Casa-grande & senzala*, sob a direção de Eduardo Gomes e com música de Egberto Gismonti. Recebe a Medalha Picasso da Unesco, desenhada por Juan Miró em comemoração do centenário do pintor espanhol. Em setembro, é homenageado por Richard Civita no Hotel 4 Rodas de Olinda, com banquete presidido pelo governador Roberto Magalhães e entrega de passaportes para o casal se hospedar em qualquer hotel da rede. Participa, na Arquidiocese do Rio de Janeiro, em outubro, do Congresso Internacional de Antropologia e Práxis, debatedor do tema *Cultura e redenção*, desenvolvido por D. Paul Poupard. É homenageado no Teatro Santa Isabel do Recife, em 31 de novembro, pelo cinquentenário do 1º Congresso Afro-Brasileiro, ali realizado em 1934. Lê no Museu de Arte Sacra de Pernambuco (Olinda) a conferência Cultura e museus, publicada no ano seguinte pela Fundação do Patrimônio Histórico e Artístico de Pernambuco (Fundarpe).

1985 Recebe da Fundarpe a Homenagem à Cultura Viva de Pernambuco, em 18 de março. Viaja em maio aos Estados Unidos, para receber, na Baylor University, o prêmio consagrador de notáveis triunfos (Distinguished Achievement Award). Profere em 21 de maio, na Harvard University, conferência sobre My first contacts with american intellectual life, promovida pelo Departamento de Línguas e Literaturas Românicas e pela Comissão de Estudos Latino-Americanos e Ibéricos. Realiza exposição na Galeria Metropolitana Aloísio Magalhães do Recife: Desenhos a cor: figuras humanas e paisagens. Recebe, em agosto, o grau de doutor *honoris causa* em Direito e em Letras pela Universidade Clássica de Lisboa. É nomeado em setembro, pelo presidente da República, para compor a Comissão de Estudos Constitucionais. Recebe o título de Cidadão de Manaus, em 6 de setembro. Profere, em 29 de outubro, conferência na inauguração do Instituto Brasileiro de Altos Estudos (Ibrae) de São Paulo, subordinada ao título À beira do século XX. Em 20 de novembro, é apresentado, no Cine Bajado, de Olinda, o filme de Kátia Mesel *Oh de casa!*. Em dezembro viaja a São Paulo, sendo hospitalizado no Incor para cirurgia de um divertículo de Zenkel (hérnia de esôfago). A José Olympio Editora publica a 7ª edição de *Sobrados e mucambos* e a 5ª edição de *Nordeste*. Por iniciativa do Centro de Estudos Latino--Americanos da Universidade da Califórnia em Los Angeles, a editora da universidade publica em Berkeley reedições em brochuras do mesmo formato de *The masters and the slaves, The mansions and the shanties* e *Order and progress*, com introduções de David H. E. Mayburt-Lewis e Ludwig Lauerhass Jr., respectivamente.

1986 Em janeiro, submete-se a uma cirurgia do esôfago para retirada de um divertículo de Zenkel, no Incor. Regressa ao Recife em 16 de janeiro, dizendo: "Agora estou em casa, meu Apipucos". Em 22 de fevereiro, retorna a São Paulo para uma cirurgia de próstata no Incor, realizada em 24 de fevereiro. Recebe em 24 de abril, em sua residência de Apipucos, do embaixador Bernard Dorin, a comenda de Grande

Oficial da Legião de Honra, no grau de Cavaleiro. Em maio, é agraciado com o Prêmio Cavalo--Marinho, da Empitur. Em agosto, recebe o título de Cidadão de Aracaju. Em 24 de outubro, reencontra-se no Recife com a dançarina Katherine Dunhm. Em 28 de outubro é eleito para ocupar a cadeira 23 da Academia Pernambucana de Letras, vaga com a morte de Gilberto Osório de Andrade. Toma posse em 11 de dezembro na Academia Pernambucana de Letras. Recebe, em 16 de dezembro, o título de Pesquisador Emérito do Instituto de Pesquisas Sociais da Fundação Joaquim Nabuco. Publica--se em Budapeste a edição húngara de *Casa-grande & senzala*, intitulada *Udvarház és szolgaszállás*. A professora Élide Rugai Bastos defende na Pontifícia Universidade Católica de São Paulo (PUC) a tese de doutoramento *Gilberto Freyre e a formação da sociedade brasileira*, orientada pelo professor Octavio Ianni. A Áries Editora publica em São Paulo o livro de Pietro Maria Bardi *Ex-votos de Mário Cravo*, e a Editora Creficullo lança o livro do mesmo autor *40 anos de Masp*, ambos prefaciados por Gilberto Freyre.

1987 Instituição, em 11 de março, da Fundação Gilberto Freyre. Em 30 de março, recebe em Apipucos a visita do presidente Mário Soares. Em 7 de abril, submete-se a uma cirurgia para implantação de marca-passo no Incor do Hospital Português. Em 18 de abril, Sábado Santo, recebe de Dom Basílio Penido, OSB, os sacramentos da Reconciliação, da Eucaristia e da Unção dos Enfermos. Morre no Hospital Português, às 4 horas de 18 de julho, aniversário de Magdalena. Sepultamento no Cemitério de Santo Amaro, às 18 horas, com discurso do ministro Marcos Freire. Em 20 de julho, o senador Afonso Arinos ocupa a tribuna da Assembleia Nacional Constituinte para homenagear sua memória. Em 19 de julho, o jornal *ABC de Madri* publica um artigo de Julián Marías: Adiós a um brasileño universal. Em 24 de julho, missas concelebradas, no Recife, por Dom José Cardoso Sobrinho e Dom Heber Vieira da Costa, OSB, e em Brasília, por Dom Hildebrando de Melo e pelos vigários da catedral e do Palácio da Alvorada com coral da Universidade de Brasília. Missa celebrada no seminário, com canto gregoriano a cargo das Beneditinas de Santa Gertrudes, de Olinda. A Editora Record publica *Modos de homem e modas de mulher* e a 2ª edição de *Vida, forma e cor*; *Assombrações do Recife Velho* e *Perfil de Euclides e outros perfis*; a José Olympio Editora, a 25ª edição brasileira de *Casa--grande & senzala*. O Círculo do Livro lança nova edição de *Dona Sinhá e o filho padre*, e a Editora Massangana publica *Pernambucanidade consagrada* (discursos de Gilberto Freyre e Waldemar Lopes na Academia Pernambucana de Letras). Ciclo de conferências promovido pela Fundação Joaquim Nabuco em memória de Gilberto Freyre, tendo como conferencistas Julián Marías, Adriano Moreira, Maria do Carmo Tavares de Miranda e José Antônio Gonsalves de Mello (convidado, deixou de vir, por motivo de doença, o antropólogo Jean Duvignaud). Ciclo de conferências promovido em Maceió pelo governo do estado de Alagoas, a cargo de Maria do Carmo Tavares de Miranda, Odilon Ribeiro Coutinho e José Antônio Gonsalves de Mello. Homenagem do Conselho Latino-Americano de Ciências Sociais, na abertura de sua XIV Assembleia Geral, realizada no Recife, de 16 a 21 de novembro. A editora mexicana Fondo de Cultura Económica publica a 2ª edição, como livro de bolso, de *Interpretación del Brasil*. A revista *Ciência e Cultura* publica em seu número de setembro o necrológio de Gilberto Freyre, solicitado por Maria Isaura Pereira de Queiroz a Edson Nery da Fonseca.

1988 Em convênio com a Fundação Gilberto Freyre e sob os auspícios do Grupo Gerdau, a Editora Record publica no Rio de Janeiro a obra póstuma *Ferro e civilização no Brasil*.

1989 Em sua 26ª edição, *Casa-grande & senzala* passa a ser publicada pela Editora Record, até a 46ª edição, em 2002.

1990 A Fundação das Artes e a Empresa Gráfica da Bahia publicam em Salvador *Bahia e baianos*, obra póstuma organizada e prefaciada por Edson Nery da Fonseca. A editora Klett-Cotta lança em Stuttgart a 2ª edição alemã de *Sobrados e mucambos* (*Das land in der Stadt*). Realiza-se na Fundação Joaquim Nabuco o seminário O cotidiano em Gilberto Freyre, organizado por Fátima Quintas (anais publicados no mesmo ano pela Editora Massangana).

1994 A Câmara dos Deputados publica, como volume 39 de sua Coleção Perfis Parlamentares, *Discursos parlamentares*, de Gilberto Freyre, texto organizado, anotado e prefaciado por Vamireh Chacon. A Editora Agir publica no Rio de Janeiro a antologia *Gilberto Freyre*, organizada por Edilberto Coutinho como volume 117 da Coleção Nossos Clássicos, dirigida por Pedro Lyra. A Editora 34 publica no Rio de Janeiro a tese de doutoramento de Ricardo Benzaquen de Araújo *Guerra e paz:* Casa-grande & senzala *e a obra de Gilberto Freyre nos anos 30*.

1995 Realiza-se na Fundação Joaquim Nabuco a semana de estudos comemorativos dos 95 anos de Gilberto Freyre, com conferências reunidas e apresentadas por Fátima Quintas na obra coletiva *A obra em tempos vários* (Editora Massangana), publicada em 1999. A Fundação de Cultura da Cidade do Recife e a Imprensa Universitária da Universidade Federal de Pernambuco publicam no Recife *Novas conferências em busca de leitores*, obra póstuma organizada e prefaciada por Edson Nery da Fonseca. A Editora Massangana publica o livro de Sebastião Vila Nova *Sociologias e pós-sociologia em Gilberto Freyre*.

1996 Realiza-se na Fundação Joaquim Nabuco o simpósio Que somos nós?, organizado por Maria do Carmo Tavares de Miranda em comemoração aos sessenta anos de *Sobrados e mucambos* (anais publicados pela Editora Massangana em 2000).

1997 Comemorando seu septuagésimo quinto aniversário, a revista norte-americana *Foreign Affairs* publica o resultado de um inquérito destinado à escolha de 62 obras "que fizeram a cabeça do mundo a partir de 1922". *Casa-grande & senzala* é apontada como uma delas pelo professor Kenneth Maxwell. A Companhia das Letras publica em São Paulo a 4ª edição de *Açúcar*, livro reimpresso em 2002 por iniciativa da Usina Petribu.

1999 Por iniciativa da Fundação Oriente, da Universidade da Beira Interior e da Sociedade de Geografia de Lisboa, iniciam-se em Portugal as comemorações do centenário de nascimento de Gilberto Freyre, com o colóquio realizado na Sociedade de Geografia de Lisboa, de 11 e 12 de fevereiro, Lusotropicalismo revisitado, sob a direção dos professores Adriano Moreira e José Carlos Venâncio. A Fundação Oriente institui um prêmio anual de 1 milhão de escudos para "galardoar trabalhos de investigação na área da perspectiva gilbertiana sobre o Oriente". As comemorações pernambucanas são iniciadas em 14 de março, com missa solene concelebrada na Basílica do Mosteiro de São Bento de Olinda, com canto gregoriano pelas Beneditinas Missionárias da Academia Santa Gertrudes. Pelo Decreto nº 21.403, de 7 de maio, o governador de Pernambuco declara, no âmbito estadual, Ano Gilberto Freyre 2000. Pelo Decreto de 13 de julho, o presidente da República institui o ano 2000 como Ano Gilberto Freyre. A UniverCidade do Rio de Janeiro institui, por sugestão da editora Topbooks, o prêmio de 20 mil dólares para o melhor ensaio sobre Gilberto Freyre.

2000 Por iniciativa da TV Cultura de São Paulo, são elaborados os filmes *Gilbertianas I* e *II*, dirigidos pelo cineasta Ricardo Miranda com a colaboração do antropólogo Raul Lody. Em 13 de março, ocorre o lançamento nacional da produção, numa promoção do Shopping Center Recife/UCI Cinemas/Weston Táxi Aéreo. Em 21 de março são lançados na sala Calouste Gulbenkian da Fundação Joaquim Nabuco, no Núcleo de Estudos Freyrianos, no governo do estado de Pernambuco, na Sudene e no Ministério da Cultura. Por iniciativa do canal GNT, VideoFilmes e Regina Filmes, o cineasta Nelson Pereira dos Santos dirige quatro documentários intitulados genericamente de *Casa-grande & senzala*, tendo Edson Nery da Fonseca como corroteirista e narrador. Filmados no Brasil, em Portugal e na Universidade de Colúmbia em Nova York, o primeiro, *O Cabral moderno*, exibido pelo canal GNT a partir de 21 de abril. Os demais, *A cunhã: mãe da família brasileira*, *O português: colonizador dos trópicos* e *O escravo na vida sexual e de família do brasileiro*, são exibidos pelo mesmo canal, a partir de 2001. As editoras Letras e Expressões e Abregraph publicam a 2ª edição de *Casa-grande & senzala em quadrinhos*, com ilustrações de Ivan Wasth Rodrigues colorizadas por Noguchi. A editora Topbooks lança a 2ª edição brasileira de *Novo mundo nos trópicos*, prefaciada por Wilson Martins. A revista *Novos Estudos Cebrap*, n. 56, publica o dossiê Leituras de Gilberto Freyre, com apresentação de Ricardo Benzaquen de Araújo, incluindo as introduções de Fernand Braudel à edição italiana de *Casa-grande & senzala*, de Lucien Fèbvre à edição francesa, de Antonio Sérgio a *O mundo que o português criou* e de Frank Tannenbaum à edição norte-americana de *Sobrados e mucambos*. Em 15 de março, realiza-se na Maison de Sciences de l'Homme et de la Science o colóquio Gilberto Freyre e a França, organizado pela professora Ria Lemaire, da Universidade de Poitiers. Nesse mesmo dia, o arcebispo de Olinda e Recife, José Cardoso, celebra missa solene na Igreja de São Pedro dos Clérigos, com cantos do coral da Academia Pernambucana de Música. Na tarde de 15 de março, é apresentada, na sala Calouste Gulbenkian, em projeção de VHF, a Biblioteca Virtual Gilberto Freyre, disponível imediatamente na internet. De 21 a 24 de março realiza-se na Fundação Gilberto Freyre o Seminário Internacional Novo Mundo nos Trópicos (anais publicados com título homônimo). De 28 a 31 de março é apresentado no Centro Cultural Banco do Brasil do Rio de Janeiro o ciclo de palestras A propósito de Gilberto Freyre (não reunidas em livro). De 14 a 16 de agosto realiza-se o seminário Gilberto Freyre: patrimônio brasileiro, promovido conjuntamente pela Fundação Roberto Marinho, pela UniverCidade do Rio de Janeiro, pelo Colégio do Brasil, pela Academia Brasileira de Letras, pela *Folha de S.Paulo* e pelo Instituto de Estudos Avançados da USP. Iniciado no auditório da Academia Brasileira de Letras e num dos *campi* da UniverCidade, é concluído no auditório da *Folha de S.Paulo* e na cidade universitária da USP. Em 18 de outubro, realiza-se no anfiteatro da História da USP o seminário multidisciplinar Relendo Gilberto Freyre, organizado pelo Centro Angel Rama da Faculdade de Filosofia, Letras e Ciências Humanas na mesma universidade. Em 20 de outubro realiza-se na embaixada do Brasil em Paris o seminário Gilberto Freyre e as ciências sociais no Brasil, promovido pelo Ministério das Relações Exteriores e Fundação Gilberto Freyre. Em 30 de outubro realiza-se em Buenos Aires o seminário À la busqueda de la identidad: el ensayo de interpretación nacional en Brasil y Argentina. De 6 a 9 de novembro é realizada no Sun Valley Park Hotel, em Marília (SP), a Jornada de Estudos Gilberto Freyre, organizada pela Faculdade de Filosofia e Ciências da Unesp. Em 21 de novembro, na Universidade de Essex, ocorre o seminário The english in Brazil: a study in cultural encounters, dirigido pela professora Maria Lúcia Pallares-Burke. Em 27 de novembro, realiza-se na Universidade de Cambridge o seminário Gilberto Freyre & história social do Brasil, dirigido pelos professores Peter

Burke e Maria Lúcia Pallares-Burke. De 27 a 30 de novembro, acontece no Centro de Ciências Humanas, Letras e Artes da Universidade Federal da Paraíba o simpósio Gilberto Freyre: interpenetração do Brasil, organizado pela professora Elisalva Madruga Dantas e pelo poeta e multiartista Jomard Muniz de Brito (anais com título homônimo publicados pela editora Universitária em 2002). De 28 a 30 de novembro, ocorre na sala Calouste Gulbenkian da Fundação Joaquim Nabuco o seminário internacional Além do apenas moderno. De 5 a 7 de dezembro é apresentado no auditório João Alfredo da Universidade Federal de Pernambuco o seminário Outros Gilbertos, organizado pelo Laboratório de Estudos Avançados de Cultura Contemporânea do Departamento de Antropologia da mesma universidade. Publica-se em São Paulo, pelo Grupo Editorial Cone Sul, o ensaio de Gustavo Henrique Tuna *Gilberto Freyre: entre tradição & ruptura*, premiado na categoria "ensaio" do 3º Festival Universitário de Literatura, organizado pela Xerox do Brasil e pela revista *Livro Aberto*. Por iniciativa do deputado Aldo Rebelo a Câmara dos Deputados reúne no opúsculo Gilberto Freyre e a formação do Brasil, prefaciado por Luís Fernandes, ensaios do próprio deputado, de Otto Maria Carpeaux e de Regina Maria A. F. Gadelha. A Editora Comunigraf publica no Recife o livro de Mário Hélio *O Brasil de Gilberto Freyre: uma introdução à leitura de sua obra*, com ilustrações de José Cláudio e prefácio de Edson Nery da Fonseca. A Editora Casa Amarela publica em São Paulo a 2ª edição do ensaio de Gilberto Felisberto Vasconcellos *O xará de Apipucos*. A Embaixada do Brasil em Bogotá publica o opúsculo Imagenes, com texto e ilustrações selecionadas por Nora Ronderos.

2001 A Companhia das Letras publica em São Paulo a 2ª edição de *Interpretação do Brasil*, organizada e prefaciada por Omar Ribeiro Thomaz (nº 19 da Coleção Retratos do Brasil). A editora Topbooks publica no Rio de Janeiro a obra coletiva *O imperador das ideias: Gilberto Freyre em questão*, organizada pelos professores Joaquim Falcão e Rosa Maria Barboza de Araújo, reunindo conferências do seminário realizado no Rio de Janeiro e em São Paulo de 14 a 17 de agosto de 2000. A editora Topbooks e a UniverCidade publicam no Rio de Janeiro a 2ª edição de *Além do apenas moderno*, prefaciada por José Guilherme Merquior e as 3ªs edições de *Aventura e rotina*, prefaciada por Alberto da Costa e Silva, e de *Ingleses no Brasil*, prefaciada por Evaldo Cabral de Mello. A Editora da Universidade do Estado de Pernambuco publica, como nº 18 de sua Coleção Nordestina, o livro póstumo *Antecipações*, organizado e prefaciado por Edson Nery da Fonseca. A Editora Garamond publica no Rio de Janeiro o livro de Helena Bocayuva *Erotismo à brasileira: o excesso sexual na obra de Gilberto Freyre*, prefaciado pelo professor Luiz Antonio de Castro Santos. O *Diário Oficial da União* de 28 de dezembro de 2001 publica, à página 6, a Lei nº 10.361, de 27 de dezembro de 2001, que confere o nome de Aeroporto Internacional Gilberto Freyre ao Aeroporto Internacional dos Guararapes do Recife. O Projeto de Lei é de autoria do deputado José Chaves (PMDB-PE).

2002 Publica-se no Rio de Janeiro, em coedição da Fundação Biblioteca Nacional e Zé Mário Editor, o livro de Edson Nery da Fonseca *Gilberto Freyre de A a Z*. É lançada em Paris, sob os auspícios da ONG da Unesco Allca XX e como volume 55 da Coleção Archives, a edição crítica de *Casa-grande & senzala*, organizada por Guillermo Giucci, Enrique Rodríguez Larreta e Edson Nery da Fonseca.

2003 O governo instalado no Brasil em 1º de janeiro extingue, sem nenhuma explicação, o Seminário de Tropicologia criado em 1966 pela Universidade Federal de Pernambuco, por sugestão de Gilberto Freyre, e incorporado em 1980 à estrutura da Fundação Joaquim Nabuco. Gustavo Henrique Tuna defende, no Departamento de História do Instituto de Filosofia e Ciências Humanas da Unicamp, a dissertação de mestrado *Viagens e viajantes em Gilberto Freyre*. A Editora da Universidade de Brasília publica, em coedição com a Imprensa Oficial do Estado de São Paulo, as seguintes obras póstumas, organizadas por Edson Nery da Fonseca: *Palavras repatriadas* (prefácio e notas do organizador); *Americanidade e latinidade da América Latina e outros textos afins*, *Três histórias mais ou menos inventadas* (com prefácio e posfácio de César Leal) e *China tropical*. A Global Editora publica a 47ª edição de *Casa-grande & senzala* (com apresentação de Fernando Henrique Cardoso). No mesmo ano, lança a 48ª edição da obra-mestra de Freyre. A mesma editora publica a 14ª edição de *Sobrados e mucambos* (com apresentação de Roberto DaMatta). Publica-se pela Edusc, Editora Unesp e Fapesp o livro *Gilberto Freyre em quatro tempos* (organização de Ethel Volfzon Kosminsky, Claude Lépine e Fernanda Arêas Peixoto), reunindo comunicações apresentadas na Jornada de Estudos Gilberto Freyre, realizada em Marília (SP), em 2000. É lançado pela Edusc, Editora Sumaré e Anpocs o livro de Élide Rugai Bastos *Gilberto Freyre e o pensamento hispânico: entre Dom Quixote e Alonso El Bueno*.

2004 A Global Editora publica a 6ª edição de *Ordem e progresso* (apresentação de Nicolau Sevcenko), a 7ª edição de *Nordeste* (com apresentação de Manoel Correia de Oliveira Andrade), a 15ª edição de *Sobrados e mucambos* e a 49ª edição de *Casa-grande & senzala*. Em conjunto com a Fundação Gilberto Freyre, a editora lança o Concurso Nacional de Ensaios – Prêmio Gilberto Freyre 2004/2005, destinado a premiar e a publicar ensaio que aborde "qualquer dos aspectos relevantes da obra do escritor Gilberto Freyre".

2005 Em 15 de março é premiado o trabalho de Élide Rugai Bastos intitulado *As criaturas de Prometeu: Gilberto Freyre e a formação da sociedade brasileira*, vencedor do Concurso Nacional de Ensaios – Prêmio Gilberto Freyre 2004/2005, promovido pela Fundação Gilberto Freyre e pela Global Editora. Esta publica a 50ª edição (edição comemorativa) de *Casa-grande & senzala*, em capa dura. Em agosto, o grupo de teatro Os Fofos Encenam, sob a direção de Newton Moreno, estreia a peça *Assombrações do Recife Velho*, adaptação da obra homônima de Gilberto Freyre, no Casarão do Belvedere, situado no bairro Bela Vista, em São Paulo. Em 18 de outubro, na Livraria Cultura do Shopping Villa-Lobos, em São Paulo, é lançado *Gilberto Freyre: um vitoriano dos trópicos*, de Maria Lúcia Pallares-Burke, pela Editora Unesp, em mesa-redonda com a participação dos professores Antonio Dimas, José de Souza Martins, Élide Rugai Bastos e a autora do livro. A Global Editora publica a 3ª edição de *Casa-grande & senzala em quadrinhos*, com ilustrações de Ivan Wasth Rodrigues colorizadas por Noguchi.

2006 Realiza-se em 15 de março na 19ª Bienal Internacional do Livro de São Paulo, sediada no Pavilhão de Exposições do Anhembi, no salão A-Mezanino, a mesa de debate sobre os setenta anos de *Sobrados e mucambos*, de Gilberto Freyre, com a presença dos professores Roberto DaMatta, Élide Rugai Bastos, Enrique Rodríguez Larreta e mediação de Gustavo Henrique Tuna. No evento, é lançado o 2º Concurso Nacional de Ensaios – Prêmio Gilberto Freyre 2006/2007, organizado pela Global Editora e pela Fundação Gilberto Freyre, que aborda qualquer aspecto referente à obra *Sobrados e mucambos*. A Global Editora publica a 2ª edição, revista, de *Tempo morto e outros tempos*, prefaciada por Maria Lúcia Garcia Pallares-Burke. Realiza-se no auditório do Instituto de Filosofia e Ciências Humanas da Unicamp, nos dias 25 e 26 de abril, o Simpósio Gilberto Freyre: produção, circulação e efeitos sociais de suas ideias, com a presença de inúmeros estudiosos do Brasil e do exterior da obra do sociólogo pernambucano.

A Global Editora publica *As criaturas de Prometeu: Gilberto Freyre e a formação da sociedade brasileira*, de Élide Rugai Bastos, trabalho vencedor da 1ª edição do Concurso Nacional de Ensaios – Prêmio Gilberto Freyre 2004/2005, promovido pela editora e pela Fundação Gilberto Freyre.

2007 Publicam-se em São Paulo, pela Global Editora: a 5ª edição do livro *Açúcar*, apresentada por Maria Lecticia Monteiro Cavalcanti; a 5ª edição revista, atualizada e aumentada por Antonio Paulo Rezende do livro *Guia prático, histórico e sentimental da cidade do Recife*; a 6ª edição revista e atualizada por Edson Nery da Fonseca do livro *Olinda: 2º guia prático, histórico e sentimental de cidade brasileira*. Publica-se no Rio de Janeiro, pela Civilização Brasileira, o primeiro volume da obra *Gilberto Freyre, uma biografia cultural*, dos pesquisadores uruguaios Enrique Rodríguez Larreta e Guillermo Giucci, em tradução de Josely Vianna Baptista. Publica-se no Recife, pela Editora Massangana, o livro de Edson Nery da Fonseca *Em torno de Gilberto Freyre*.

2008 O Museu da Língua Portuguesa de São Paulo encerra em 4 de maio a exposição, iniciada em 27 de novembro de 2007, *Gilberto Freyre intérprete do Brasil*, sob a curadoria de Élide Rugai Bastos, Júlia Peregrino e Pedro Karp Vasquez. Publicam-se em São Paulo, pela Global Editora: a 4ª edição revista do livro *Vida social no Brasil nos meados do século XIX*, com apresentação e índices de Gustavo Henrique Tuna; e a 6ª edição do livro *Assombrações do Recife Velho*, com apresentação de Newton Moreno, autor da adaptação teatral representada com sucesso em São Paulo. O editor Peter Lang de Oxford publica o livro de Peter Burke e Maria Lúcia Pallares-Burke *Gilberto Freyre: social theory in the tropics*, versão de *Gilberto Freyre, um vitoriano nos trópicos*, publicado em 2005 pela Editora Unesp, que em 2006 recebeu os Prêmios Senador José Ermírio de Moraes da ABL (Academia Brasileira de letras) e Jabuti, na categoria Ciências Humanas.

A Global Editora publica *Ensaio sobre o jardim*, de Solange de Aragão, trabalho vencedor da 2ª edição do Concurso Nacional de Ensaios – Prêmio Gilberto Freyre 2006/2007, promovido pela editora e pela Fundação Gilberto Freyre.

2009 A Global Editora publica a 2ª edição de *Modos de homem & modas de mulher* com texto de apresentação de Mary Del Priore. A É Realizações Editora publica em São Paulo a 6ª edição do livro *Sociologia: introdução ao estudo dos seus princípios*, com prefácio de Simone Meucci e posfácio de Vamireh Chacon, e a 4ª edição de *Sociologia da medicina*, com prefácio de José Miguel Rasia. O Diário de Pernambuco edita a obra *Crônicas do cotidiano: a vida cultural de Pernambuco nos artigos de Gilberto Freyre*, antologia organizada por Carolina Leão e Lydia Barros. A Editora Unesp publica, em tradução de Fernanda Veríssimo, o livro de Peter Burke e Maria Lúcia Pallares-Burke *Repensando os trópicos: um retrato intelectual de Gilberto Freyre*, com prefácio à edição brasileira.

2010 Publica-se pela Global Editora o livro *Nordeste semita: ensaio sobre um certo Nordeste que em Gilberto Freyre também é semita*, de autoria de Caesar Sobreira, trabalho vencedor da 3ª edição do Concurso Nacional de Ensaios – Prêmio Gilberto Freyre 2008/2009, promovido pela editora e pela Fundação Gilberto Freyre. A Global Editora publica a 4ª edição de *O escravo nos anúncios de jornais brasileiros do século XIX*, com apresentação de Alberto da Costa e Silva. A É Realizações publica a 4ª edição de *Aventura e rotina*, a 2ª edição de *Homens, engenharias e rumos sociais*, as 2ªs edições de *O luso e o trópico*, *O mundo que o português criou*, *Uma cultura ameaçada e outros ensaios* (versão ampliada de *Uma cultura ameaçada: a luso-brasileira*), *Um brasileiro em terras portuguesas* (a 1ª edição publicada no Brasil) e a 3ª edição de *Vida, forma e cor*. A Editora Girafa publica *Em torno de Joaquim Nabuco*, reunião de textos que Gilberto Freyre escreveu sobre o abolicionista organizada por Edson Nery da Fonseca com colaboração de Jamille Cabral Pereira Barbosa. Gilberto Freyre é o autor homenageado da 10ª edição da Feira Nacional do Livro de Ribeirão Preto, realizada entre os dias 14 e 18 de junho. É também o autor homenageado da 8ª edição da Festa Literária Internacional de Paraty (Flip), ocorrida na cidade carioca entre os dias 4 e 8 de agosto. Para a homenagem, foram organizadas mesas com convidados nacionais e do exterior. A conferência de abertura, em 4 de agosto, é lida pelo ex-presidente Fernando Henrique Cardoso e debatida pelo historiador Luiz Felipe de Alencastro; no dia 5 realiza-se a mesa Ao correr da pena, com Moacyr Scliar, Ricardo Benzaquen e Edson Nery da Fonseca, com mediação de Ángel Gurría-Quintana; no dia 6 ocorre a mesa Além da casa-grande, com Alberto da Costa e Silva, Maria Lúcia Pallares-Burke e Ângela Alonso, com mediação de Lilia Schwarcz; no dia 8 realiza-se a mesa Gilberto Freyre e o século XXI, com José de Souza Martins, Peter Burke e Hermano Vianna, com mediação de Benjamim Moser. É lançado na Flip o tão esperado inédito de Gilberto Freyre *De menino a homem*, espécie de livro de memórias do pernambucano, pela Global Editora. A edição, feita com capa dura, traz um rico caderno iconográfico, conta com texto de apresentação de Fátima Quintas e notas de Gustavo Henrique Tuna. O lançamento do tão aguardado relato autobiográfico até então inédito de Gilberto Freyre realiza-se na noite de 5 de agosto, na Casa da Cultura de Paraty, ocasião em que o ator Dan Stulbach lê trechos da obra para o público presente. O Instituto Moreira Salles publica uma edição especial para a Flip de sua revista *Serrote*, com poemas de Gilberto Freyre comentados por Eucanaã Ferraz. A Funarte publica o volume 5 da Coleção Pensamento Crítico, intitulado *Gilberto Freyre, uma coletânea de escritos do sociólogo pernambucano sobre arte*, organizado por Clarissa Diniz e Gleyce Heitor.

2011 Realiza-se entre os dias 31 de março e 1º de abril na Universidade Lusófona, em Lisboa, o colóquio Identidades, hibridismos e tropicalismos: leituras pós-coloniais de Gilberto Freyre, com a participação de importantes intelectuais portugueses como Diogo Ramada Curto, Pedro Cardim, António Manuel Hespanha, Cláudia Castelo, entre outros. A Global Editora publica *Perfil de Euclides e outros perfis*, com texto de apresentação de Walnice Nogueira Galvão. O livro *De menino a homem* é escolhido vencedor na categoria Biografia da 53ª edição do Prêmio Jabuti. A cerimônia de entrega do prêmio ocorre em 30 de novembro na Sala São Paulo, na capital paulista. A 7ª edição da Festa Literária Internacional de Pernambuco (Fliporto), realizada entre os dias 11 e 15 de novembro na Praça do Carmo, em Olinda, tem Gilberto Freyre como autor homenageado, com mesas dedicadas a discutir a obra do sociólogo. Participam das mesas no Congresso Literário da Fliporto intelectuais como Edson Nery da Fonseca, Fátima Quintas, Raul Lody, João Cezar de Castro Rocha, Vamireh Chacon, José Carlos Venâncio, Valéria Torres da Costa e Silva, Maria Lecticia Cavalcanti, entre outros. Dentro da programação da Feira, a Global Editora lança os livros *China tropical*, com texto de apresentação de Vamireh Chacon, e *O outro Brasil que vem aí*, publicação voltada para o público infantil que traz o poema de Gilberto Freyre ilustrado por Dave Santana. No mesmo evento, é lançado pela Editora Cassará o livro *O grande sedutor: escritos sobre Gilberto Freyre de 1945 até hoje*, reunião de vários textos de Edson Nery da Fonseca a respeito da obra do sociólogo. Publica-se pela Editora Unesp o livro *Um estilo de história – A viagem, a memória e o ensaio: sobre* Casa-grande & senzala *e a representação do* *passado*, de autoria de Fernando Nicolazzi, originado da tese vencedora do Prêmio Manoel Luiz Salgado Guimarães de teses de doutorado na área de História promovido no ano anterior pela Anpuh.

2012 A edição de março da revista do Sesc de São Paulo publica um perfil de Gilberto Freyre. A Global Editora publica a 2ª edição de *Talvez poesia*, com texto de apresentação de Lêdo Ivo e dois poemas inéditos: "Francisquinha" e "Atelier". Pela mesma editora, publica-se a 2ª edição do livro *As melhores frases de* Casa-grande & senzala*: a obra-prima de Gilberto Freyre*, organizado por Fátima Quintas. Publica-se pela Topbooks o livro *Caminhos do açúcar*, de Raul Lody, que reúne temas abordados pelos trabalhos do sociólogo pernambucano. A Editora Unesp publica o livro *O triunfo do fracasso: Rüdiger Bilden, o amigo esquecido de Gilberto Freyre*, de Maria Lúcia Pallares-Burke, com texto de orelha de José de Souza Martins. A Fundação Gilberto Freyre promove em sua sede, em 10 de dezembro, o debate "A alimentação na obra de Gilberto Freyre, com presença de Maria Lecticia Monteiro Cavalcanti, pesquisadora em assuntos gastronômicos.

2013 Publica-se pela Fundação Gilberto Freyre o livro *Gilberto Freyre e as aventuras do paladar*, de autoria de Maria Lecticia Monteiro Cavalcanti. Vanessa Carnielo Ramos defende, no Departamento de História do Instituto de Ciências Humanas e Sociais da Universidade Federal de Ouro Preto, a dissertação de mestrado *À margem do texto: estudo dos prefácios e notas de rodapé de* Casa-grande & senzala. A Global Editora e a Fundação Gilberto Freyre abrem as inscrições para o 5º Concurso Nacional de Ensaios – Prêmio Gilberto Freyre 2013/2014, que tem como tema Família, mulher e criança. Em 4 de outubro, inaugura-se no Centro Cultural dos Correios, no Recife, a exposição Recife: Freyre em frames, com fotografias de Max Levay Reis e cocuradoria de Raul Lody, baseada em textos do livro *Guia prático, histórico e sentimental da cidade do Recife*, de Gilberto Freyre. Publica-se pela Global Editora uma edição comemorativa de *Casa-grande & senzala*, por ocasião dos oitenta anos de publicação do livro, completados no mês de dezembro. Feita em capa dura, a edição traz nova capa com foto do Engenho Poço Comprido, localizado no município pernambucano de Vicência, de autoria de Fabio Knoll, e novo caderno iconográfico, contendo imagens relativas à história da obra-mestra de Gilberto Freyre e fortuna crítica. Da tiragem da referida edição, foram separados e numerados 2013 exemplares pela editora.

2014 Nos dias 4 e 5 de fevereiro, no auditório Manuel Correia de Andrade do Centro de Filosofia e Ciências Humanas da Universidade Federal de Pernambuco, realiza-se o evento Gilberto Freyre: vida e obra em comemoração aos 15 anos da criação da Cátedra Gilberto Freyre, contemplando palestras, mesas-redondas e distribuição de brindes. No dia 23 de maio, em evento da Festa Literária Internacional das UPPs (FLUPP) realizado no Centro Cultural da Juventude, sediado na capital paulista, o historiador Marcos Alvito profere aula sobre Gilberto Freyre. Entre os dias 12 e 15 de agosto, no auditório do Instituto Ricardo Brennand, no Recife, Maria Lúcia Pallares-Burke ministra o VIII Curso de Extensão Para ler Gilberto Freyre. Realiza-se em 11 de novembro no Empório Eça de Queiroz, na Madalena, o lançamento do livro *Caipirinha: espírito, sabor e cor do Brasil*, de Jairo Martins da Silva. A publicação bilíngue (português e inglês), além de ser prefaciada por Gilberto Freyre Neto, traz capítulo dedicado ao sociólogo pernambucano intitulado "Batidas: a drincologia do mestre Gilberto Freyre".

2015 Publica-se pela Global Editora a 3ª edição de *Interpretação do Brasil*, com introdução e notas de Omar Ribeiro Thomaz e apresentação de Eduardo Portella. Publica-se pela editora Appris, de Curitiba, o livro *Artesania da Sociologia no Brasil: contribuições e interpretações de Gilberto Freyre*, de autoria de Simone Meucci. Pela Edusp, publica-se a obra coletiva *Gilberto Freyre: novas leituras do outro lado do Atlântico*, organizada por Marcos Cardão e Cláudia Castelo. Marcando os 90 anos da publicação do *Livro do Nordeste*, realiza-se em 2 de setembro na I Feira Nordestina do Livro, no Centro de Convenções de Pernambuco, em Olinda, um debate com a presença de Mário Hélio e Zuleide Duarte. Sob o selo Luminária Academia, da Editora Multifoco, publica-se *O jornalista Gilberto Freyre: a fusão entre literatura e imprensa*, de Suellen Napoleão.

2016 A Global Editora e a Fundação Gilberto Freyre abrem as inscrições para o 6º Concurso Nacional de Ensaios – Prêmio Gilberto Freyre 2016/2017. Realiza-se entre 22 de março e 8 de maio no Recife, na Caixa Cultural, a exposição inédita "Vida, forma e cor", abordando a produção visual de Gilberto Freyre e explorando sua relação com importantes artistas brasileiros do século XX. Na sequência, a mostra segue para São Paulo, ocupando, entre os dias 21 de maio e 10 de julho, um dos andares da Caixa Cultural, na Praça da Sé. Em 14 de abril, Luciana Cavalcanti Mendes defende a dissertação de mestrado *Diários fotográficos de bicicleta em Pernambuco: os irmãos Ulysses e Gilberto Freyre na documentação de cidades na década de 1920* dentro do Programa de Pós-Graduação "Culturas e Identidades Brasileiras" do Instituto de Estudos Brasileiros da USP, sob a orientação da Profª. Drª. Vanderli Custódio. Publica-se pela Global Editora a 2ª edição de *Tempo de aprendiz*, com apresentação do jornalista Geneton Moraes Neto. Em 25 de outubro, na Fundação Joaquim Nabuco, em sessão do Seminário de Tropicologia organizada pela Profª. Fátima Quintas, o Prof. Dr. Antonio Dimas (USP) profere palestra a respeito do *Manifesto Regionalista* por ocasião do aniversário de 90 anos de sua publicação.

2017 O ensaio *Gilberto Freyre e o Estado Novo: região, nação e modernidade*, de autoria de Gustavo Mesquita, é anunciado como o vencedor do 6º Concurso Nacional de Ensaios – Prêmio Gilberto Freyre 2016/2017, promovido pela Fundação Gilberto Freyre e pela Global Editora. A entrega do prêmio é realizada em 15 de março na sede da fundação, em Apipucos, celebrando conjuntamente os 30 anos da instituição, criada para conservar e disseminar o legado do sociólogo. Publicam-se pela Global Editora o livro *Cartas provincianas: correspondência entre Gilberto Freyre e Manuel Bandeira*, com organização e notas de Silvana Moreli Vicente Dias, e *Algumas assombrações do Recife Velho*, adaptação para os quadrinhos de sete contos extraídos do livro *Assombrações do Recife Velho*: "O Boca-de-Ouro", "Um lobisomem doutor", "O Papa-Figo", "Um barão perseguido pelo diabo", "O visconde encantado", "Visita de amigo moribundo" e "O sobrado da rua de São José". A adaptação é de autoria de André Balaio e Roberto Beltrão; a pesquisa, realizada por Naymme Moraes e as ilustrações, concebidas por Téo Pinheiro.

Nota: após o falecimento de Edson Nery da Fonseca, em 22 de junho de 2014, autor deste minucioso levantamento biobibliográfico, sua atualização está sendo realizada por Gustavo Henrique Tuna e tenciona seguir os mesmos critérios empregados pelo profundo estudioso da obra gilbertiana e amigo do autor.

Outros títulos da Coleção Gilberto Freyre:

Casa-grande & Senzala

728 páginas

2 encartes coloridos (32 páginas)

ISBN 978-85-260-0869-4

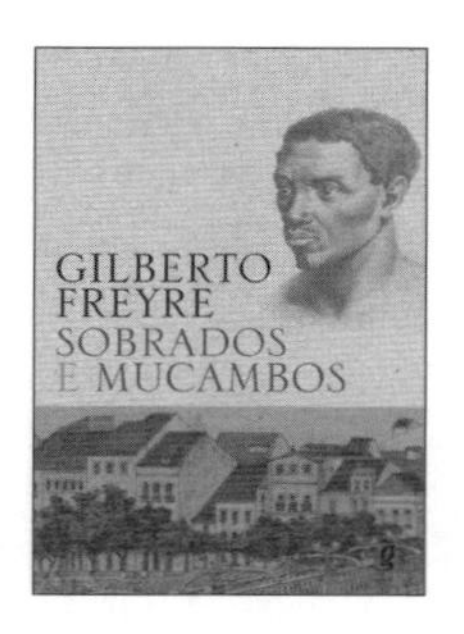

Sobrados e Mucambos

976 páginas

2 encartes coloridos (32 páginas)

ISBN 85-260-0835-8

Ordem e Progresso

1.120 páginas

1 encarte colorido (24 páginas)

ISBN 85-260-0836-6

Nordeste

256 páginas

1 encarte colorido (16 páginas)

ISBN 85-260-0837-4

Casa-grande & Senzala em Quadrinhos

Adaptação de Estêvão Pinto

64 páginas

ISBN 978-85-260-1059-8

Tempo Morto e Outros Tempos – Trechos de um Diário de Adolescência e Primeira Mocidade 1915-1930

384 páginas

1 encarte colorido (8 páginas)

ISBN 85-260-1074-3

Insurgências e Ressurgências Atuais – Cruzamentos de Sins e Nãos num Mundo em Transição

368 páginas

ISBN 85-260-1072-8

Açúcar – Uma Sociologia do Doce, com Receitas de Bolos e Doces do Nordeste do Brasil

272 páginas

ISBN 978-85-260-1069-7

Olinda – 2º Guia Prático, Histórico e Sentimental de Cidade Brasileira

224 PÁGINAS

1 MAPA TURÍSTICO COLORIDO

ISBN 978-85-260-1073-4

Guia Prático, Histórico e Sentimental da Cidade do Recife

256 PÁGINAS

1 MAPA TURÍSTICO COLORIDO

ISBN 978-85-260-1067-3

Vida Social no Brasil nos Meados do Século XIX

160 PÁGINAS

1 ENCARTE PRETO E BRANCO (16 PÁGINAS)

ISBN 978-85-260-1314-8

Modos de Homem & Modas de Mulher

336 PÁGINAS

1 ENCARTE COLORIDO (16 PÁGINAS)

ISBN 978-85-260-1336-0

O escravo nos anúncios de jornais brasileiros do século XIX

248 páginas

1 encarte preto e branco (8 páginas)

ISBN 978-85-260-0134-3

De menino a homem – De Mais de Trinta e de Quarenta, de Sessenta e Mais Anos

224 páginas

1 encarte colorido (32 páginas)

ISBN 978-85-260-1077-2

Novo Mundo nos Trópicos

376 páginas

ISBN 978-85-260-1538-8

Perfil de Euclides e outros perfis

288 páginas

ISBN 978-85-260-1562-3

China Tropical

256 PÁGINAS

ISBN 978-85-260-1587-6

Talvez Poesia

208 PÁGINAS

ISBN 978-85-260-1735-1